Alphonse

Daudet

在普罗旺斯的月光下

[法] 都德 | 著

梁颂宇 | 译

世界大师散文坊 | 精装插图版 |

江苏凤凰文艺出版社
JIANGSU PHOENIX LITERATURE AND ART PUBLISHING, LTD

图书在版编目（CIP）数据

在普罗旺斯的月光下 /（法）都德著；梁颂宇译 .
— 南京：江苏凤凰文艺出版社，2019.5
（世界大师散文坊）
ISBN 978-7-5594-1976-7

Ⅰ . ①在… Ⅱ . ①都… ②梁… Ⅲ . ①散文集 – 法国
– 近代 Ⅳ . ① I565.64

中国版本图书馆 CIP 数据核字 (2018) 第 088787 号

在普罗旺斯的月光下

（法）都德 著　　梁颂宇 译

责任编辑	汪　旭
责任印制	刘　巍
出版发行	江苏凤凰文艺出版社
	南京市中央路 165 号，邮编：210009
网　　址	http://www.jswenyi.com
印　　刷	江苏凤凰通达印刷有限公司
开　　本	880 × 1230 毫米 1/32
印　　张	9.25
字　　数	249 千字
版　　次	2019 年 5 月第 1 版　2019 年 5 月第 1 次印刷
书　　号	ISBN 978-7-5594-1976-7
定　　价	44.00 元

目录

磨坊的由来

兹有风动磨坊一座，原为加斯帕德·莫提菲欧及其妻薇薇特·考尼尔所有，夫妻二人均为潘普里古斯特居民及佃户。

该磨坊位于普罗旺斯腹地罗讷河谷中一座小山坡上，四周苍松掩映，绿树环绕。该磨坊已废弃二十余年，从墙角到风轮，苍苔野藤遍布其壁，野菌杂草随处可见。其风轮已毁，运转失灵，无复使用，亦有倾颓坍塌之虞。而寓居巴黎之诗人都德先生不以为意，愿购下该座磨坊，以作吟诗作赋之所。该磨坊今后如需修缮，所需费用盖与原主无涉。

买卖双方于潘普里古斯特公证人欧诺拉·格雷帕兹先生之公署签订契约。在格雷帕兹先生之见证下，确保此次交易手续合法，亦无债务、抵押及其他纠纷。莫提菲欧先生已收下都德先生所付钱款，该磨坊的所有权已归都德先生所有。买卖双方银钱两讫，互不相欠。

此次交易的见证人为笛手法朗西·玛玛伊和教士鲁伊塞。买卖双方、见证人及公证人签名于后……

安居

我到达磨坊的时候，夜幕已经降临。我刚去到时不禁吓了一跳：只见二十多只兔子围在露台边，悠然自得地沐浴着月光。这座磨坊久无人迹，大门紧锁，墙角阶前荒草萋萋。或许兔子们以为磨坊主就此一去不复返，把这块风水宝地当成了自己的老巢。它们看到我时也着实吓得不轻。这些占地为王的兔子一哄而散，只见二十多个白乎乎毛茸茸的身躯转眼消失在周围的荒草杂树之间。说实在的，我真希望它们能回来和我做伴。

我的到来也使另一名久居于此的房客不甚自在。那是一只苍老的猫头鹰，只见它直挺挺地蹲在碎瓦朽木之中，故作沉思，一脸阴郁，一动不动地盯着我。或许，它二十年来一直都住在这儿。它用圆圆的大眼睛飞快地打量了我一下。为了迎接我这个不速之客，它发出一声怪叫，小心翼翼地扑扇一下那对灰扑扑的翅膀。唉，这只喜欢沉思的猫头鹰颇有几分哲人的气度，从来就舍不得挤出一丝闲暇来梳理羽毛，它身上的尘土怕有一寸厚呢。这只猫头鹰眨眨眼睛，一脸阴沉，不过这位阴郁的房客甚合我意，我真心希望它能留下来。它并没有离开，而是继续留在屋梁上，只是每天从屋顶的破洞飞进飞出。

而我呢，我住在磨坊楼下的一间小房间里。这间房的四壁刚刚粉刷过，顶上是低矮的穹顶，看上去好似一间修道院的饭厅。

朋友，我正是坐在磨坊之中给你写这封信的。我打开房门，只见普罗旺斯的阳光倾泻下来，洒下一地金黄。磨坊门前的松树林一直延伸到山脚下，松针在阳光下闪闪发光。远处，湛蓝的天空衬出阿尔卑斯山俊秀的峰峦。万籁俱寂，不时飘来一缕悠扬的笛音，薰衣草花田中传出几声鸟鸣，山路上传来阵阵骡铃，打破这无边的沉寂。普罗旺斯的阳光让这片美景从沉睡中醒来。

你说，现在我还会留恋那充满喧嚣的黑暗都市巴黎吗？我现在端坐在自己的磨坊中，只觉得无比惬意。这里正是我所追寻的世外桃源，洒满了温暖的阳光，飘溢着薰衣草的芬芳，远离报纸的论战，远离马车的喧闹，远离那片灰

蒙蒙的雾霾。我刚来这里八天，可是这八天之中，我看到了多少美景啊！我的脑海中挤满了无数生动的形象和美妙的回忆。就拿昨天傍晚来说吧，我看到了精彩的一幕——原本放牧在山中的羊群浩浩荡荡地返回农庄。我可以保证，这美妙的一幕抵得过巴黎各大戏院为期一周的精彩演出。

在普罗旺斯乡间，当春天天气暖和的时候，村民们便把羊群带到山中进行放牧。羊群和牧羊人在大山之中过上五六个月幕天席地的日子，等到风中透出一丝秋天的寒意，那便是羊群归家之时。农庄四周有小山环绕，山上弥漫着迷迭香的芬芳。在寒冷的秋冬季节，返家的羊群可以在这些小山之中悠然自得地吃草。羊群归家是此处乡间的秋季盛典，而我昨天看到的正是这美妙的一幕。

黎明时分，畜棚的双层栅栏门开得大大的，棚里铺满了新鲜的稻草，仿佛在张开双臂欢迎归来的羊群。村民们不时激动地窃窃私语，推测羊群的动向：“现在他们大概到了容吉埃尔了吧”“现在他们该到帕哈杜了”……待到傍晚时分，突然听到有人兴奋地大叫：“看，他们来了！”所有人抬头望去，只见山路上扬起一团尘土，归家的羊群正浩浩荡荡地走来，仿佛把路上所有一切都席卷着带回家了。老公羊怒气冲冲地竖起一对犄角，走在最前面；绵羊跟在后面，疲惫不堪的母羊还不忘护着脚边的小羊。队列中还有几头前额缀着红绒花的骡子，它们一颠一颠地走在山路上，背上的竹筐也随之轻轻地晃动。走近一看，原来那竹筐中装着新生的小羊羔。小羊羔在这温柔的摇篮中已经昏昏欲睡了。走在队列后头的是两个身材魁梧的牧羊人，他们身上披着红色粗呢织就的斗篷，斗篷的一角拖曳在地。还有那忠心耿耿的牧羊犬，它们早已累得精疲力竭，大汗淋漓，长长的舌头拖到地上，可还是一刻不停地跟随在牧羊人左右。

羊群宛如一股洪流，兴高采烈地涌入农家院落之中。仿佛一阵疾风暴雨席卷而来，整个农家小院简直闹翻了天。母鸡们早在日落时分各自寻个角落开始打盹，现在却被这阵喧嚣惊扰了好梦。还有几只头顶轻柔羽冠的大鸟，它们披着金绿相间的羽衣，正在那儿高声啼叫。原来那是几只孔雀在对归家的羊群表示欢迎。鸽子、鸭子、火鸡、珍珠鸡……所有家禽都野性大发，兴奋地扑腾着翅膀，四处东奔西走。整个畜棚，整个院落，都沉浸在狂喜和激动之中。或许，刚从大山之中回来的羊群把山野的芬芳藏在自己的羊毛之中，带回了这个农家小院。所有留守的家畜家禽都陶醉其中，兴奋不已。

一团忙乱之后，归家的羊群总算安顿下来了。老公羊悠悠然走进自己熟悉的家，而小羊羔们则睁大眼睛，好奇地东张西望。这场面何其动人啊！而忠心耿耿的牧羊犬则为这幅画卷添上最温馨的一笔。看家护院的看门狗不断在狗舍中呼朋引伴：来吧，来吧，院子里还有一桶桶甘甜可口的清水，快来喝上一口吧！可是忠于职守的牧羊犬们不为所动，一直看护着羊群。最后一只羊也进了畜棚，场院的门也关上了，牧羊人们走进低矮的房间，在饭桌旁就坐。这时忠心耿耿的牧羊犬们才回到狗舍，心满意足地舔着狗食盆，向所有留守的家禽家畜讲述大山中的美景和历险。在那大山之中，有凶狠的狼群，它们的行踪神秘莫测；高高的毛地黄开着紫色的花，仿佛是挂着露珠的紫色小铃铛。

在波凯尔的驿车上

我初次到磨坊去的时候坐的是波凯尔的驿车。这是一辆破旧的乡村驿车，虽然跑的只是短途，可一路的颠簸倒让这辆老爷车看起来仿佛经历了一番长途跋涉。车上除了车夫之外只有五个乘客。其中一个是卡玛格的民兵。他毛发浓密，戴着银耳环，瞪着两只布满血丝的眼睛，浑身上下透出一股泥土的气息。还有两个是波凯尔的村民——一个糕点师傅和他的揉面工。这两人脸色红润，喜欢闹腾，看起来和他们的身份很相称。尽管他们的工作不见得怎么高贵，这两人的侧影倒与古代罗马皇帝颇有几分形似之处。此外还有一位乘客，他戴着巨大的兔皮帽，乍看上去只见帽子不见人。他几乎不说话，只是一脸阴郁地看着车外的风景。

看来这几个乘客彼此认识，一路上只听见他们大声喧哗，谈论自己的各种琐事。那民兵说他是要前往尼姆，是当地的治安官召他去的，只因他用干草叉捅伤了一个牧童。卡玛格人从来都是一言不合拔刀相向的热血汉子。至于那两个波凯尔村民呢，他们正在进行宗教辩论，为了圣母的问题吵得不可开交。糕点师傅的教区把圣母当成神圣的慈母来供奉，他们教堂里的圣母形象通常是怀抱圣婴耶稣的慈祥母亲。而那揉面工则是新式教会的在俗司祷，供奉的是感怀圣孕的圣母。在他的教堂里，圣母面带微笑，张开双臂，仿佛要带领教众拥抱光明。这两人就为了不同的圣母形象吵了起来。他们越吵越大声，越吵越激动。看到这一幕我还以为自己身处好勇斗狠、鱼龙混杂的那不勒斯码头。眼看这两人就要为这个宗教问题拔刀相向了，这时马车夫插嘴了：

“别吵了，两位！这本来是娘儿们的事，与爷们不相干，何必大动肝火！”

他在车夫的位置上坐直身子，呵呵一笑，轻轻巧巧地扬个响鞭。他似乎希望自己那漫不经心、半开玩笑的语气能平息这场争斗。果不其然，整个车厢静了下来。

关于圣母的争论到此为止，可是那糕点师傅意犹未尽，他一张嘴可闲不住。他看向那个戴兔皮帽的可怜人，只见他黯然神伤地蜷缩在车厢的一角。糕点师傅用嘲弄的语气对他说：

“嘿，磨刀匠！你妻子呢？她属哪个教区的？”

这句看似平常的话语引发了一阵哄堂大笑，让我有些摸不着头脑。不过那戴兔皮帽的磨刀匠并没有笑，他对这一切根本无动于衷。这时那多嘴的糕点师傅转过来对我说：

“来自巴黎的先生，您不认识这家伙的妻子吧？实话告诉你，他妻子真是个人物，在波凯尔再也找不出第二个！”

车厢里又爆发出一阵笑声，可是那磨刀匠脸上一丝笑容也没有。他双目低垂，嘟嘟囔囔地说：“做面包的，别说了。”

可这怎么堵得住糕点师傅的嘴呢？他滔滔不绝地说下去：

“这家伙是个白痴！无论什么人，娶到这样一个老婆都该心满意足了吧，跟那女人在一起总不会有腻烦的时候。想想吧，先生，那真是一个尤物啊！只不过呢，每隔半年左右，她就要跟人私奔一次。每次回来还能编出各种各样的理由，说得天花乱坠的……这夫妇俩可真是一对活宝。不瞒你说，他们刚结婚不到一年，那女的就跟一个巧克力商人跑到西班牙去了。”

“唉，那做丈夫的可惨喽！他成天一个人喝闷酒，哭得稀里哗啦的。还好，过了不久那女人回来了，打扮得跟个西班牙人似的，手里还拿着个铃鼓。村里人都叫她快离开，‘快走吧，他肯定会杀了你的！’”

“可是后来发生的事情出乎所有人的意料，这两人又和好如初了，那女人还教他玩西班牙小铃鼓呢……”

车厢里又爆发出一阵笑声。那磨刀匠坐着一动不动，只是嘴里嘟囔着：“做面包的，别说了。”

可糕点师傅根本不理他，继续说下去：

“先生，您或许会想，这小妖精从西班牙回来之后总会安安分分地过日

子了吧。哈哈！您要真这么想那可就大错特错了。她丈夫实在太好骗了，所以不久之后她又跑了。在那之后，她还跟过一个军官、一个罗讷河上的水手、一个音乐家……谁知道以后还会有什么人把她拐跑呢？不过每一回都是同一幕闹剧，戏码大同小异：妻子跑了，丈夫哭了，妻子回来了，两人和好如初了……这家伙头上的绿帽子都绿得发黑了，可他还是那么耐心地等她回来。不过话说回来，那磨刀匠的娘子当真漂亮，皮肤白白的，两只褐色的眼睛很会撩人。唉，这个甜美活泼的小东西！就算是配个国王也当得起……来自巴黎的先生，听我一句话，如果你路过波凯尔……”

这时磨刀匠开口了，他的声音中带着哭腔：“求求你，别说了！行行好吧！”

这时驿车停了下来，安格洛斯农庄到了。两个波凯尔人下了车。说实话，我还真巴不得他们快点离开呢。那糕点师傅真是个惹是生非的家伙，他下了车走进农庄里头，我们还能听到他充满讥讽的笑声从远处传来。

糕点师傅和揉面工下车之后，整个车厢就安静多了。驿车行驶到阿莱的时候，那卡玛格民兵也下了车。这时车夫跳下马车，牵着马慢慢往前走。车里只剩下我和磨刀匠两人，我们默默坐着，一声不吭。那天天气炎热，皮革做的车棚摸上去很烫手。炎热让我眼皮打架，昏昏欲睡。我想打个盹儿，可是每回我即将步入黑甜乡的时候，耳边总会响起那凄厉的话语："求求你，别说了！行行好吧！"那可怜人看来也没睡着。我坐在他后面，可以看到他宽阔的肩膀在不停颤抖。他把一只粗糙的手搭在椅子的扶手上，那只手看上去苍白老迈，正在不停地哆嗦……他正在哭泣……

"巴黎来的先生，您的家到了。"车夫的声音打破了沉寂。他用马鞭指指远处，我顺着他指的方向看去，只见一座磨坊矗立在小山顶上，仿佛一只蝴蝶安详地在一堆稻草上休憩。

我站起来准备下车。我走过这个可怜人身边时，还不忘仔细看看他。我想记住那顶兔皮帽下面的脸庞。他似乎读懂了我的心思，在我经过他身旁时，他抬起头，看着我的眼睛，用低沉的嗓音说：

"朋友，看看我，记住我的样子。如果哪天你听说波凯尔发生了什么惨事，你大概就能猜出是谁干的了。"

这是一个伤透心的可怜人。他那深陷的眼眶中嵌着一对泪光闪闪的小眼睛，可是他的声音中却饱含着恨意。这弱者的愤怒和怨恨夹杂在一起，我不禁为磨刀匠的娘子暗暗担心，她可得多加小心才是。

磨坊主考尼尔先生的秘密

老笛手法朗西·玛玛伊不时到我的磨坊来，和我一道喝几杯甜酒，消磨傍晚的时光。最近他告诉我一个故事。这幕乡村悲喜剧发生在二十多年前，其舞台便是这座磨坊和不远处的小乡村。我希望能与你分享这个动人的故事。

你可以想象一下，假想自己就坐在我的磨坊里，面前摆了一壶甜酒，那老笛手就坐在你的身旁，絮絮叨叨地谈论乡村旧事:

亲爱的先生，我们这片乡间跟以往是大不相同了。您别看现在这里一片死寂，从前这里可热闹啦！在那个时候，这里遍地都是磨坊，四邻八乡的农场主们都把麦子拿到这里来碾磨，这里的磨面生意热火朝天。周围的小山丘上满是磨坊。无论看向哪个方向，都能看到磨坊的风轮从松树顶上露出来，在西北风中不停旋转。不时能看到几只小毛驴驮着几个大口袋，沿着山路上上下下。每天听到的都是风轮转动的声音，挥舞皮鞭的声音，还有磨坊工人吆喝牲口的声音。每到星期天我们都成群结队地跑到磨坊去玩。那磨坊主拿出麝香葡萄酒来招待我们，磨坊主的妻子披着镶花边的披肩，戴着金十字架，看上去就像画中的贵妇！我拿出随身携带的笛子，吹上几支曲子，大家一起跳跳舞，一个晚上就这么过去了。说实话，那时磨坊可是我们这一带的中心和灵魂。

可谁能想到呢，一些巴黎人跑到这里，还想出一个祸害人的鬼点子。他们在达拉斯贡路边建了一座蒸汽面粉厂。人们开始把麦子送到面粉厂去加工，可怜的磨坊主们渐渐没了生意。当然，他们也想奋力还击，挽回颓势，可是蒸汽磨面是个新鲜玩意儿，他们根本敌不过。最后，风轮一个接一个地停止了转动，磨坊一个接一个地关门大吉。唉，那面粉厂当真把他们都毁了！磨坊主的生计没有着落，磨坊主老婆把自己的金十字架卖掉帮补家用。再也看不到驮着面口袋的小毛驴了，也没有麝香葡萄酒了，到了星期天大家也不再跳舞玩乐了……西北风还在呼呼地吹，可是磨坊的风轮却一动不动……

终于有一天，区里下令把这些业已停工的磨坊都拆了，好腾出地儿来种葡萄和橄榄树。

不过，在拆除磨坊的过程中，有一座磨坊保留下来了，在面粉厂主的眼皮底下勇敢地转动着风轮。那是就是考尼尔先生的磨坊。您要问这座磨坊在哪儿？我们现在正坐在这座磨坊里呢！

考尼尔是个上了年纪的磨坊主，他从事磨面生意已经有六十多年了。他爱这座磨坊，在他眼中这座磨坊就是举世无双的珍宝。巴黎人跑到这儿来建面粉厂，这可把他气坏了。他经常把村民们聚到一起，对他们诉说面粉厂的种种罪行。他说从面粉厂流出的面粉会毒害普罗旺斯乡间。他还说："千万别和他们打交道。那些小贼们用的是蒸汽，蒸汽是什么？那是魔鬼唤来的风！而我们用的是大自然的风，那是上帝的气息……"他就这样忙活了一个多星期，想尽办法为自己的磨坊吹嘘，可惜没什么人听他那一套。

从那时起，考尼尔先生便把自己关进磨坊，过上一种与世隔绝的生活。他有一个孙女，名叫薇薇特。那姑娘当时才十五岁，父母双亡，只能跟着祖父过活。可是考尼尔先生把薇薇特也赶走了。那可怜的姑娘只得到各个农庄去找活干，或是在麦收时节打打下手，或是帮忙养蚕，或是捡拾橄榄。不过，看得出老磨坊主考尼尔先生还是很疼爱薇薇特的。他时常顶着正午的烈日跑到薇薇特工作的农场，花上几个小时呆呆地看着她……唉，这可怜的老人一颗心都要碎了吧……

当时大家都以为考尼尔先生把薇薇特赶走是为了省下几个钱。薇薇特还只是个孩子，现在却不得不到处流浪，为了填饱肚子拼命干活。如果农场的工头欺负她可怎么办呢？大家都可怜这个女孩子，觉得考尼尔先生这么做实在是太不像话了。

原先人人尊敬的考尼尔先生现在也大变样了。他光着脚丫，头上戴着破帽子，穿着破破烂烂的裤子，像个吉普赛人似的在街上游荡。说实在的，星期天他到教堂做礼拜的时候，我们这些同辈人都为他感到难为情。考尼尔先生也觉察到了。后来他上教堂时再也不坐前排了，而是坐在教堂后头，和教区的穷人们混在一起。

不过考尼尔先生这个人实在让人琢磨不透。这段时间再也没有人拿麦子去给他碾磨了，可是他那座磨坊的风轮还是在不停转动。傍晚时分，村民们经常看到这个老磨坊主赶着一头毛驴在山道上走着，那毛驴的背上还驮着几个面粉口袋。

村民们和他打招呼："晚上好，考尼尔先生。现在日子还过得去吧？"

听到这话老磨坊主总是兴高采烈地回答："过得还不错，上帝保佑，我的磨坊总有活儿干。"

如果你这时问他是哪儿来的活儿，他就会竖起食指放到嘴边，煞有介事地说："嘘！这面粉是要卖到外国去的，千万别说出去！"除此之外，你就再也问不出个所以然了。

您说亲自到他的磨坊去看看？哈，谁有那个胆子呢？那段时间，即使是小薇薇特也不能进磨坊。

好奇的村民经过他的磨坊时，总会看到磨坊大门紧锁，那巨大的风轮在风中不停转动。那头老迈的毛驴在磨坊的墙边吃草，还有一只饿得瘦骨嶙峋的猫在磨坊的窗台上晒太阳。当你走过的时候，那只瘦猫就用恶狠狠的眼光盯着你。

所有这些都给这座磨坊蒙上了一层神秘的面纱。大家纷纷作出各种推测，流言蜚语不胫而走，每个人都有自己的独到见解。不过有一点是大家一致赞同的：考尼尔先生肯定赚大发了，说不定磨坊里的面粉口袋都装满了钱！

当然，当真相大白的时候，大家发现事实并非如此。那到底是怎么回事呢？先生，请您耐心地听下去吧。

有一天，我像往常一样吹起笛子，给年轻人们伴奏，让他们跳几支舞取乐。这时我发现小薇薇特和我的大儿子之间有一种说不清道不明的变化。没错，用你们作家的话来说，他们是“坠入爱河”了。说实在的，我对此并不反对。不管怎么说，考尼尔这个姓氏在我们本地还是很受人尊重的。况且看着漂亮的小薇薇特像只活泼的小雀在我们家进进出出，我心里还是很高兴的。

为了能让这两个年轻人光明正大地在一起，我决定和考尼尔先生好好谈谈。这样一来也省得那些好事的人嚼舌根。我去到磨坊那儿找老磨坊主，可我做梦也没想到这老家伙竟然会这样对我！他根本不给我开门，我对他说我这趟来访纯粹是出于好意，可他只肯对着钥匙孔和我说话。我站在磨坊的门前，那只可恶的瘦猫就在我头顶的窗户上，不时发出稀里呼噜的响声。

我想把两个年轻人的事原原本本地告诉他，可那老磨坊主根本不让我说完。他打断我的话，让我快滚回去吹笛子。他还说我如果那么着急着给自己的儿子讨老婆，不如直接到蒸汽面粉厂去随随便便找个女工。听了这些话我都要气炸了，不过还好，像我这样的聪明人总能控制住自己的怒气。我离开了，让那老混蛋捣鼓自己的磨坊吧。我回到家，把这件事告诉两个年轻人。这两个可怜的孩子别提多失望了。他们问我能不能让他们自己跑一趟，再求求老磨坊主，或许还会出现转机也说不定。对于他们的提议我当然不好拒绝了，于是这两个年轻人一阵风儿似的跑出去了。

他们去到磨坊的时候，考尼尔刚好出去了。磨坊的大门上锁了两道锁，不过有架梯子却留在了外面。那两个年轻人爬上梯子，钻进磨坊的窗户，终于揭开了这座磨坊的神秘面纱……

他们惊奇地发现，磨坊里面空空如也。没有一袋面粉，没有一粒麦子，墙上和蜘蛛网上没有一丝面粉的印记，也闻不到碾磨面粉时散发出的芳香。风轮还在空转，可磨坊里的磨盘石布满灰尘，纹丝不动。那只瘦猫正在上面

打盹。

他们走下楼梯，走进楼下的房间，只见一片凄凉潦倒的景象。一级阶梯上放着一片面包，房间里有一张破床，几张烂毯子。在角落里还放着几个面粉口袋。其中一些袋子迸裂开来，露出里面的石灰和碎石。

这就是磨坊主考尼尔的秘密。每天傍晚他赶着毛驴，毛驴驮着口袋，可口袋里装的并不是面粉和麦子，而是石灰和碎石。他所做的一切都是为了保护磨坊的声誉，让人们相信磨坊还在工作。他只希望人们不要把磨坊当成废物看待。可怜的磨坊，可怜的考尼尔！这座磨坊早就没有生意了，风轮不断空转，而磨盘却纹丝不动，里面没有一颗麦子。

这两个年轻人流着眼泪跑回来，把这一切都告诉了我。唉，我听了他们的话，心里别提多难过了。我马上跑到村子里，大致把实情说了一遍。大家听了我说的话，一致决定把手头上的麦子送到考尼尔的磨坊去。我们说做就做。不一会儿，全村人聚集到一起，让毛驴驮上一袋袋货真价实的麦子，浩浩荡荡地沿着山路朝考尼尔的磨坊走去。

我们去到磨坊的时候，只见磨坊的门开得大大的。那可怜的老磨坊主坐在门前的一袋石灰上，双手捂着脸，正在不停哭泣。他回到磨坊的时候，发现有人趁他不在闯进了磨坊，他苦心守护的秘密已经大白于天下了。

考尼尔先生哭喊道："唉！唉！我还不如死了的好！我的磨坊啊，我可让你丢脸了！"

他含糊不清地喃喃自语，看上去像是在安慰磨坊，就好像这磨坊是个活物，能听懂他说的话似的。这时我们已经来到磨坊的墙边。大家遵照磨坊全盛时期的旧例，大声喊道："磨坊主！磨坊主！生意上门了！"

大家七手八脚地把麦子卸下来，堆放在磨坊门前，一颗颗金黄的麦粒洒落在地上。

老磨坊主把眼睛睁得大大的，他用颤颤巍巍的双手鞠起一捧麦粒，又哭又笑地说："麦子！上帝啊，货真价实的麦子！让我好好看看吧！"

接着他转身对我们说："我知道你们为什么要上我这儿来。那些开蒸汽面粉厂的小贼肯定让你们吃大亏了，我说得没错吧！"

我们想把他高高举起来，抬着他在村子里走上一圈以示庆祝。

可考尼尔先生却说："不，不，孩子们，我还要照看我的磨坊。天可怜见，这座磨坊很久都没有见过一粒麦子了，快让它饱餐一顿吧。"

说完，老磨坊主开始忙进忙出，打开一个个口袋，把麦子倒进磨盘，然后喜滋滋地看着白花花的面粉越堆越高。所有人看到这一幕，都忍不住流下了眼泪。

打那时起，我们不断把麦子送到考尼尔先生的磨坊去，让老磨坊主不缺生意。终于有一天，考尼尔先生去世了，这座磨坊的风轮终于停止了转动。老磨坊主去世之后，磨坊就此荒废了……可这有什么办法呢，先生？世上的万事万物总有消亡的时候。我们只能说，磨坊的时代结束了，和磨坊一起消失的还有行驶在罗讷河上的马拉纤大客船、地区议会和绣花短袄。

繁星——一个普罗旺斯牧羊人的故事

之前我时常在吕贝隆山区放牧。我在大山中待上好几个星期，陪伴我的只有羊群和牧羊犬。·在山里几乎见不到什么人，不时有虞尔山上的隐修士到山里来采摘草药，皮埃蒙特的烟囱清洁工有时也从山里经过。无论是隐修士还是黑脸清洁工，他们都是些单纯质朴的人，过着与世隔绝的生活。他们生性沉默寡言，根本没有闲聊的兴致，从他们嘴里我也没法打听到山下村庄市镇的新闻。我的东家每半个月让人给我送来口粮和其他用品。东西装进竹筐，让毛驴驮着，送进山里。毛驴进山的日子就是我的节日。当我听到毛驴脖子上的铃铛叮铃作响，当我看到农场小工那红润的脸庞，或是看到诺拉大妈头上那顶红帽子，我心里别提多高兴了。我经常揪住他们问长问短，打听村子里的新闻：谁家的小孩受洗了，谁结婚了……可我最想听到的是史蒂芬妮小姐的消息。史蒂芬妮小姐是东家的女儿，是方圆百里之内最漂亮的女孩。我想方设法打探她的消息，却又要装出毫不在意的样子。从闲谈中我知道她去参加村里的游园会，去参加农场聚会，每回她参加聚会时总有一个新的追求者伴随她左右……如果这时有人起了疑心，问区区一个牧羊人为什么这么关心史蒂芬妮小姐，我就大大方方地回答："我已经二十岁啦，史蒂芬妮小姐是我有生以来见过的最美的女子。"

又到周日了。今天是毛驴进山给我送口粮的日子，可那毛驴却迟迟不见踪影。早上的时候毛驴没有出现在山道上，我心想："那是由于大伙儿要做大弥撒。"可到了中午一场暴风雨不期而至，这时我又想："雨水让山路更难走了，或许那毛驴今天来不了了。"不过到了下午三点的时候，雨停了。乌云散去，天空一片澄澈，湿漉漉的山顶在阳光下闪闪发光。树叶上的水珠落到地上，滴答作响，山谷中传出潺潺水声。这时，一缕铃声传来，送口粮的毛驴来了！这铃声在我听来宛如天籁。可跟着毛驴来的并不是农场小工，也不是诺拉大妈。那是史蒂芬妮小姐！毛驴的背上驮着两个竹筐，她就骑在驴背上，凛冽的山风把她秀美的脸庞吹得红扑扑的。看到这一幕我简直不敢相信自己的眼睛，心中的狂喜让我整个心房都要炸开了。

史蒂芬妮小姐骑着毛驴，走到我跟前。原来，农场小工生病了，诺拉大妈又告假去看她的孩子去了。史蒂芬妮小姐从驴背上跳下来，说她在山里迷了路，所以才来晚了。她穿着节日盛装，丝绸裙子上缀满了绣花缎带和花边。看她的样子更适合参加舞会，而不是钻进深山给一个牧童送吃的。啊，这可爱的姑娘！我怎么看她都看不厌。说实话，我从没有在那么近的距离看过她。秋冬时节我把羊群赶回农庄，我在农庄里和农场雇工一起吃晚饭时也见过她几次。记忆中她总是穿着华丽的衣裙，高傲地昂着头，一阵风儿似的跑过饭厅，看都不看我们一眼……可是今天她为我而来，站在我面前，只和我一个人说话。我心花怒放，头晕目眩，手足无措。

我和史蒂芬妮把东西从驴背上卸下，卸完东西之后史蒂芬妮开始好奇地东张西望。她轻轻提起裙脚，仿佛担心弄脏她的漂亮衣裳。她跑进牧棚，想看看我晚上在哪儿睡觉。牧棚里有一堆稻草，上面铺了一张羊羔皮，那就是我的床。她好奇地看着墙上挂着的长斗篷、牧鞭和弹弓，这些新奇的事物让她目不暇接。

“原来你就住在这儿呀，小牧童，”她说，“你肯定觉得很闷吧？你独自一人的时候都做些什么，想些什么？”

我恨不能说出自己的心里话：“我心心念念想的都是你呀，我的小姐！”可是面对着史蒂芬妮小姐，我只觉得晕头转向，不知所措，哑口无言。这淘气的姑娘看到我吞吞吐吐的傻样儿，忍不住要捉弄我一下。她说：“牧童，你的心上人呢？她会不会来这深山里看你呀？啊……我知道了，你的爱人肯定是山里的仙女艾斯特拉，要不就是那传说中的金色小山羊？……”

这时她跳上驴背，准备下山回农场去。只见她高高地昂起头，肆无忌惮地边说边笑。这时她仿佛化身成了仙女艾斯特拉。她和我道别，然后带着空竹筐往山下走去，只留给我一串串银铃般的笑声。

她在陡峭的山路上渐行渐远。毛驴在凹凸不平的山路上小心翼翼地寻找落脚地，不时踉跄一下。看着她的背影渐渐远去，听着阵阵铃声和驴子的蹄声，我的一颗心也被她带走了。她的到来仿佛美梦一场。

史蒂芬妮离开之后，我心醉神迷地站在那儿，一动也不敢动，生怕一不小心从美梦中惊醒。到了薄暮时分，远处的山谷深处仿佛涂上了一层深蓝色的油彩，而羊群也咩咩直叫，准备返回牧棚过夜。这时我突然听到有人在山下叫我。我朝山下望去，只见史蒂芬妮站在那儿。笑容已经从她脸上消失了，她浑身湿透，寒冷和恐惧让她不停颤抖。她告诉我事情的经过：当她下到山脚的时候，发现山下的索格河因暴雨猛涨。她只想回家，于是便硬着头皮骑着驴涉水渡河。这鲁莽的举动让她差点淹死。现在夜幕已经降临，史蒂芬妮自己一人摸索很容易迷路，而我又不能抛下羊群送她下山。看来她今晚没办法回到农庄去了，只好在这山中过一夜。

想到要在山里过夜，史蒂芬妮不免有些忐忑。再说她的家人还在焦急地等着她呢，如果她一夜不回，那家里人还不得急死！我只好尽我所能地安慰她："小姐，七月的夜晚很短的，眨眨眼就过去了。"

我生起一堆篝火，让她烤烤湿透的衣裙和冰冷的小脚。然后我拿出一些羊奶和奶酪放到她面前。可是可怜的史蒂芬妮既不想烤火，也不想吃东西。看到豆大的泪珠挂在她的睫毛上，我感觉自己的心都碎了。

这时夜幕已经降临，只余一缕余晖，为远处的峰峦涂上一抹淡淡的金色。我让史蒂芬妮进到牧棚里休息一下。为此我还特地换上了新鲜的稻草，铺上了一块干净的羊羔皮。我向她道声晚安，之后便走了出去。我在牧棚外坐下来。上帝做证，虽然我爱她爱得发狂，可我心中没有一丝邪念。史蒂芬妮正在牧棚的一角休憩，羊群环绕在她周围。她仿佛一只洁白的小羊羔，可是她比世上所有羊羔更纯洁、更宝贵。想到这我不禁生出几分自豪：想想看，东家的小姐——美丽的史蒂芬妮正在近在咫尺的牧棚里歇息呢！今晚我是她忠实的骑士，一丝不苟地守护着她。我抬起头，我从没见过如此深邃的夜空，如此璀璨的星光……

这时只听吱呀一声，牧棚的门开了，史蒂芬妮走了出来。在牧棚里，睡着的羊不时发出咩咩的叫声，不知道它们在梦中见到了什么？没睡着的羊则四处走动，踩踏散落在地的干草，发出沙沙的响声。这些声音让史蒂芬妮无法入眠。她现在感觉到身上的衣裙又湿又冷，只想出来烤烤火。我把身上的羊皮披在她肩上，把火拨旺。我们就这样肩并肩坐着，一言不发。在旷野中过夜的人都有这样的感受：当人似睡非睡之时，在一片沉寂之中，一个神秘的世界苏醒了。远处泉水潺潺，那水声比白日听到的更清越，更响亮；池塘上空闪烁着点点亮光，仿佛是长翅膀的小精灵打着灯笼四处飞舞；深山之中，山精地怪在夜色的掩护下四处游荡；不时能感受到一丝难以名状的响动，或许，那是树干在长粗，草叶在拔节……白天是属于昼出夜伏的活物的，而夜晚则属于神秘莫测的精灵。一个人如果没有经历过山里的夜晚，那是很容易被这一切吓坏的。史蒂芬妮显然没有见识过这个神秘的世界。只要有轻微的响动，她都会吓得发抖，随后猛地扑过来紧紧地抱着我。

这时，山下池塘深处传来一声凄厉的叫声，这叫声由远及近地朝我们袭来。与此同时，一颗流星划破我们头顶的苍穹。刚才那声哀号或许就是这颗流星发出的悲声。

“那是什么？”史蒂芬妮轻声问道。

“一个灵魂刚刚步入天国，”我回答，同时在自己胸前划个十字。

她也划了个十字，可是她的目光一直投向那深邃的夜空，眼里满是敬畏和虔诚。过了好一会儿她又问我：“听说你们这些牧羊人都会巫术，这是真的吗？”

“啊，不，不是，小姐。只是我们总是待在山里，离星星更近一些，比其他人更了解这大山和星空。”

她肩上披着羊皮，双手托腮，一直看向头顶的星空。在星光下，她看上去宛如一位牧羊女神。

“我从来没见过这么多的星星，好美啊！牧童，你叫得出它们的名字吗？”

“当然，小姐。看，我们头顶是银河，远处那是大熊星座……”我告诉她每个星座、每颗星星的名称，絮絮叨叨地讲述星星的传说和故事……

“看那边那颗星星，我们牧羊人管她叫作‘马格罗娜’。‘马格罗娜’总是跟着土星跑，每隔七年这两颗星星就要举行一次婚礼。”

“星星也要结婚？”

“没错，小姐。”

我想告诉她星星的婚礼是怎么样的，这时我觉得有什么东西靠到了我的肩膀上。我偏头一看，原来史蒂芬妮已经睡着了。她靠在我的肩膀上，她的一头秀发，还有头上的丝带和花边，轻轻地拂拭着我的脸。她就这样一动不动地睡了一夜，直到星光渐渐淡去，直到白昼降临。我看着她熟睡的面容，心中不禁泛起点点涟漪。可是头顶那一穹碧空和璀璨星光让我心境澄澈，不染一丝邪念。星星环绕在我们周围，仿佛散落在夜空中的羊群，无声无息地继续自己的旅程。可那最绚烂最美丽的星星不小心落入凡间，正好落在我的肩头，靠着我的肩膀熟睡……

阿莱女郎

在连接磨坊和村子的小路旁有一座农庄。农庄前面是一个很大的院子，院墙边种着高高的榆树。院子里有一栋房屋，房顶盖着红色的瓦，房屋正面是一堵高大的褐墙，墙上随意地点缀着窗户和房门。屋顶有个阁楼，阁楼顶上装着一个风信鸡。院里还放着一架绞车，绞车上还残留着几束稻草。

这种样式的房子在普罗旺斯乡间并不少见，可为什么我会对这栋房子念念不忘呢？我每回经过这栋房子的时候总会不寒而栗。这栋房子和这个院落弥漫着不祥的沉寂，在这里听不到鸡犬之声，听不到骡铃叮铃作响。四处了无声息，死气沉沉。如果不是看到窗户上挂着白色的窗帘，烟囱不时冒出几缕炊烟，我真要以为这栋房子已经无人居住了。

昨天正午时分，我刚从村子里回来，朝磨坊走去。经过这个院落的时候，我走进墙边的树荫里。路上停着一辆干草车，几个农场雇工正往车上装干草。我看到院门敞开着，一位老人坐在院子里。这个老人身材高大，头发雪白，穿着很不合身的外套和破破烂烂的长裤。他倚着一张石桌，双手托头。我的脚步不由自主地慢下来。这时干草车旁一个农场雇工轻声对我说："嘘！别作声！那是我们东家埃斯特韦先生，他的大儿子死后他一直是这个样子。"

路上又走来一个女人和一个小男孩。他们穿着一身黑，身后还跟着几个村民。那几个村民身材魁梧，皮肤被太阳晒得黝黑。这几个人与我擦肩而过，走进这个院落。

那个农场雇工继续说道："那是东家太太和小儿子，他们刚从教堂望弥撒回来。自从大儿子自杀后，他们天天都去教堂……而那做父亲的一直穿着大儿子的衣服，死也不肯换下来……唉，先生，这家人实在是太惨了……"说完他扬起鞭，对拉车的牲口吆喝一声，"驾！"

眼看干草车就要走了，可农场雇工刚才那几句话却激起了我的好奇心。我忙问那赶车的能不能让我也跟着车走一程，得到他同意后我跳上了干草车。我坐在一堆稻草里听完这个悲惨的故事。

这家的大儿子叫儒安，原是个人见人爱的乡下小伙。他二十上下，身材魁梧，相貌英俊，性情开朗，可是在人前却腼腆得像个姑娘。他是村里姑娘们心仪的对象，可是他心里只有一个人——一个漂亮的阿莱女郎。那女子时常穿着镶花边的丝绒裙，从头到脚打扮得花里胡哨的。儒安是在阿莱城的大广场碰见她的。刚开始时大伙并不看好这段恋情，这姑娘是个众所周知的水性女子，况且他们一家子并不是本地人。可是无论别人说什么，儒安还是深深地爱着她。他不惜一切代价，定要和她结婚。他说："如果我得不到她，我肯定会死的。"听到这话，一家人也只好由他去了。他们订了婚，并打算在秋收过后举行婚礼。

一个周日的晚上，埃斯特韦一家在场院里吃晚饭，那顿晚餐简直就像婚礼宴席一样丰盛。虽然那准新娘并不在场，所有人还是频频为她举杯，为她祝福。这时门前突然出现了一个陌生男人，他吞吞吐吐地说要单独和埃斯特韦先生谈谈。埃斯特韦先生只好离席走出场院，和那个陌生人走到路上。

那男人说道："先生，我之所以来找您是因为听说您儿子要娶那个荡妇为妻。说实话，那女人曾是我的情妇，她跟我在一起已经有两年之久了。我这还有证据，看！这是她写给我的信……她的父母对这一切心知肚明，他们也默许她这么做。不过自从您的儿子看上她之后，她和她的父母便决心和我一刀两断了……可我心想，她做了这些事怎么还有脸嫁人呢？所以……"

埃斯特韦先生翻看了那些信件之后，只是淡淡地说了句："我明白了，先生。到我家里喝一杯葡萄酒吧。"

那男子赶紧说道："不了，谢谢，可我这副模样实在是不好见人。"说完他匆匆离开了。

埃斯特韦先生走进场院，故意装出一副波澜不惊的样子。他在桌旁坐下，有说有笑地继续吃晚餐。

吃完晚饭后，埃斯特韦先生和儒安到田野里散步。他们在外面待了很长时间，而埃斯特韦太太在屋里焦急不安地等着父子俩。

父子俩回来之后，埃斯特韦先生把儒安推到太太面前：“抱抱你的儿子吧，好好安慰他，他的心被伤透了。”

……

打那以后儒安绝口不提那个阿莱女郎。可是在他内心深处，他依然深爱着她。当他得知自己的爱人曾做过别人的情妇，他心中的爱火不仅没有熄灭，反而越燃越烈。可是他实在太要强了，决不会向任何人倾吐心声。这股压制不住的爱火最终将这个可怜的小伙吞噬了。有时他会呆呆地坐上好几天，蜷缩在角落里一动不动。有时他又仿佛发了狂，独自一人干完十个人的活计。黄昏时分，他总是朝阿莱走去。他一直走着，直到看见残阳给阿莱城鳞次栉比的屋顶涂上一抹血色，这时他才停下脚步，转身回家。他从不走进阿莱城。

一家人看到儒安心碎欲绝，却无计可施。他们已经隐隐约约觉察到各种不祥的征兆。在一次晚餐时，埃斯特韦太太对儒安说：“儿子，如果你真心喜欢她，那就把她娶进门吧……”

可怜的母亲说这话的时候，泪珠一直在眼中打转。而做父亲的满脸通红，把头埋在胸前，仿佛这即将到来的奇耻大辱压得他抬不起头……

可是儒安只是摇摇头，随后起身走出了房间。

那天之后，儒安简直像换了个人似的。他在父母面前总是装出一副兴高采烈的样子，好让他们放心。人们在舞会上、酒吧里和乡村集市上再次看到儒安的身影。在方特维尔的游园会上，儒安还带头跳舞呢。

埃斯特韦先生松了一口气：“他总算把那女人忘了。”可埃斯特韦夫人的忧虑却有增无减，她把自己的儿子看得更紧了。儒安和弟弟的卧室距离蚕房很近，他们的母亲借口晚上要照料蚕宝宝，搬到两兄弟的隔壁。

圣埃罗节到了。圣埃罗是农人的守护者，四邻八乡的村民当然要大肆庆祝一番。节日当天，招待乡亲们的酒水多得几乎可以汇成河，所有人都尽情畅饮。人们点燃爆竹和烟花，农庄院落里的树上挂着五颜六色的小灯笼。大家一起欢呼：圣埃罗万岁！男男女女纷纷跳起法郎多舞，直跳得精疲力竭才肯罢休。在这片喧嚣和混乱之中，儒安的弟弟一不小心把自己的新衣服烧了一个破洞。可是大家对此毫不在意，就连儒安的脸上都露出了笑容。他还请自己的母亲跳舞呢，埃斯特韦夫人为此感动得热泪盈眶。

这场狂欢一直持续到午夜时分。所有人都累坏了，宾客渐渐散去，大家都回房睡觉去了。可是那天晚上儒安彻夜未眠。后来他弟弟告诉大家，他哭了整整一晚。他心里一直深爱着那个阿莱女郎，这份爱情不断碾磨他的心，让他生不如死……

第二天早上，埃斯特韦夫人听到儿子的卧室中传来凌乱的脚步声，她的心头顿时掠过一种不祥的感觉。她大声叫道：“儒安，你在干嘛？”

儒安没有回答，而是跑上楼梯。他母亲马上跟着跑上去：“儒安，你要去哪儿？”

儒安并不理会母亲的问题，继续跑到顶层的阁楼。埃斯特韦夫人紧紧跟着：“儒安，看在上帝的份上，千万别做傻事！”

儒安跑进阁楼的房间，把房门反锁。埃斯特韦夫人拼命敲门：“儒安！儒安！你倒是说句话呀，孩子！你到底想干什么？”

儒安在房里喃喃自语：“我真的爱她啊……我再也受不了了！我要做个了断！”人心是多么难以捉摸呀，即使是贬损和嘲笑也无法扑灭爱情的火焰……

埃斯特韦夫人用颤抖的双手摸索着门闩，这时她听到一扇窗户打开了，接着是重物落地的声音，然后便是一片死寂。

埃斯特韦家的院子里传出一声凄厉的哀号，刺破了清晨的静谧。全村人都被吓呆了，他们面面相觑，不知所措。

在院子里，一位母亲抱着她的儿子号啕大哭。在她身边的石桌上，布满了清晨的露珠，溅满了斑斑血迹。而那儿子正躺在老母亲的怀中，早已没有了气息。

教皇的骡子

在普罗旺斯，人们形容一个人喜欢记仇，总会说："小心，那人就像教皇的骡子！要知道，骡子报仇，七年不晚。"

我一直想了解这句谚语的典故，想知道教皇的骡子和"骡子报仇，七年不晚"的来由。可是我问了许多人，谁也说不清这到底是怎么回事。老笛手法朗西·玛玛伊对普罗旺斯所有传说和风俗了如指掌，可即使是他也说不出个所以然。不过他也提到，这句话与阿维尼翁一个古老的传说有关，可他实在说不清到底是个什么样的传说。

到了最后，这位老笛手半开玩笑地对我说："实在弄不明白的话，您还可以到'鸣蝉图书馆'找找嘛。"

所谓的"鸣蝉图书馆"不过是一句戏言，当普罗旺斯人遇到解不开的谜题，他们就会提到"鸣蝉图书馆"，意思是这个问题的答案只有整天大唱"知了知了"的鸣蝉才能解答。不过我却认为这是一个好主意。磨坊外有一片松林，里面多的是知了，我把这片松林当成了自己的"鸣蝉图书馆"，在里面一待就是一个星期。我在松林中或坐或卧，心里还记挂着"教皇的骡子"。明亮细碎的阳光透过松树枝叶的缝隙倾泻在地上，永不疲倦的鸣蝉大声歌唱，一个故事在我脑海中渐渐成形。这是我为这头爱记仇的骡子写下的故事。这个简单有趣的故事就隐藏在普罗旺斯乡间，在湛蓝的天空下徐徐展开。这个故事散发着薰衣草的芬芳，沐浴着普罗旺斯的阳光，不时还会被几个普罗旺斯的长发姑娘打断。

如果你没有听说过或看见过作为教皇驻地的阿维尼翁[①]，那只能说明你孤陋寡闻。几百年前的阿维尼翁是个热闹的地方。这里充满了欢声笑语，每天都举行盛大的宴会和隆重的节庆，没有哪个小城能与之媲美。从早到晚，阿维尼

---

① 1309年法王腓力四世支持的教皇克莱芒五世离开罗马，进驻法国孔塔地区的阿维尼翁。此后有六任教皇皆驻该地。

翁的街道上挤满了迎神朝圣的队伍，街道两旁种满鲜花，建筑物顶上彩旗招展，教堂和贵人宅邸里悬挂着绚丽的帷幕。罗讷河上千帆竞渡，红衣主教们都借道罗讷河来阿维尼翁参拜教皇。在广场上，教皇的近卫军正喊着拉丁文的口号进行操练，而修士们化缘用的箱子随处可见。鳞次栉比的建筑簇拥在教皇宅邸四周，喧闹之声不绝于耳，仿佛无数蜜蜂正挤在一个巨大的蜂房周围。在稍远一点的地方，编织蕾丝的机器咔嗒作响，织布机织就一匹匹绣金布料，而这些布料在裁缝手中变成了一件件华美的祭袍和法衣。此外，还有金银工匠雕金镂银的声音，乐器工匠调试乐器的声音，织布女工唱歌的声音……在这一片喧嚣之中，不时传来教堂的钟声，其中还夹杂着笛声和铃鼓声。

那笛声和铃鼓声是从阿维尼翁桥边传来的。这里的人们生性喜欢热闹，整天都兴高采烈的。一点芝麻绿豆大小的“喜事”就能让他们按捺不住，翩翩起舞。只可惜阿维尼翁的街道过于狭窄，他们无法一展舞姿。于是笛手和乐师们就跑到桥上，迎着罗讷河上吹来的徐徐清风，演奏欢快的乐曲，而欢天喜地的人们就在桥边和河边的开阔地纵情起舞。

这真是一个美好的城镇，这真是一段美好的时光！阿维尼翁长年未经战乱，未遇荒年，长矛利剑已毫无用处，监狱变成了藏酒的地窖……进驻阿维尼翁的教皇们治理有方，所有人都对他们感恩戴德。

在这群教皇中，有一个名叫博尼费斯的老好人。他是一位可敬可爱的老人，深受阿维尼翁人民爱戴。当他去世时，阿维尼翁人民流下的泪水简直要把街道都淹没了。博尼费斯教皇像王公贵族一样气派，像天真的孩童一样无忧无虑。他和蔼可亲，平易近人，时常骑着一头骡子到处闲逛。无论你是身份卑微的割草工，还是受人敬重的大法官，他都一视同仁，尽心竭力地赐福于你。博尼费斯教皇简直就是传说中的伊沃托国王，是属于普罗旺斯的伊沃托国王。人们时常能看到博尼费斯教皇头上戴着法冠，法冠上插着一束墨角兰，脸上挂着微笑，出没在阿维尼翁的大街小巷之间……啊，还有，他是一位守规矩的教皇，从来没有传出任何绯闻韵事。他的心头所好是一座葡萄园。那座葡萄园距离阿维尼翁有几里之遥，座落在新堡的香桃木林之中。

每个星期天的晚祷过后，博尼费斯教皇总会前往自己的葡萄园。他坐在葡萄园中，沐浴着温柔的阳光，他心爱的骡子在他身边悠闲地啃着青草，而红衣主教们簇拥在他周围。这时他会拿出一瓶陈年佳酿，和大家喝上一杯。那美酒闪烁着红宝石般的光泽，是无上的美味——这就是后来举世闻名的“教皇新堡佳酿”。博尼费斯教皇捧着酒杯，啜饮着美酒，深情地注视着自己的葡萄园。当一瓶酒喝完的时候，太阳也下了山，微醺的教皇骑着骡子返回阿维尼翁，一群红衣主教和教士紧随其后。当教皇骑着骡子经过阿维尼翁桥，他的骡子被阵阵笛声和铃鼓声所感染，情不自禁地踩着节拍跳起了小步舞。而教皇也摘下法冠，拿在手中不停挥舞，像是为自己的骡子打拍子。红衣主教和教士们看到这一幕，不禁大惊失色，面面相觑。不过一般民众看到这与民同乐的场面却很高兴：“看！教皇来了！他真是一个好人啊！”

除了那片葡萄园之外，教皇最心爱的就是自己的骡子。他十分宠爱这头畜牲，每天晚上临睡前总要看看牲棚的门是否锁好，骡子的草料是否充足。每天晚饭过后，他还会让人用糖、草药和香料调成一碗法式甜酒。在调酒的过程中，教皇总要亲自监督，然后再亲自端到骡子面前。教皇过分宠溺骡子的行径遭到了红衣主教们的齐声抗议，可是他却置若罔闻。

当然，这头骡子也当得起这宠爱和荣耀。这是一头矫健的母骡，一身油亮的黑皮毛上长着几道暗红的花纹，走起路来四平八稳。她总是昂起自己小小的头颅，头上缀满了五颜六色的绒球和彩结，脖子上挂着银质小铃铛。这头骡子长着一对温顺的大眼睛，流露出天使般的温柔。她的长耳朵不停晃动，为她添上一抹孩童般的天真。阿维尼翁城所有居民都喜欢这头骡子。当这头骡子行经大街小巷，人们都挤在道路两旁，用慈爱的眼光看着她，为她忙前忙后。大家都知道，要想博取教皇的欢心，就要从教皇的骡子入手。这头骡子在不知不觉中让许多人交了好运，野心家提斯塔·梵迪纳的发迹便是其中一例。

提斯塔·梵迪纳何许人也？他原本就是一个惹是生非的家伙。他的父亲盖伊·梵迪纳是个有名的金银工匠，可是提斯塔不仅没有好好继承父亲的衣钵，反而在他的工场里挑动学徒们闹事。最后盖伊·梵迪纳忍无可忍，把提斯塔赶出家门，任由他自生自灭。半年来，提斯塔流落在阿维尼翁街头，藏身于各种藏污纳垢之所。他时常在教皇宅邸旁转悠。这个卑鄙小人想引起教皇的注意，打算通过教皇的骡子平步青云。这可是一招中的，这马屁拍得实在漂亮！

一天，教皇骑着骡子走到城墙脚下，提斯塔迎面走来。只见他双手交握在胸前，毕恭毕敬地说："啊，至高无上的圣父啊！您的骡子实在是太漂亮了，让我好好看看她吧！……亲爱的圣父，这真是一头举世无双的骡子！我敢打包票，即使是日耳曼的君王也拿不出这么漂亮的一头骡子！"

说着他轻轻地爱抚这头骡子，用温柔的口气对她说："过来吧，让我好好看看你，我的宝贝……你真漂亮，真可爱！"

教皇被他的话感动了，他心想："这真是一个好小伙儿！看，他对我的骡子多好啊！"

提斯塔最后得到了什么？第二天他就成为了教皇唱诗班的新学员。要知道，这个教皇唱诗班之前只接纳贵族家的子弟和红衣主教的侄子，可是现在提斯塔一介平民也得以加入这个唱诗班。不得不说，这都是那头骡子的功劳。提斯塔脱下了破旧的黄色外套，换上了镶花边的教士长袍，披上了紫色的丝绸斗篷，穿上了配有搭扣的新鞋。提斯塔旗开得胜，可是他决不会止步于此。

现在提斯塔开始攀上天梯，一步一步地往上爬。可他还是会继续使坏，一而再再而三地耍花招。他对所有人都不理不睬，一门心思放在教皇的骡子身上，只想从中捞取更多好处。每次他走进教皇宅邸的院子时，手里总拿着一束荞麦或一把干草。他走到教皇起居室的阳台前面，轻轻晃动着手中的荞麦和干草，仿佛在说："这是为谁准备的美味啊？还不是为了圣父的骡子吗？"

这一招的确有效。教皇自觉年事已高，有点力不从心，于是他把照顾骡子这一差使托付给提斯塔这个小混球。提斯塔每天晚上要给骡子送去草料，端上一碗法式甜酒，然后锁好骡厩的门。红衣主教们看在眼里，不禁议论纷纷。

而骡子呢？她的苦难就要开始了……每天傍晚，五六个唱诗班学员急急忙忙地跑进厩棚里，躲在草料堆中，也不怕弄脏他们身上的镶花边教士袍和紫色斗篷。不久之后，骡子闻到一股焦糖和草药的清香，提斯塔小心翼翼地端着一碗甜酒走进来。可是骡子却高兴不起来，她心里明白，折磨和苦难就要开始了……

以前骡子是多么喜欢这碗甜酒啊！这酒能让她浑身暖洋洋的，让她健步如飞，让她生龙活虎。现在这碗酒端来了，就放在她的嘴边。这碗让人垂涎欲滴的甜酒散发着浓郁的芬芳。骡子深吸一口气，她的鼻孔中充斥着酒香。可就在这时，提斯塔残忍地端走了这碗红艳艳的美酒。不一会儿，这美酒已经被几个唱诗班学员喝完了。如果他们只是偷酒喝，那骡子也就忍了。可是这群穿着教士袍的小魔鬼们喝完酒后总要发发酒疯，拿骡子消遣一番。一个小魔鬼跳到她背上，另一个揪她的耳朵；一个小混球给她戴上教士帽，另一个则不停地扯她的尾巴……骡子在心里恨恨地想：只要在这些小顽童的腰上和屁股上踢上一脚，就能要他们哭爹喊娘，再也不敢走进厩棚。不过她不会这么做的。她毕竟是教皇的骡子，整天经受教堂的耳濡目染，看着教皇赐福，听着教士祝祷，已经变成了一头宽厚仁慈的骡子。这些小魔鬼们折磨得她好苦！可是骡子还是沉住气，她心里真正恨的是提斯塔·梵迪纳。每当提斯塔站在她身后，她总觉得蹄子发痒，恨不能给他一脚。提斯塔总是在骡子身上施行各种最卑劣的花招，如果他多喝了几口骡子的甜酒，他还能想出更恶毒的点子。

有一天，提斯塔推着赶着，把骡子弄到了钟楼上。钟楼位于教皇宅邸之中，是整座宅邸的最高处。这是实实在在的真事，成千上万的普罗旺斯人都可以做证。骡子被人蒙住双眼，战战兢兢地被赶上楼梯。她四腿哆嗦，一步一步地往上爬。当蒙布被摘下时，一阵强光让她目不能视。过了好一会儿，她才发现自己站在钟楼的平台上。想想看，这头可怜的骡子是多么惊慌、多么害怕啊！美丽的阿维尼翁就在她的脚下，市场上的商铺还没有石子大，教皇近卫队的士兵们仿佛一窝红色的蚂蚁，远处的罗讷河就像一条细细的丝带，河上还横亘着一条稻草般纤细的小桥……这头可怜的畜牲脚都吓软了。她惊慌失措，不停嘶叫，她的叫声把教皇宅邸的窗户震得山响。

骡子的叫声把教皇都惊动了，他跑出起居室的阳台："怎么回事？我的骡子怎么啦？为什么她老叫唤个不停？"

捣蛋鬼提斯塔·梵迪纳早就跑到下面的院子里了。他装出一副六神无主的样子，不停地扯着自己的头发，可怜巴巴地对教皇哭诉："啊，圣父啊，这可怎么好啊……您的宝贝骡子……她自己爬到钟楼上去了……"

"什么？她自己爬上去的？"

"没错，至高无上的圣父，她自己爬上去的……看，她在那儿……您看到了吗？您的骡子竖着两只黑色的耳朵，从这里看过去就像是燕子的尾巴……"

教皇往钟楼上看了一眼，他自己也吓了一跳："上帝啊，帮帮我们吧！这头骡子肯定是疯了，她这样迟早会送命的！下来！快下来！你这头愚蠢的畜牲！……"

骡子做梦都想下到平地，可是她怎么下来呢？走楼梯？那是不敢指望了。沿着楼梯爬上来是一回事，沿着楼梯走下去又是另一回事。如果让骡子沿着楼梯走下去，就算长了一百条腿也不够摔的。骡子无计可施，头晕目眩，在平台上焦急地踱来踱去。可她一直死死地盯着提斯塔，心里恨恨地想："你这个混球！只要我能活着下到平地……明天早上我要让你尝尝我这老蹄的厉害！"

正是这复仇之心让骡子稍稍恢复平静，否则她绝无可能坚持到最后。最后，有人提出了一个法子：用吊篮把骡子吊下来。这可是个规模浩大的工程，大家搬来了绳索、担架和滑轮，竖起一个大大的架子，把一个巨大的竹筐吊上去。骡子趴在竹筐里，四条腿伸得直直的，不停打抖，仿佛一只陷进蜘蛛网的苍蝇在垂死挣扎。想想看，教皇的宝贝骡子被人从高高的钟楼上吊下来，全城人都看到了。骡子觉得自己在阿维尼翁人面前出了个大洋相，心里充满了屈辱。

这头可怜的畜牲当晚彻夜难眠。只要一闭上眼，她就觉得自己仿佛还趴在那大竹筐中，在高空中不停地转呀转，全城人都站在底下看她的笑话。这时她又想起了该死的提斯塔·梵迪纳。骡子愤愤地想："好吧，就等明天了，我要好好踢他一脚，把他踢出老远，踢上天去！"

可是等到第二天，当骡子回到厩棚的时候，却不见提斯塔的身影。提斯塔到哪儿去了？他正坐在罗讷河中的一条帆船上，心满意足地哼着小曲儿呢。原来阿维尼翁的贵族每年都送自己的子弟到意大利学习外交礼仪，今年提斯塔有幸跻身于这些贵族子弟之中，前往那不勒斯宫廷开开眼界。提斯塔一介平民，之所以能获此殊荣，都是因为教皇想起提斯塔长期以来悉心照料自己的宝贝骡子，尤其感念他昨日救骡有功。

骡子得知此事之后无比失望。她愤愤地摇着脖子上的铃铛，心想："哼！这个小混蛋，他倒春风得意、平步青云！……不过不要紧，尽管他现在不在此地，这一蹄终归是要赏他的！这一蹄我先替他存着……等着瞧吧，等他回来，有他好受的！"

这头骡子果然说到做到。

提斯塔离开之后，骡子的生活暂时恢复了平静。没有提斯塔撑腰，唱诗班的那群捣蛋鬼再也不敢到厩棚来了。骡子又喝上了香喷喷的甜酒，还能在午后打个长长的盹儿。在经过阿维尼翁桥的时候，当悠扬的乐声传来，骡子又有兴致跳起小步舞了。不过，自从她在钟楼顶上出了一个大大的洋相，她觉得阿维尼翁人对她冷淡多了。当她的身影出现在大街小巷之中，年纪稍大的市民们会指指点点，频频摇头，而年轻人则哈哈大笑，还不时指指钟楼。即使是教皇也不像以前那么宠爱她了。每个周日从葡萄园返回阿维尼翁的时候，尽管教皇由于多喝了几杯好酒而昏昏欲睡，他却不得不打起精神，睁大双眼，生怕一不留神被骡子带到钟楼顶上去。骡子把这一切看在眼里，她默默吞下所有轻侮和嘲笑。不过当她听到有人提到提斯塔·梵迪纳的名字，她会竖起耳朵，轻轻打个响鼻，在石板路上不停地磨着自己蹄上的铁掌。

漫长的七年过去了，提斯塔·梵迪纳又从那不勒斯回到了阿维尼翁。他在那不勒斯的宫廷教育并没有结束，他之所以这么早赶回来是因为他听说了一条重要的消息——教皇的首席司膳官突然离世。提斯塔做梦都想谋取这个职务，不过看中这一肥缺的人可不少呢。

一肚子坏水的提斯塔来到教皇的宅邸。教皇日渐衰老，老眼昏花，不戴眼镜根本就看不清任何东西。这些年提斯塔长高了，身子骨也更结实了，而教皇根本没有认出他来。

可是提斯塔并没有退缩。他走上前去，毕恭毕敬地说："至高无上的圣父啊，您不记得我了吗？我是提斯塔·梵迪纳啊！"

"提斯塔·梵迪纳？让我想想……"

"圣父啊，您是不会忘了我的。您记起来了吗？我是专门照料您的骡子的，每天还给她端去美味的法式甜酒呢。"

"对，对，我记起来了，"教皇说道。"不错，好小伙儿提斯塔·梵迪纳……你今天找我有什么事吗？"

"啊，没什么事，尊敬的圣父，我只是来看看那头骡子，那头骡子还在吧？她还好吗？……"听到教皇说骡子一切安好，提斯塔并没有要走的意思，而是继续絮絮叨叨地说："她很好，对吧？嗯，这我就放心了……这个……嗯……不瞒您说，圣父，我有一事相求。我听说您的首席司膳官去世了，这个职位空出来了，您看我合适吗？"

"你想当首席司膳官？哦，不，你实在太年轻了，不合适……你多

大了？”

“尊敬的圣父，我正好二十岁零两个月，比您的骡子还老五岁呢……提起您那头骡子啊，圣父，那真是上帝赐予我们的宝物！那是多么漂亮的一头骡子！您知道吗？在意大利的时候，我总是记挂着她呢。现在我好不容易回来了，我能看看她吗？”

“当然，当然，孩子，你当然可以去看她了……”仁慈的教皇被深深打动了。“既然你这么喜欢这头骡子，我也不忍心让你离她太远。好吧，我决定了，我要任命你为首席司膳官……红衣主教们又要大吵大嚷了，不过不用管他们，我早就习惯了……明天晚祷之后你过来吧，我打算在整个教廷面前给你举行一个盛大的授职仪式，之后你再看看那头心爱的骡子，然后和我们一起到葡萄园去……好了，就这么定了……”

兴高采烈的提斯塔走出教皇宅邸的时候，早已飘飘然不知所以。不过在教皇的宅邸中，有一个生灵比他更兴奋，更期盼明天速速到来。不用说，这个生灵就是教皇的骡子。自从骡子知道提斯塔回来之后，为了蓄积力量，实现自己的复仇大计，她一刻不停地吃草料，直吃到第二天晚祷时分。她一边吃着草料，一边用后脚不停地踢着墙壁，把整个厩棚弄得摇摇欲坠。这头骡子也在为明天的盛大仪式做准备呢。

第二天晚祷结束后，提斯塔·梵迪纳走进教皇宅邸宽敞的庭院。上等教士都聚集在这里：枢机主教穿着红袍，辩护修士穿着黑色丝绒长袍，修道院院长们戴着小巧的法冠，此外还有圣阿格里格教区的主教和披着紫色斗篷的教皇唱诗班学员。地位稍低的教士也来了：院子里站着身穿全套制服的教皇近卫队和三个宗派的苦行修士；相貌粗野的旺图山隐修士站在一旁，手持铃铛的小修士紧随其后；鞭笞派教徒也来了，他们光着膀子站在院子里；穿着绣花长袍的圣器守司、分发圣水的、掌管灯烛的……所有能来的修士都来了。当天阳光灿烂，烟火不停升空绽放，钟声乐声不绝于耳。这真是一个隆重盛大的授职仪式！

相貌英俊、气宇不凡的提斯塔·梵迪纳出现在人群之中。他甫一出现，就引得所有人交头接耳，赞叹不已。他是一个不折不扣的普罗旺斯人，留着一头卷发，嘴唇上还有一抹髭须。他的卷发和髭须在阳光下金光闪闪，仿佛涂上了一层金粉。据说，他嘴唇上俏皮的髭须把那不勒斯王后的魂都勾走了。提斯塔一表人才，眼高于顶，总是装出一副漫不经心的样子，或许贵妇们就喜欢这样的花花公子。在今天这个重大场合，提斯塔为了给自己的故乡增光，换下了那不勒斯的宫廷服装，特意穿上了普罗旺斯的传统服装——一件镶花边的粉色长袍。他还在帽子上插了一根白鹮的羽毛，要知道，白鹮可是普罗旺斯卡玛格地区的珍禽。

即将要成为首席司膳官的提斯塔向众人行了礼，之后他转身朝阶梯走去。教皇正站在阶梯的顶端，准备授予他这一职务的官印和官服——一把黄杨木勺和一件橘红色的制服。而教皇的骡子就站在阶梯下，佩着全副鞍具辔头，准备在仪式结束之后驮着教皇前往葡萄园。

提斯塔走到骡子身旁，脸上挂着友好的微笑。他停下来，轻轻拍拍骡子的背，同时还乜斜着眼偷偷看向教皇。他要确保教皇看到这温馨的一幕……

这时骡子站直身子："我终于等到了，你这混球！为了这一刻，我足足等了七年！接招吧！让你见识一下我的厉害！"

骡子举起后脚，以迅雷不及掩耳之势朝提斯塔踢去。院子里的主教和教士们根本没看清是怎么回事，他们只看见一团烟尘不停翻滚，直冲到教皇宅邸的大门外。提斯塔呢？他到哪儿去啦？大伙儿隐约看到这团烟尘之中有一根白羽毛在不住地摇晃……

当然，骡子一般没有那么大的威力。可是这是教皇的骡子，为了这次复仇她整整酝酿了七年。这就是教皇骡子这句谚语的由来。用"教皇的骡子"来形容爱记仇的人，真是再合适不过了。

塞吉纳尔的灯塔

这是一个难以入眠的夜晚，西北风的呼啸声让我夜不能寐。磨坊顶的瓦片被风吹得四处飞散，整座磨坊在狂风中瑟瑟发抖。巨大的风轮发出沉闷的呼呼声，仿佛是船上被风吹鼓的风帆。在磨坊四周，远近各处的松树被狂风压弯了腰，只听得到松涛阵阵，仿佛置身于大海之中。

这一切让我回想起塞吉纳尔灯塔上的无眠之夜。三年前，我曾在塞吉纳尔住过一段时间。那是一个品味孤独的好地方。那座灯塔位于科西嘉海岸上，俯瞰着阿雅克肖湾。那是一个荒凉的所在，远远望去，这个小岛还略带几分红色。这个小岛有两个岬角，一座热那亚风格的古塔座落在其中一个岬角上，另一个岬角上则矗立着一座灯塔，与古塔遥遥相望。那座古塔荒无人迹，唯一的居民是一只苍鹰。此外，在海边还有一座早已废弃的检疫站，里面长满了萋萋荒草。岛上巨岩参差，灌木丛生，林壑幽深，不时可以看到几只野山羊和几匹科西嘉小马。那马儿迎风奔跑，马脖子上的鬃毛在海风中飘扬。灯塔矗立在岛上地势最高处，一群海鸟在灯塔周围休憩嬉戏。灯塔周围环绕着一圈白石铺就的巨大平台，值夜时守塔人可以在这平台上散步。灯塔的外墙上有一个绿色的拱门，进门之后可以看到一架铁质扶梯靠在墙边。而灯室位于灯塔顶层，远远看去像半截铁塔。无数面巨大的玻璃环绕在大灯周围，在太阳的照耀下熠熠生辉。

在磨坊中，在这个无眠的夜晚，我听着门外此起彼伏的阵阵松涛，塞吉纳尔岛突然浮现在我的脑海之中。在我找到这座磨坊之前，我不时会去到那个小岛上，或是呼吸新鲜空气，或是独自一人品味孤独。

若是想知道我在那个岛上做了什么，过得如何，只要看看我在磨坊的生活便可知晓。在那个小岛上，我可以独自一人沉浸在思绪之中。当凛冽的海风流露出偃旗息鼓的意思，我便下到海边，在两块岩礁之间坐下，任由海鸥、乌鸫和燕子环绕在我周围。听着阵阵涛声，我只觉得心醉神迷，整个人处在一种将眠未眠的状态之中。你可知道让灵魂沉醉于斯的感觉吗？你无须思考，甚至连梦都不屑做了。整个人仿佛摆脱了这具皮囊，正在迎风展翅。四周是盘旋低飞的海鸟，高高的浪头激起阵阵水雾，远处海岸线上的轮船冒出缕缕青烟，近处那条红色的小船正在海浪中挣扎，海面上飘起一缕乳白色的雾霭，海浪拍打着礁岸，溅起串串水珠……我的灵魂仿佛与周遭的一切融为一体，整个人似睡非睡，仿佛身处梦境之中。许多悠闲的时光就这样不知不觉地溜走了。

当凛冽的海风刮起时，我便无法坐在海边继续我的白日梦。这时我只得跑到那座废弃的检疫站去避避风。院子里，破败的墙边长满迷迭香和苦艾，空气里弥漫着植物的清香。那座空荡荡的小石楼仿佛是一座古墓，几缕阳光从窗户中闯进来，在空无一物的房间里一寸一寸地挪移。四周弥漫着一股颓败荒凉的气息。我只得随遇而安，任由哀伤在我心头盘旋。不时听到吱呀一声，荒草地上传来几声蹄声，原来是一只山羊用犄角顶开院门，进到这个荒芜的世界来避风吃草。那山羊看到我马上停了下来，一动不动地站在那儿。它竖起两个犄角，那双无邪的眼睛中却流露出兴奋和渴望。

大约下午五点的时候，灯塔的守塔人用话筒对我喊话，让我回来吃晚饭。一座俯瞰大海的小山屹立在我面前，一条小道沿着山壁蜿蜒而上，穿过一丛丛灌木，最终到达小山顶端。塞吉纳尔的灯塔便座落在这座小山的最高处。每走一步，我都回头望望身后水雾茫茫的大海，而四周也似乎越来越明亮开阔了。

我走进灯塔，里面洋溢着一片欢声笑语。我现在还能清晰地回忆起那间饭厅：地上铺着石板，墙上镶嵌着橡木壁板，桌上摆着热气腾腾的鱼羹；通往白色露台的门敞开着，落日余晖让屋里屋外的一切都蒙上一层霞光。守塔人正等着我回来一起吃晚饭。

当时岛上共有三个守塔人[illegible]个马赛人和两个科西嘉人。乍看上去，他们似乎长得一模一样，都是五短身材的汉子，蓄着络腮胡，黝黑的脸上布满皱纹，穿着一模一样的羊皮外套。不过他们的秉性却各不相同，光看他们的行事风格便可知道他们家乡的风气如何。那个马赛人总是干劲十足，永远也闲不下来。他从早到晚在岛上四处转悠：铲除杂草，打鱼，捡拾海鸟蛋……有时他很耐心地潜伏在灌木丛中，只为抓住一头野山羊来挤挤羊奶。即使是在足不出户的时候，他也要挤出时间跑到厨房里做做蒜蓉蛋黄酱和鱼羹。而那两个科西嘉人呢，除了本职工作之外他们什么都不干。他们自认为是公职人员，闲时就待在厨房里玩纸牌。他们的纸牌游戏无休无止，只有当其中一人要点烟或切烟草的时候，这永无止尽的牌局才不得不停下来。

话说回来，无论这三人的秉性如何，他们都是淳朴直率的好人。虽说我与他们格格不入，但我在塞吉纳尔逗留期间，他们都对我照顾有加。

这三个守塔人无论如何也想不明白，怎么会有人闲着没事跑到这灯塔来消磨时光呢？他们觉得这岛上的时光无比漫长，生活枯燥难耐。当他们准备回到陆地上休假的时候，他们流露出的狂喜实在是难以言表。在温暖的季节，在海上风平浪静之时，守塔人每个月都可以回到陆地上休假。按照规定，他们通常在岛上待三十天，然后回到陆地上休十天假。可是到了冬天，或是碰到了无法航行的恶劣天气，关于休假的规定便无法遵从了。在天气恶劣的时候，灯塔外面狂风呼啸，小岛周围波涛汹涌，整个塞吉纳尔岛在浪花飞溅的水雾中瑟瑟发抖。有时一连几个月都没有船只驶近小岛，守塔人只得过着与世隔绝的生活。在这孤零零的小岛上，有些守塔人还会经历目睹某些恐怖凄惨之事。

一天吃饭的时候，守塔人老巴特利对我说：“先生，我跟您讲讲我自己经历的事吧。那是五年前的一个冬夜，我和一个名叫杰哥的同事就坐在饭桌旁吃晚饭。那时岛上只有我们两个人，其他人要么在休假，要么有事不得不离开，要么病了被送回陆地上……我也说不清他们找了什么理由溜回陆地上的，总之当时岛上就我们两人。我们坐在桌旁，心满意足地吃着晚餐。吃着吃着，杰哥突然停了下来，两只眼睛直直地盯着我，然后砰的一声扑倒在餐桌上，手

臂无力地向外摊开。我赶忙跑到他身边，拼命摇晃他，嘴里大叫着：‘杰哥，醒醒！快醒醒！’

“可无论我怎么摇晃怎么叫，他都没有动弹……他已经死了！想想看，先生！我当时就站在这里，像个傻子似的浑身打抖，旁边就是杰哥的尸体……我就这样坐一个多小时，后来我突然想到，我还没点亮灯塔的灯！我赶忙跑上灯室，把灯点亮，这时天已经黑了……

“哦，先生，那真是一个吓死人的夜晚！那天夜里风大浪大，可是那风声和涛声听起来都和以往不同。我躲在灯室里，可我老觉得楼下有人叫我的名字……我口干舌燥，心里充满恐惧和疯狂。我实在不敢下楼……想想看，楼下的饭厅里有一具尸体……

“不知过了多久，我又找回了些许勇气。我硬着头皮走下楼去，把杰哥的尸体搬回床上，在尸体上盖上一张床单。我为杰哥念了一段短短的祷词，然后跑出去呼救。

“可是当晚的风浪实在是太大了。我对着话筒拼命地喊，喊得声嘶力竭，可是我的声音都被风声涛声湮没了，没有人听到，没有人来……看来我只得跟杰哥的尸体在灯塔里过上一段。上帝啊，还要过多久才有船来呢？刚开始的时候，我把杰哥的尸体搬到灯室里，想着能在下一班船到来之前再多陪陪他。过了三天之后，我实在受不了了……整日整夜地守着一具尸体，任谁也要发疯了吧……我该怎么办呢？把他搬出去？把他埋起来？岛上的石头太硬了，拼尽全力也挖不出一个坑。如果把尸体放在户外，岛上那么多乌鸦……我难道能眼睁睁地看着一个基督徒的尸体成为乌鸦的美餐吗？思前想后，我决定把杰哥的尸体搬到海边废弃的检疫站里。我花了整整一个下午来做这件事，说实在的，我把自己的力气和勇气都用光了……即使是现在，如果我在起风的午后朝海边走去，有时还会恍恍惚惚地觉得自己背上扛着个死人，那死人的脑袋正靠在我的肩膀上……”

可怜的老巴特利！现在他只要一想起这事就直冒冷汗。

我们四人谈天说地，话题总离不开灯塔、大海、沉船事故、科西嘉强盗……不知不觉之中晚饭就吃完了。这时夜幕已经降临，值第一轮夜班的守塔人准备上到灯室去。他提起一盏手提风灯，拿上自己的烟斗和酒壶，再带上一本镶红边的书。这本厚厚的书是蒲鲁塔克的著作，也是这岛上唯一的一本书。值班的守塔人带着这些东西走出饭厅。不一会儿，只听到铁索的铿铿声，绞车的吱呀声，还有给大钟上发条时沉闷的响声。

这时我走到露台上。太阳已经沉入海里，海水与天空交界之处也变得模糊不清。一阵清新的晚风徐徐吹来，整个小岛在薄暮之中披上了一层淡淡的紫色。一只大鸟在我身边缓缓飞过，原来是那只以古塔为巢的苍鹰。乳白色的雾霭渐渐从海面升起，给所有一切披上一层薄纱。海浪在小岛边沿留下的一圈白沫在这薄雾中若隐若现。

突然，一束强烈的光从我头顶的灯室射向大海深处。这明亮耀眼的光线衬托出暮色的昏暗，小岛的其余部分仿佛陷入黑暗之中。光线从我头顶掠过，而我自己也隐没在夜色之中。又一阵海风袭来，天色已晚，该回去了。我走进灯塔，摸索着关上大门，插上铁门闩。接着，我慢慢摸到扶梯旁，沿着吱呀作响的扶梯拾级而上。我走到灯塔顶层，一波突如其来的光线让我睁不开眼。

在灯室里，六排灯芯在熊熊燃烧，巨大的玻璃围绕在灯芯周围。这些玻璃有的纯粹是挡风玻璃，有的则是巨大的水晶透镜，在灯芯周围不停旋转。灯室里摆满铜质和锡质的反光镜，旋转着的水晶透镜映出淡蓝色的光圈，灯芯上的火焰在不停闪烁。当我沿着扶梯上到灯室的时候，这排山倒海的光线让我头晕脑涨，目不能视。

我的眼睛渐渐适应了光亮，这时我看到值夜的守塔人坐在这盏巨灯脚下。为了防止自己打盹误事，守塔人拿出蒲鲁塔克的著作细细研读。我走到他

身旁坐了下来。

灯室外面是一片沉沉的夜色。一股强劲的海风掠过底下的露台，整个灯塔在呼啸的狂风中瑟瑟发抖。海面上卷起高高的浪头，海浪拍打礁岸的涛声犹如炮声隆隆。不时能听到轻轻的啄剥声，仿佛有人正在轻叩灯室的玻璃。原来是一只被灯光引来的海鸟撞上灯室的玻璃……灯室里光照刺眼，热气暄腾。燃烧着的灯芯噼啪作响，灯油滴滴答答地滴在地上，绞紧的铁链不时发出铿铿声。除此之外，还有一个单调的声音在朗读德米特里厄斯的生平事迹……

午夜时分，守塔人站起来，最后看了一眼灯芯，然后便和我一起走下扶梯。在扶梯上，我们碰到了值第二轮夜班的守塔人，他正揉着惺忪的睡眼往上爬。我的同伴把酒壶和书递给他。我们爬下楼梯，走进值班室。这间所谓的“值班室”里挂满了铁链和绳索，堆满了铁桶和各种不知名的物品。在一张桌子上有一本摊开的灯塔日志。我的同伴借着手提风灯微弱的亮光，在日志上写下一行字：“午夜，风浪大，有暴风雨，海面有船只。”

塞米扬号遇难记

昨天夜里，磨坊外呼啸的狂风勾起我对科西嘉海岸的回忆。让我的神思继续在海上遨游吧，让我再讲一个关于大海的故事。那是一次可怕的海难，当地的渔民在晚间聚餐时还常常谈起这事。在一次偶然的机会中，我得以了解此次海难的始末。

两三年前，我和七八个港卡水手在萨尔丁纳附近的海面上漂泊。对于我这个过惯陆地生活的人来说，那次旅程简直是苦不堪言。到了三月，天公日日不作美，强劲的海风紧紧追着我们的船，海面上掀起狂涛巨浪。一天夜里，眼看一场暴风雨即将来临，我们的船只得驶入博尼法乔海峡避风。我们驶进一个群岛之中。此地无甚可称道之处：光秃秃的巨石岩礁上挤满了各色海鸟；小岛上长着一丛丛苦艾和黄连；在岸边的淤泥里，腐朽的碎木屑随处可见……不过话说回来，能在这些丑陋的岩礁之间过夜，总好过待在船上。我们的小船只有一间破烂的舱篷，既不遮风也不挡雨，不时还有阵阵海浪袭来。相形之下，这些小岛也算得上是过夜的好去处了。

我们所有人登上海岛。先行一步的水手们已经在岸上燃起一堆篝火，正准备煮鱼汤做晚餐。船长里昂奈特指着远方对我说："先生，您打算到这里的墓地去看一看吗？"我顺着他所指的方向望去，只见一道白色的矮石墙在迷雾中若隐若现。我说：

"墓地？什么墓地？里昂奈特船长，我们现在到底在哪儿？"

"先生，这里是拉维奇群岛，"船长答道，"在塞米扬号沉船事故中遇难的六百多个人就葬在这里。十年前，'塞米扬号'三桅大帆船在这里遇难……这些可怜的人啊，平时也没什么人会特意上到这岛上给他们上坟。我想着既然我们要在这里过夜，那就顺便去看看他们好了……"

"好，船长先生，我和你一起去。"

说完我们便朝墓地走去。那堵矮矮的石墙后面是一片荒凉颓败的墓地，看到此处不禁让人悲从中来。墓地的大铁门上锈迹斑斑，我们费了好大的劲儿才把门打开。现在我闭上眼睛，还可以清楚地回忆起那空无一物的祭堂和几百个埋没在荒草丛中的十字架。墓地里空空荡荡，既看不到一个花圈，也看不到一件缅怀死者的纪念品。这些可怜人已经被整个世界遗忘了，他们在那冰冷的墓穴里或许也睡不安稳吧。

我和船长在墓旁跪下，船长为死者们大声地朗诵了一段祷词。这个公墓唯一的守墓人是一群海鸥。它们在我们头顶盘旋，发出凄厉的叫声，与远处大海的悲声相互应和。

船长念完祷词，我们站起来，拖着迟缓的脚步往回走。一股浓重的哀伤笼罩在我的心头。我们前往公墓的时候，其他水手并没有闲着。当我们回到船只停泊之处，只见在一块凸出的岩石下，一堆篝火正在熊熊燃烧，火上架着一口热气腾腾的大铁锅。所有人围成一圈坐下，就着火暖暖手脚。每个人就着硬磁碗里的汤汁，匆匆咽下两片黑麦面包。所有人都一声不吭。想想吧，我们又冷又湿又饿，不远处便是一座死气沉沉的公墓……不过等到大家吃完晚饭，点起各自的烟斗，这时我们又谈起了塞米扬号。

里昂奈特船长双手托头，若有所思地盯着篝火。我问他："那到底是怎么一回事呢？"

"怎么回事？"船长叹了一口气，"啊，先生，没有人能回答您的问题，整条船的人都死光了……我们只知道塞米扬号是一艘运兵船，当时正运送军队前往克里米亚。这艘船在某天夜里从土伦启航，不久之后就遇上了坏天气，一天之后情况变得更加糟糕。大风，大雨，大浪，没人见过这样的天，这样的海。到了早上，风小了，可是海上的惊涛骇浪并未平息。最糟糕的是，偏偏在这时下起大雾。那场大雾简直是魔鬼耍的花招，几步之外的灯光都看不清……唉，先生，您肯定想不到这样的浓雾有多可怕！不过塞米扬号的厄运早已注定。要知道，在大雾天里航行本来就是很危险的。塞米扬号当时的船长是个经验丰富的硬汉子，曾在科西嘉海岸的军港当过三年的小头目。他对这一带熟悉得很，绝不会无缘无故在大雾天里把船开到这个鬼地方。所以我猜想，在上午的时候这条船的船舵就已经被海浪打落冲走了，这条船只能由海风和海浪牵引着任意漂泊。”

“那这艘船大概是在什么时候遇难的呢？”我问道。

“大概是在中午吧。没错，先生，应该就在中午的时候。不过在那种大雾天里，中午和半夜没什么两样……事后当地的一个港卡水手告诉我到底是怎么回事。据他说，当天早上十一点的时候，他想出去关好门窗。这时一阵大风把他的帽子刮跑了。要知道，港卡水手挣不到几个钱。在他们看来，那帽子可是件值钱的玩意儿呢。于是他顶着大风去追帽子。他一直追到海边，这时风实在太大了，他只得四脚着地，慢慢爬着找他的帽子。他不经意地抬头一看，只见一条黑黝黝的大船，桅杆上光秃秃的，正朝着拉维奇群岛飞速驶去。这条船跑得飞快，他还来不及好好看上一眼呢，那船就消失在海雾之中了。毫无疑问，那就是塞米扬号。大约半个小时之后，岛上的牧羊人听到一声巨响……嘿，我说的那个牧羊人走过来了，让他自己跟您说吧……你好哇，巴隆波。别害怕，过来烤烤火吧。”

我抬起头，只见一个披着斗篷的人怯生生地朝我们走来。之前我在火边也见过这个身影，当时我还以为他也是我们的水手呢，却没想到他是这岛上的牧羊人。

这是一个罹患麻风病的老牧人，整个人看起来魂不守舍的。或许是因为身患疾病，他的嘴唇非常厚，看上去着实骇人。我们费了好大劲儿才让他明白到底是怎么回事。老牧人用手指挠挠厚厚的嘴唇，告诉我们这件事的经过。当天中午，他待在自己的小屋里，突然听到海边传来一声巨响。当时小岛上海水泛滥，他没办法马上跑出去看个究竟。第二天早上他打开门，只见无数残骸碎屑和尸体被冲到岸上。他被眼前的一幕吓呆了。之后他赶紧划着小船到博尼法乔去求救。

这个老牧人许是讲乏了，他在火边坐下，沉默良久。这时船长接过话茬：

“先生，他说得没错。这个老牧人见到这幕惨状之后发出了求救信号。从那天起，他变得痴痴木木的，整个人都不正常了。想想当时的惨状，真把人吓傻了也不奇怪……想想看，六百多具尸体横七竖八地堆在海滩上，还有无数大船的残骸和船帆的碎屑……唉，倒霉的塞米扬号……海浪把整艘船撕得粉碎。海难过后，附近岛屿上的居民通常会在海边捡拾船只的碎屑，用那废木头造小船围篱笆什么的。而在那次海难中，塞米扬号那么大一条船简直被大海榨成粉末了，老实说，就连围一堵矮篱墙用的碎木片都找不齐。至于那些被冲上海滩的尸体呢……所有尸体都残缺不全，变得奇形怪状的，真惨啊……我们找到了船长的尸体，他身上还穿着正式的船长制服。还有一个牧师，他脖子上还系着圣带，仿佛正在参加什么宗教仪式。在两块礁石之间，我们还发现了一具年轻人的尸体，这大概是个见习海员吧。他两只眼睛还睁着，我们开始以为他还活着，可是……唉，他早死了……这大概就是所谓的宿命吧，船上所有人都难逃一劫。”

船长说到这突然停下来，对一个水手说：“嗨，纳尔蒂，看着点，火要灭了。”

那个名叫纳尔蒂的水手朝篝火中扔了两三块涂满柏油的木块，篝火又熊熊燃烧起来。这时里昂奈特船长继续说道：

“唉，先生，说起这次海难，还有更悲惨的事。就在这场海难发生三周之前，一艘小型运兵船也和塞米扬号一样，载着军队驶往克里米亚。那艘船也是在这一带沉没了。不过在之前的那次海难中，我们还救回了二十来个士兵。救上来的士兵没办法马上前往克里米亚打仗，于是我们就把他们带到博尼法乔。他们跟我们待在一起，在博尼法乔港住了两天。待到他们恢复了元气，他们便要返回部队。我们和这些士兵道别，还祝他们一路顺风。之后这群士兵返回土伦，再次乘船前往克里米亚……先生，或许您已经猜到了，这些逃过一劫的士兵们所乘的正是塞米扬号……在后来发现的尸体中，我们找到了这二十多个士兵……我记得其中有一个旅长，曾在我家住过几天。他是一个相貌英俊的巴黎人，蓄着气派的络腮胡，经常讲些惹人发笑的故事……后来我又见到他了，却没想到是在这海滩上，在这横七竖八的死人堆里！上帝啊，这实在是太惨了，太让人难受了……”

里昂奈特船长停了下来，看来这段回忆让他的内心不断翻腾。他熄灭了烟斗，和我道声晚安，之后便钻进自己的铺盖睡觉去了。水手们静静地坐在那儿，不时低声说上几句。最后，他们熄灭自己手上的烟斗，陆续钻进自己的铺盖。那个老牧人早就走了。人声越来越稀薄，最后只剩下一片沉寂。我坐在睡熟的水手之中，久久不愿睡去。

这个悲惨的故事依然在我心头盘旋。这场海难唯一的见证是四处盘旋飞舞的海鸥，而现在我却试图在脑海中重现这悲惨的一幕。船长和老牧人所讲述的点点滴滴涌上心头，这一幕在我的脑海中逐渐变得清晰。我闭上双眼，仿佛能看到穿着制服的船长，系着圣带的牧师，还有那二十多个最终难逃一劫的士兵……

塞米扬号从土伦启程，此时夜幕已经降临。离开港口不久，海面上卷起了高高的浪头，海风也变得强劲凛冽。尽管如此，船上众人一想到塞米扬号的船长是个经验丰富的硬汉子，心头的忧虑似乎也随风飘散了。

第二天上午，浓重的大雾笼罩着海面，焦躁和不安开始在人群中蔓延。所有船员都走到甲板上，而船长一直站在舵楼上。甲板下，士兵们坐在黑暗闷热的舱房中。大船不停摇晃颠簸，没有人能站直身子。有的士兵晕船晕得厉害，只得躺在那儿一动不动。另一些人三五成群地坐在地板上，死死抓住固定在船舱中的椅子，不时还交谈几句。船舱外的风浪太大了，士兵们要扯着嗓门大喊才能让对方听到自己的声音。恐惧开始在人们心中滋长。要知道，在这一

带经常发生海难。二十来个亲历海难的士兵还讲述了他们自己的经历。大家听了他们的话，心里更觉不安。其中一个来自巴黎的旅长最喜欢拿海难来开玩笑。他说的话让所有人心里发毛，背脊发凉：

“来一场海难也不错嘛！这样大家就可以在冰冷的海水里泡个澡了。说不定我们还能去到博尼法乔，到里昂奈特船长家里吃一顿乌鸦肉……”

听到这话士兵们还是笑了几声……

突然，只听“咔嚓”一声巨响，仿佛一棵大树被拦腰折断。

“这到底是怎么回事？”士兵们面面相觑。

这时一个浑身湿透的水手闯进舱房，“船舵丢了，被海浪冲走了！”

那个乐天知命的旅长还不忘说一句“由它去好了，祝它一路顺风”。可是其他人已经笑不出来了。

甲板上一团混乱，浓厚的大雾掩盖了一切。惊慌失措的水手们四处摸索，到处奔跑。现在船舵已经没了，整艘船只能听命于狂风和巨浪。此时是上午十一点半，正在海边追帽子的港卡水手看到一个巨大的幽灵从浓雾中现身。高高的浪头拍打着船头，发出隆隆巨响，宛如炮声轰鸣。唉，没有办法了！大伙儿只能眼睁睁地看着这条船朝怪石嶙峋的海岸冲去！船长走回自己的舱房，换上全套制服。之后他再次走上舵桥。他要在这最后一刻端正自己的仪容，堂堂正正地面对死亡。

在甲板下的舱房里，士兵们焦灼地面面相觑，一言不发。晕船的士兵也试着站起来了，而那个旅长也不再说笑了。这时舱房的门打开了，系着圣带的牧师走进来："孩子们，跪下祈祷吧！"所有人都依言跪下。牧师念起临终祷词，他那响亮的声音在舱房中回响。

突然，大家感受到一股无比强烈的撞击。在最后一刻，所有人的胳膊都绷得紧紧的，双手交握，脸上流露出惊恐的神色。死亡犹如疾风暴雨般扑面而来……许许多多人发出最后的哀号："上帝啊！"整条船发出响彻天际的悲声……

我彻夜未眠。在那天夜里，我唤醒了塞米扬号的幽灵，让十年前那悲惨的一幕在我眼前重现。在远处的港湾中，暴风雨正在肆虐。不时有一阵狂风袭来，奄奄一息的篝火不停闪烁。我听到附近传来沉闷的响声，原来那是我们的船。那条小船在狂风中把泊船的缆绳绷得紧紧的，不时撞击着嶙峋的礁岸。

港卡水手

之前我提到两三年前一次苦不堪言的海上旅行。那时我搭乘艾米莉号，和几个港卡水手一起，从韦基奥港出发，前往拉维奇群岛。艾米莉号是条老旧的港卡小艇，只有一半船面铺上了甲板。船上只有一个小小的舱篷，外面涂着柏油，舱篷里只能容纳一张桌子和两张小床。除此之外，船上再无一处可遮风挡雨。一般人实在难以想象这些港卡水手是如何捱过天气恶劣的日子的。水手们身上湿透的短袄总是热气蒸腾，他们脸上满是汗水，整个人仿佛刚从水里捞上来似的。即使是在隆冬时节，这些可怜人也总是浑身湿透。他们坐在湿透的板凳上，在寒冷和潮湿中瑟瑟发抖，即便到了夜里也是如此。他们无法在船上生火，而这条船又难得靠岸。不过我从没听过这些水手抱怨。这些好脾气的人总是镇定自若，即使在最糟糕的天气里也是如此。说实在的，这些水手过得并不轻松。

他们经常要远离家乡，在海上漂泊几个月，在危险密布的海岸边小心翼翼地航行。他们吃的通常都是发霉的面包和野洋葱，肉食和酒是难得一见的奢侈品。这些水手每年才挣五百法郎，哪能浪费在这些东西上头？不过他们对此并不在意，每个人都露出一副乐天知命的样子。在船舱后头放着一个大桶，里面蓄着雨水。整船人喝的水都得靠这个大桶。我经常见到这些水手拿着大瓷杯，舀一杯雨水，心满意足地一口喝光。看他们那样子，仿佛喝的是琼浆玉液。看到他们稍显滑稽的表情，让人不禁为之动容。

这群水手中最快活的要数来自博尼法乔的柏龙波。他是一个矮小粗壮的汉子，皮肤晒得黝黑。他对船上艰苦的生活不以为意，总是露出一副心满意足的样子。他喜欢唱歌，天气最糟糕的时候也能听到他的歌声。有时我们这条小船会碰上非常恶劣的天气。只见天空阴沉，彤云滚滚，雪花和冰霰漫天飞舞。所有人都耸起鼻子，惶恐不安地嗅着海风。他们把手放在耳边，仿佛在聆听风暴逼近的脚步声。紧张和不安开始在船上滋长蔓延。这时，船上的沉寂突然被一阵安详自若的歌声打破。那是柏龙波在歌唱：“谢了，先生，您的盛情我实

在承受不起。聪明的丽赛特没有离开家乡，她一直待在那个小村庄……”

狂风呼啸，海浪冲进小船之中。整条小船左右摇晃，嘎吱作响，几欲散架。可是这一切都没能打断柏龙波的歌声。看他那安详自在的样子，仿佛一只在浪尖上飞舞的海鸥。有时他的歌声会湮灭在风声和涛声之中。过一会儿，在涛声的间隔之中，在哗哗的水声之中，又传来了柏龙波欢快的歌声：“……聪明的丽赛特没有离开家乡，她一直待在那个小村庄……”

有一天，又碰上风高浪急的坏天气，可是我并没有听到柏龙波的歌声。这实在是太不寻常了。我伸头到船舱外，大声喊道：“嘿，柏龙波，你怎么不唱歌了？”

柏龙波没有回答。我走出去想看个究竟。只见他躺在舱篷外的长椅上，牙关紧咬，浑身颤抖。另一个水手一脸哀伤地对我说：“他得了‘邦都尔纳病’。”

他们口中的“邦都尔纳病”实际上是一种胸膜炎。我从没见过如此悲惨的一幕：这可怜人浑身发烫，蜷缩在一件破旧的橡皮外套之中，仿佛披上了一层闪亮的海豹皮；我们头顶是铅灰色的天空，四周是高高的浪头和呼啸的狂风；巨浪不停拍打着小船，海水涌入小船，船上没有一寸干燥的地方。疾风、巨浪和严寒让柏龙波的病症进一步恶化，他已经失去了意识，开始说胡话了。

我们想尽一切办法来减缓他的病痛，可惜都没有用。看来只得上岸找人来帮忙了。日暮时分，我们在一个死气沉沉的小港口靠岸。海岸边耸立着崎岖险峻的岩壁，峭壁上难以攀爬的灌木丛给这个孤寂的小港口添上一抹呆滞的绿色，与当前的季节很不相称。在港口中见不到什么活物，只有海鸥在我们头顶盘旋。岸边不远处有一栋白色的房子，配着灰色的百叶窗。走上前去，还可以看到房子的墙上印有号码，表明这座孤零零的建筑的确是国家的关卡。在这样一个荒无人烟的地方，看到这样一座可怜兮兮的关卡，不禁让人更觉压抑。这间凄凉的庇护所又能派上什么用场呢？无论如何，我们还是把柏龙波背下船，向关卡走去。

我们进了门，只见火炉边围坐着几个人。那是港卡的主管和他的妻儿，所有人看上去都是一脸病容。他们面色萎黄，双眼暴突，似乎还在发烧。那年轻的母亲正在奶孩子，浑身上下还不停地颤抖。

我们把柏龙波安置好。港卡的主管轻声对我们说："这里实在是太糟了。港卡的水手从来都干不满两年……他们的健康都被沼泽热摧毁了……"

现在当务之急是找个医生，可是这方圆几里之内都找不出一个医生。我们该怎么办呢？所有人都精疲力竭，实在是挪不动步子跑上几里路。那就让主管的孩子跑一趟吧？天已经黑了，路途又远，让孩子去请医生也不妥当。这时主管的妻子走到门边大声喊道：

"塞柯！塞柯！"

只见一个身材魁梧的小伙子出现在门前。他身穿羊皮水手外套，头戴一顶褐色毡帽。他那样子总叫人想起偷猎者或科西嘉强盗。我下船的时候就见到他了。当时他坐在门前，嘴里叼着红色的烟斗，两条腿之间夹着一支猎枪。他看到我们走过来便马上离开了。当时我还想不明白他为什么要走开，现在回想起来，他大概以为我们这群人里有警察，怕我们要找他的麻烦。

小伙子走进门，主管的妻子红着脸对我们解释说："这是我的表亲塞

柯，让他去请医生吧。他对这一带很熟，不会迷路的。”

她在小伙子耳边说了几句，还指指躺在一旁的柏龙波。他弯下腰查看了一下，但没有说话。接着他走出门外，吹吹口哨，唤来自己的狗。他背上猎枪，甩着两条长腿，在岸边的岩石上蹦来蹦去，渐行渐远。

我把目光转向屋内。孩子们正围在桌旁，匆匆咽下栗子和山羊奶酪。这就是他们的晚餐了。晚餐后没有酒喝，只有凉水。说实在的，喝一口酒驱驱寒或许对孩子们有好处。他们似乎很怕自己的父亲，坐在那儿大气也不敢出。这真是无比黯淡凄惨的一幕！吃完晚餐之后，母亲打发他们上床睡觉。港卡主管拿上一盏手提灯，到海边巡查。我们一直围坐在炉边，照看着可怜的柏龙波。他躺在草垫子上，不停地辗转反侧，仿佛身处大海之上。我们烧热了几块石头，放在他身旁，希望这样能减轻他的痛楚。当我靠近他身旁，有一两次这个可怜人竟然还认出了我。他费劲地伸出自己的手，似乎在表示感谢。我只得握住他的手——他那粗糙的大手仿佛炉砖一样滚烫。

这是一个悲惨黯淡的不眠之夜。屋外，夜幕已经降临，狂风暴雨又开始肆虐。不时能听到狂风呼啸，惊涛拍岸，浪花泼溅，海浪又开始与礁岸进行不屈不挠的搏斗。一阵狂风钻进港口，拼命摇晃着小屋。屋里的火焰也随之跳跃，映出炉边水手阴郁的脸庞。他们早已经受过狂风巨浪的磨炼，对此根本不以为意。柏龙波不时发出一声呻吟。水手们看向那可怜的濒死之人，他们能怎么办呢？现在他们远离家乡，孤立无援。四周一片寂静，只听得到水手们的呼吸声和叹息声。这些坚忍的苦命人只能听天由命，对即将到来的死亡也只能听之任之。面对如此悲惨的命运，这些可怜的人们并没有奋起反抗，他们只是长叹一声而已。或许，他们甚至不屑抱怨一声。

可是，最后事实证明我想错了。一个水手往炉中添了块木材，用歉疚的语气对我说：

“唉，先生，干我们这行可真是苦得很呀！……”

菊菊乡的神父

当一年一度的圣烛节来临之际，普罗旺斯的诗人们总会出版一本美妙的小册子，里面满是优美的诗歌和有趣的故事。我刚刚拿到了今年的这本小书，从中我发现一则意味深长的故事。读者们，我希望能和你们一起分享这则寓言。这个故事具有浓郁的普罗旺斯风味，现在我经过删减把它抄录下来。巴黎人啊，好好享受这个令人捧腹的故事吧。

马丁神父是菊菊乡教区的神父。他与人为善，志比金坚，对自己教区的教众怀有慈父般的深情。如果菊菊乡的教众能积极向善，让马丁神父有点事做，那么菊菊乡在他眼中简直就是人世间的天堂。只可惜菊菊乡的民众只顾眼前，对灵魂永生之类的东西不感兴趣。教堂里的忏悔室布满蛛网，无人踏足；复活节的时候，圣饼[①]一直放在圣体匣中，无人领受。马丁神父对此痛心疾首，他不停地向上帝祈祷，希望能让这些迷途的羔羊重回正道。

上帝是否让他如愿以偿了呢？亲爱的读者，请你耐心地看下去吧。

此时恰逢周日，马丁神父布过福音之后，走上讲坛开始讲道。他对教众们说："兄弟姐妹们，我今天要给你们讲讲我最近做的一个梦……信不信由你们，不过我可以担保，我所说的句句是实。

"一天夜里，我梦到自己来到了天堂的门口……想想吧，像我这种罪孽深重之人，居然也能去到天堂！

"我敲敲天堂的大门，来开门的正是圣彼得本人：'嘿，马丁神父，什么风把你吹来了？你今天到此有何贵干？'

"或许你们还记得，圣彼得是掌管天堂名册和天堂大门钥匙的圣人。我大着胆子问道：'尊敬的圣彼得，恕我冒昧，您能否告诉我有多少个菊菊乡的乡民在死后升上了天堂？'

"圣彼得回答：'这只是小事一桩。马丁神父，请你坐下来，我们一起

① 圣饼：基督教圣餐仪式中经过祝祷的面饼。

查看一番吧。'

"圣彼得翻出一本又大又厚的名册，然后戴上眼镜，一页一页地翻找：'让我看看……菊菊乡……在这里……啊，马丁神父，我只能遗憾地告诉你，这一页完全是空白的。这就是说，没有一个菊菊乡的乡民在死后升上天堂，天堂里绝对找不出一个来自菊菊乡的灵魂。不信你自己瞧……如果你能找出来，那我就能从火鸡身上挑出鱼骨头了。'

"听到这话我自然吓了一大跳：'什么？一个也没有？这绝无可能……好心的圣彼得呀，再找找吧，再仔细找找……'

"'我的好神父，真的没有，我可不是跟你开玩笑……不信你自己瞧瞧……'

"我不禁捶胸顿足：'天啊！上帝啊！这可怎么办啊……'

"圣彼得赶忙劝我：'唉，马丁神父，别这么激动，别这么伤心，别为这事把自己弄出什么毛病来。话说回来，这也不是你的错……对了，来自菊菊乡的灵魂肯定都在炼狱[①]里洗涤净化呢。'

"这话让我打起了几分精神：'这么说来还有希望……伟大的圣彼得呀，您能否让我去看看他们，给他们些许安慰……'

"'当然，当然，'圣彼得递给我一双鞋子：'来，速速穿上这双草鞋，前往炼狱的路可不大好走……好了，你说你要到炼狱去看看，那你就沿着这条小路一直往前走。当你走到路的尽头，在你的右手边会出现一扇银色的大门，上面布满了黑色的十字架，那就是炼狱的入口了。你到那里敲敲门，会有人给你开门的……马丁神父，打起精神来，请多保重，再见！'

"我沿着小路一直往前走……现在只要想起那一路的景象，我还会不寒而栗，浑身都起鸡皮疙瘩……这是一条弯弯曲曲的羊肠小道，路上铺着灼热

① 炼狱：根据基督教的教义，生前犯有罪过但可以得到宽恕的灵魂在炼狱中忏悔罪过，净化自身，之后才有可能进入天堂。

的小石子，黑色的荆棘和吐着信子的蛇随处可见……我终于看到那扇银色的门了。我走上前去敲敲门，只听门后一个深沉沙哑的嗓音问道：‘谁啊？’

“我赶忙答道：‘来自菊菊乡的马丁神父。’

“‘来自什么地方？’那声音问道。‘菊菊乡。’我又重复了一遍。

“‘那就进来吧。’话音未落，银色的大门已经打开了。我走了进去，只见一个高大伟岸的天使，他的翅膀漆黑如夜色，他身上的长袍灿烂如阳光。他的腰间挂着一串钻石打造的钥匙，面前也摆着一本册子，看上去比圣彼得的册子还要厚呢。我进去的时候，正好看到他在册子上写写画画。

“天使抬起头：‘请问你到此处有何贵干？’

“我说：‘尊敬的天使，我真心想知道，您这里有没有来自菊菊乡的灵魂？’

“‘什么地方？’‘菊菊乡……啊，我是菊菊乡的神父，我想知道，我的教众在死后有没有流落到此处的？’

“‘啊，我明白了，’那天使说道，‘你是马丁神父对吧？’‘正是在下，’我恭恭敬敬地回答。

“‘让我看看……菊菊乡……’说着，那天使打开厚厚的册子，还不时用指头点点口中的唾沫，好翻得更快一些。

“那天使翻到最后，长叹了一口气：‘马丁神父，我们炼狱这里并没有来自菊菊乡的灵魂呀。’

“听了这话我急得直跳脚：‘耶稣基督啊！圣母玛利亚啊！他们到底上哪儿去啦？’

“‘怎么啦，神父？他们不在我这儿，当然是在天堂了，否则还能到哪儿去呢？’天使说。

“‘可我刚刚从天堂那儿过来呀！’我喊道。‘你刚从那儿过来？这么说……’‘那里一个来自菊菊乡的灵魂都没有！’

“天使摇摇头，‘唉，亲爱的神父，对此我也无能为力……如果他们既不在天堂又不在炼狱，那他们只可能待在一个地方……’

“‘圣父啊！圣子啊！圣灵啊！’我忍不住大叫，‘不会吧，不会堕落到如此地步吧？……或许，圣彼得在和我开玩笑呢？我又没做什么亏心事，干嘛要拿我寻开心呢？……天啊，天啊，完了，完了……这群迷途的羔羊啊！如果我的教众都不能进天堂，我自己一个人去那儿又有什么意思？’

“‘可敬又可怜的神父啊，你先别着急……听我说，你是真心想知道菊菊乡教众的下落吗？你也想尽力把他们从地狱的烈火中拯救出来吧？那好吧，如果你不惜一切代价要一探究竟，那我给你指条路。你看见门前这条路了吧，待会儿你就沿着这条路一直往前，能跑多快跑多快……当你跑到路的尽头，你会看见左侧有一扇大门，到时你就能弄清事实的真相了。愿上帝保佑你！’

“我走出炼狱，那扇银色的大门在我身后缓缓关闭。我又踏上了那条羊肠小道，现在那小道上铺满了血红滚烫的熔岩，我跌跌撞撞，东倒西歪，像个醉汉似的踉跄而行。我浑身冒汗，全身每个毛孔都像喷泉一样；我呼吸困难，口干舌燥，只想找点水润润嗓子。不过幸好我脚上穿着圣彼得给的草鞋，我的两只脚才免于烫伤。

“我就这样摸索着走了一段。最后，一扇大门终于出现在我眼前……那可不是普普通通的大门。那敞开的大门不断向外散发着热气，仿佛是一个巨大炉子的入口。天啊！这是多么恐怖的景象啊！我走近门前，没有人问我所为何事。一群群黑影随随便便地走进门里，就像是在周日时去酒吧消遣一番。最后，我跟着一群人走了进去。

“我浑身大汗，却又冷得发抖。我背脊发凉，毛骨悚然。我闻道一股皮焦肉烂的味道……菊菊乡的铁匠艾利老师傅给老驴上铁掌时，那股臭味你们都见识过吧？我在梦里闻到的就是这股味。暑热和恶臭几乎让我无法呼吸，凄厉的叫声不绝于耳。有人在呻吟，在哀号，在咒骂。

“这时我看到一个长角的魔鬼，他用手中的叉子指指我，气咻咻地说：‘你在干嘛？赶紧进来！’

“我赶紧答道：‘你是在说我吗？不，不，你弄错了，我是上帝忠实的仆人。’

“那魔鬼轻蔑地说：‘嘿，上帝的仆人……你这老傻瓜！你上这儿来干嘛？’

“这时我站都站不稳了：‘我来这儿是为了……啊，你不用管我，我来这儿……我走了大老远的路……唉，算了吧，我来这儿是想问一下，你这里有来自菊菊乡的灵魂吗？’

“魔鬼不屑地说：‘瞧你这话问的！你不是在装傻吧？实话告诉你，凡是从菊菊乡来的灵魂都在我这儿！进来看看吧，见见你那些菊菊乡的乡亲们……’

“在大厅中央有一个火焰形成的巨大漩涡，我看见那漩涡之中有无数黑影，凄厉的叫声就是从这儿传出来的。

“在这些黑影之中我看到了大高个柯克加林，他生前总是喝得醉醺醺的，一醉酒就打老婆。

“我还见到了荡妇卡特里娜，这个女人生前总是摆出一副高高在上的样子。她经常跑到谷仓里，人家问起她就说自己一个人在谷仓里睡午觉……还记得她吧，你们这些坏小子！好了，我可不想在她身上浪费那么多口水。”

“我还看到巴斯加，他生前老是偷于连先生的橄榄来榨油；还有以拾稻穗为生的巴贝塔，她捡稻穗的时候总是偷偷从谷堆里偷上一两把。

“我还看到格来帕西，他经常给自己的手推车上油……你们知道那是为什么？他推着自己的手推车到处偷鸡摸狗的时候，不容易被人发觉。

“我还看到达芙奈，别人去她家的水井打水时，她总要敲他们一笔。

“还有托利拉德，他总是歪歪斜斜地戴着一顶小帽，嘴里叼着个烟斗，整天摆出一副趾高气昂的样子。当他看到我脖子上挂着圣像走在路上，他总会一溜烟跑开，就像见到了一条疯狗似的。

“我还看见了古罗和扎特两夫妇、雅克、皮埃尔还有东尼……”

坐在底下的教众已经大惊失色，面如死灰，哭泣声和叹息声此起彼伏。他们想到自己的父母、祖父母还有兄弟姐妹们正在地狱的烈火中受尽煎熬，浓重的恐惧笼罩在每个人心头，挥之不去。

马丁神父清清嗓子：“我知道你们心中所想，你们想得没错，没人愿意下地狱。我要为你们的灵魂负责。你们现在正一头冲向地狱的烈焰中，可你们却无知无觉，肆意放荡。我要把你们从地狱的烈焰中拯救出来！

“还好，现在开始还为时未晚。从明天开始，你们就要洗心革面，为你们犯下的过错忏悔。而我也要肩负起拯救你们灵魂的重任。听着，我们要一步一步来，就像跳小步舞一样各就各位。要想做好一件事，首先得整出个计划。要有条不紊地进行，最后才能有好结果。

“明天是周一，老头老太们先进行忏悔，估计也费不了多少事儿。

“周二轮到小孩子们，我想应该很快就完事的。

“周三，到小伙子和大姑娘们忏悔，这可得花上一点时间。

“周四，轮到成年男子。你们最好快人快语，说完算数。

“周五，轮到一众妇人们。我要让她们赶紧说完，决不能由着她们啰唆个没完！

“周六，轮到磨坊主忏悔了，我担心一整天或许还不够他一个人忏悔的。

“如果在下周日之前能听完所有人的忏悔，那么可算是功德圆满了！

“在座的各位，你们也知道麦子成熟了要收割，美酒倒在杯里就应该喝光。如果灵魂蒙上了厚厚的污垢，就应该好好清洗一番。现在我们要好好洗刷我们的灵魂，让它光洁如新。愿上帝赐福于你们，阿门！”

马丁神父说到做到，所有菊菊乡的乡民都进行了忏悔。下一个周日是值得所有菊菊乡民铭记的日子。从那时起，菊菊乡乡民们洁白无暇的灵魂散发着芬芳，方圆几里之内都闻得到。

看到此情此景，好心的马丁神父满怀欢欣喜悦。有一天晚上，他当真做了一个梦。在梦里他看到烛光摇摇，香雾缭绕，还有唱诗班吟唱着赞美诗。所有菊菊乡的乡民们都出现了，排成浩浩荡荡的队列，而马丁神父领着这队人马，向天堂走去。

这个故事是爱讲故事的罗马尼埃写的，而他又是从某个朋友那儿听来的。亲爱的读者，现在我把这个故事抄录下来，希望能博得你们一笑。

老人

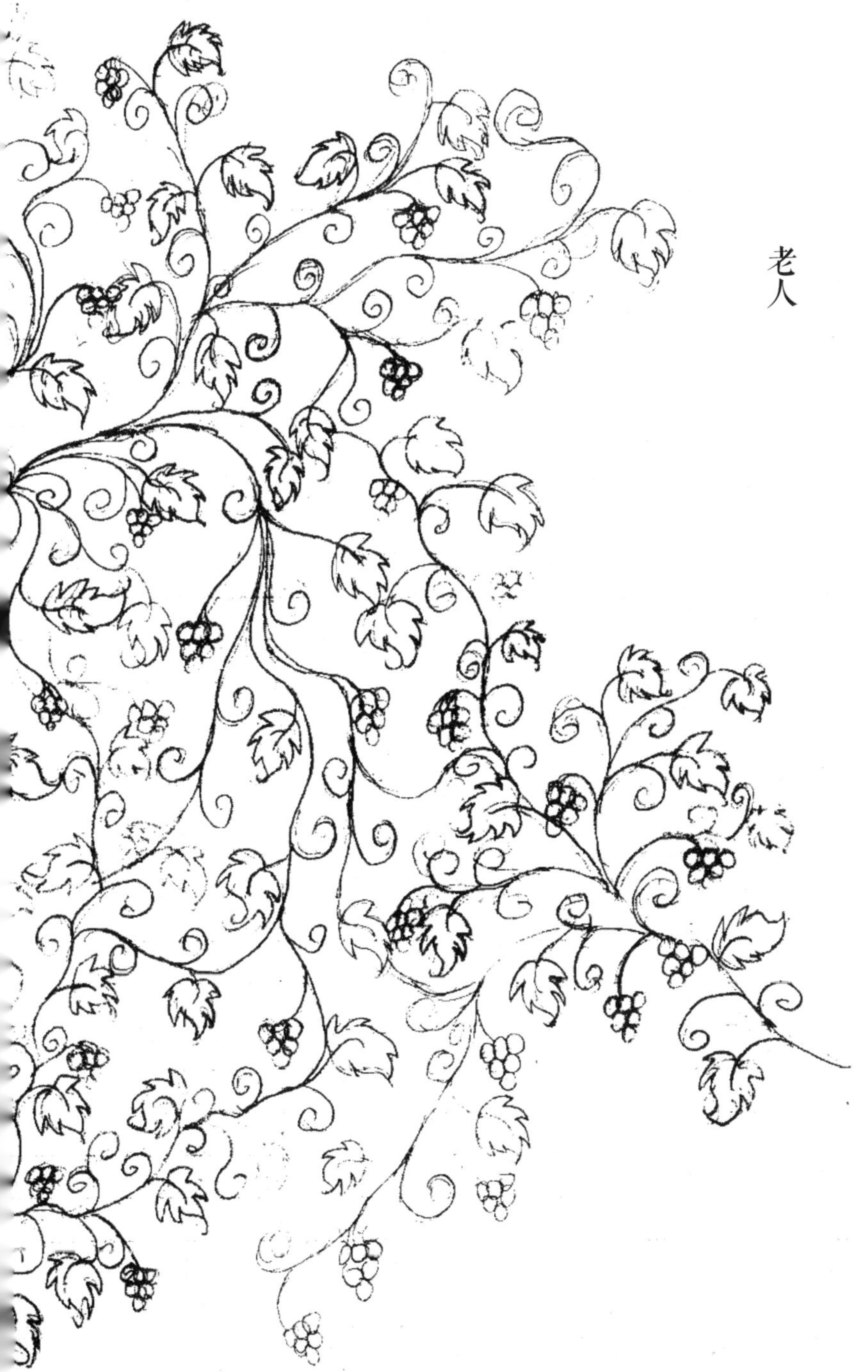

“有我的信吗，阿曾老爹？”

“先生，有一封从巴黎寄来的信。”

好心的阿曾老爹露出一副欢天喜地的样子，仿佛从巴黎寄来的信是什么了不得的大事。可我却高兴不起来，我预感到这封不期而至的信会让我浪费掉整整一天的时间。果不其然，信中写道：

“朋友，我想请你帮个小忙。看在我的份上，你能不能暂时离开你那可爱的磨坊，到容吉埃尔去一趟呢？容吉埃尔是当地的大市镇，离你的磨坊只有几里之遥，你就权当是散散步吧。到了容吉埃尔，你只需打听一下孤老院在哪儿。孤老院旁边有一栋平房，配着灰色的百叶窗，平房后头还有一个小花园。你可以直接走进去，不用敲门，这房子的大门总是开着的。进门之后你就高声大喊：‘您好！我是莫里斯的朋友！’你将会看到两个上了年纪的老人，他们总是坐在自己的扶手椅中，听到你的话他们定会张开双臂欢迎你的。这两位老人是我的祖父母，替我好好地拥抱一下他们吧，然后再和他们聊聊家常。他们肯定还会问长问短，不厌其烦地提起我的名字，用无数旧闻趣事来烦你，你就有礼貌地倾听吧。无论他们说什么，你可千万别笑话他们……你不会笑话他们的，是吧？我是他们的心肝宝贝，可我已经有十年没见过他们了。我有什么办法呢？我人在巴黎，朝夕忙碌，而他们年纪又太大，让他们长途跋涉前往巴黎也不妥当。幸好，我想到你就在那附近。帮我一个忙吧，代替我去看望他们，替我给他们一个热情的拥抱，权当我已经去看望过他们了。我经常提起你的名字，我们珍贵的友谊……”

这算哪门子珍贵的友谊啊？今天我原打算躲在两块岩石之间，沐浴普罗旺斯的阳光，倾听四周的阵阵松涛，悠然自得地消磨一天的时光。可现在莫里斯的这封信把我的计划都打乱了。不错，今天的天气还好，可是日头太猛，风太大，根本就不适合散步。我实在无法推脱这朋友的请求。我拿上手杖和烟斗，嘟嘟囔囔地锁上磨坊的门，把钥匙塞进猫洞里，朝容吉埃尔走去。

我去到容吉埃尔的时候已经是下午两点了。整个小镇看不到一个人影，所有人都下地干活去了。场院里的榆树布满尘土，知了在纵情欢唱，一头驴在市镇广场上懒洋洋地晒太阳，一群鸽子聚集在教堂前的喷泉边，可我却找不到一个人来问路。还好，我看到一个老妇正蹲在门前的角落里纺纱，她看上去仿佛童话里的女巫。我向她打听孤老院怎么走，这个颇具法力的女巫举起纺锤，随意一指，只见一座孤老院豁然出现在我的面前……这是一栋阴沉晦暗的黑色建筑，颇具规模，拱门上方还镶嵌着红色砂岩制成的十字架，十字架上刻有一段拉丁文。孤老院旁边是一栋小一点的平房，配有灰色的百叶窗，屋后还有一个小花园。这应该就是莫里斯所说的地方了，我没有敲门便走了进去。

这凉爽幽静的门廊让我终生难忘：墙壁是浅粉色的，格板上随意放着小提琴和几朵凋谢的花；屋前有一个彩色的遮阳棚，屋后有一个雅致的小花园，正在微风中荡漾。这栋房子看起来就像是老式的管家宅院。在门廊的尽头有一扇半开半掩的门，门缝中传来时钟的滴答声，还有一个孩童的声音。一个孩子正在用稚嫩的童声一字一顿地读道，“圣……伊……勒……内……喊……道：‘余……为……天……主……之……麦，野……兽……之……齿……将……余……碾……成……齑……粉……’”

我轻轻地走进门。在半明半暗的小房间里，一个老人坐在扶手椅中。他脸色通红，脸上手上都布满皱纹。他双手放在膝上，嘴巴微张，看上去已经睡熟了。在他的脚边坐着一个小女孩，她披着蓝色的长披风，戴着蓝色的小软帽——这想必就是孤老院的制服吧。小女孩的面前摆着一本大书，这本书看上去比她还大。她专心致志地念着圣伊勒内的生平事迹，整个房间在她那充满魔力的声音中昏昏欲睡：老人在扶手椅中睡着了，苍蝇停在天花板上一动不动；金丝雀安静地待在窗台上的鸟笼里，一声不响；那面巨大的时钟仿佛也放慢了脚步，指针一点一点地慢慢挪移。房间里的一切都静止不动了。只有一缕阳光透过百叶窗的缝隙，挤进这昏暗的房间，照亮正在飞舞的微尘。那小女孩还在锲而不舍地继续朗读："然……后……两……只……狮……子……跳……出……来……向……他……扑……去……"

这时，魔咒突然被打破了，整个房间被我惊醒了。房里的一切陷入惊恐和慌乱，即使是那两只狮子突然从书中跳出来也不会导致如此混乱的局面。小女孩尖声怪叫，书本砰的一声跌落在地上，苍蝇狂乱地飞舞，金丝雀不安地跳上跳下……就连那大时钟也不甘寂寞，当当当地响起了报时声。扶手椅中的老人坐直身子，仿佛被吓了一跳。我自己也被这慌乱感染了，站在门边一动也不敢动。好一会儿我才醒过神来。我高声喊道："您好，老人家，我是莫里斯的朋友！"

老人从扶手椅中站起来，张开双臂向我走来。他热情地拥抱了我，还和我握握手。之后他就在房里不停踱步，嘴里还念念有词："上帝啊，太好了！上帝啊……"

笑容浮现在老人那张布满皱纹的脸上，他的脸显得更红了。他结结巴巴地说："啊，先生……啊……先生……"

他走到房间后头大声喊道："玛梅特！快出来！"

只听吱呀一声，一扇房门打开了，房子后头的走廊里传来窸窸窣窣的响声。过了不久，只见一个老妇走进房间。她身上穿着修女式的袍服，头上戴着贝壳式软帽，手里还拿着一条绣花手帕。老太太宛如一幅古画中的美人，她的穿着仪态让人回想起昔日的习俗和风姿。老人和老妇看上去很相像，让人不禁为之动容。前面房间里的老先生如果把头发梳起来，戴上一顶贝壳式软帽，你会误以为他是玛梅特的双胞胎姐妹。不过真正的玛梅特脸上皱纹更多更深，或许这是因为更多的泪水从这张脸上流过，犁出深深的沟壑。玛梅特身后也跟着一个穿着孤老院制服的小女孩，这个"小护士"须臾不离老妇左右。我看到这些孤儿体贴入微地照顾这两个老人，不禁感慨万千。

玛梅特用十分正式的语气问候我，可这时老人打断她的话："这是莫里斯的朋友！”

这仿佛是一句魔咒。只见老妇呆立在原地，浑身颤抖，老泪纵横。两朵红霞飞上她早已干枯的双颊，现在她的脸色变得如此红润，与老人相比有过之而无不及。这些老年人啊，他们的血液已几近枯竭，但只要有一星温情的火花，他们全身的血液都会涌到脸上……

老妇对身后的小女孩说：“快搬张椅子请客人坐下吧。”

老人对他身旁的小女孩说：“快把百叶窗打开吧。”

老人和老妇各自拉起我的一只手，把我带到窗前。他们把窗户开得大大的，借着窗口的光亮细细地打量了我一番。之后他们坐回各自的扶手椅中，而我则在他们之间的一张折叠椅上就坐，两个穿着蓝色制服的小女孩站在我们身后。老人和老妇急不可耐地打听莫里斯的情况：

“他现在怎样？他在做些什么？他为什么不来呢？他现在还好吗？……”

他们的问题一个接一个，让我应接不暇。不知不觉中，几个小时就这样过去了。

我尽自己所能来回答他们的问题，凡是我了解的情况我都跟两位老人说了。至于那些我不甚明了的细节，我就颇为大胆地胡编乱造。例如，我从没留意过莫里斯住所的窗户是否关得严，也没有注意到他卧室的墙纸是什么颜色的。但当两位老人问及此事时，我顺口说道：

“卧室的墙纸吗？是淡蓝色的，上面还有印花图案呢！……”

“真的吗？”老太太流露出关切的神情。接着她转身对自己的丈夫说：“这孩子真是没得说！”

“没错，这孩子真是没得说！”老先生激动地回应。

我说话的时候，两位老人时而轻轻摇头，时而露出会心一笑，时而眨眨眼，点点头。老先生靠近我，轻声说道：“说大声些！她听不清！”

老太太也靠过来："大声点，他的耳朵不大好使。"

我依言提高声调，两位老人都露出感激的笑颜。当这笑容淡去之后，我可以从他们的脸上隐隐约约地看到莫里斯的影子。这相貌上的相似之处让我为之动容。刹那之间，我恍惚觉得我的朋友莫里斯就坐在我面前，坐在岁月的浓雾深处，朝我微笑。

说着说着，老人突然坐直身子："玛梅特，我想或许他还没有吃午餐呢。"

老妇大吃一惊，高高举起双臂："天啊，他还没有吃午餐！"

我还以为他们在谈论莫里斯。我正要向他们保证，我的那位朋友每天正午之前都按时吃午餐。可我没想到他们说的竟然是我。我只好期期艾艾地承认，我今天的确没吃东西。听了这话两位老人又忙开了："快点，孩子们，快帮忙布置餐桌！把桌子摆在房间中央……嗯，没错！铺上最好的桌布，把最精致的餐具拿来……别再咯咯傻笑了，快帮忙吧……"

老人和小孩赶忙布置餐桌。在一阵手忙脚乱之中，他们居然只摔坏了三个盘子。

"过来吧，莫里斯的朋友，请你好好用餐吧。"玛梅特把我引到餐桌旁，"很抱歉，你只能单独用餐了，我们已经吃过了。"

唉，这些老人啊！无论什么时候，只要你提起用餐之事，他们总是说自己已经吃过了。

两位老人为我准备的这顿"大餐"包括一点点牛奶，几个枣儿，还有一个水果馅饼。或许这顿丰富的大餐足够玛梅特和她的金丝雀吃上一个礼拜，可我现在把他们一周的食物都吃光了！两个穿蓝色制服的小女孩倚着餐桌，双手支颐，不时说上几句悄悄话；两位老人正在关切地看着我；金丝雀正在笼子里叽叽喳喳，仿佛在说："看哪！那位先生把我们的水果馅饼都吃光了！"

在众目睽睽之下用餐让我觉得如芒在背。不知不觉之中，我吃完了这顿

“丰盛的大餐”。在吃东西的时候我也没忘四处张望。在这明亮安静的房间里，弥漫着一股陈旧的气息。在房间的尽头，两张窄窄的小床吸引了我的目光。在凌晨时分，这两位老人躺在小床上，躲在镶花边的重重帷幕之后，他们会谈论些什么呢？

我展开想象的翅膀：凌晨三点，大时钟响起报时声，两位老人醒了。

“玛梅特，你醒了吗？”

“醒了。”

“你说，莫里斯是不是很优秀？”

“当然，没人能比得上我们的孙子！”

…………

我看着这两张小床，想象这两位老人的对话。他们的话题总是一成不变的，谈论的总是自己的孙子莫里斯……

当我任由自己的思绪信马由缰之际，房间的另一头却上演了惊心动魄的一幕。房间的一角摆着一个橱柜，最顶层的抽屉里藏着一罐酒酿樱桃。满满的一罐樱桃，浸泡在白兰地里，藏在不见天日的抽屉中已有十年之久。那是专门为莫里斯备下的。可是他们的孙子一直没来，现在两位老人郑重决定由我来享用。尽管玛梅特拼命劝阻，可是老人却坚持要亲自把这罐宝贝取下来。他颤颤巍巍地爬到一张椅子上，两个穿蓝衣的小女孩站在两旁扶住椅子。玛梅特站在老人身后，张开双臂，大气都不敢出。在众人惊恐的目光中，老人打开最顶层的抽屉，这时一股柠檬的清香扑鼻而来。老人在一堆褪色的布料中不停翻找，最后终于找到了那个罐子。他小心翼翼地抱着罐子，经历了千难万险，人和罐子终于平安无事地回到地面上。

与这罐樱桃一同而来的还有一个精致的银盏，这个雕满花纹的旧银盏一直是莫里斯的专用餐具。银盏中盛满樱桃，郑重其事地端到我的面前。说实在的，莫里斯的确爱吃樱桃，可我却没有这种喜好。在我吃樱桃的时候，老人凑近我的耳旁，脸上流露出垂涎欲滴的神色："你真是有口福，能吃上这些樱桃……我老伴亲手做的，很美味吧……"

没错，这是玛梅特亲手做的酒酿樱桃，可惜她忘了放糖了……这有什么办法呢？人一上了年纪总会丢三落四的……可怜的玛梅特！这樱桃的滋味实在不敢恭维，不过我还是通通吃完了。我在吃的过程中尽量保持神态如常，眼皮都不眨一下，眉毛都不皱一下。

吃完了饭，我准备告辞离开了。看得出两位老人舍不得我走，他们还想再谈谈他们的宝贝孙子呢。不过看到夕阳西下，得知我归家的路途甚远，他们也只得作罢。

这时老人站起来："玛梅特，把我的外套拿来，我要送送这位先生。"

此时已近日暮，空气中弥漫着一丝凉意。或许玛梅特担心老人在这个时候出去会着凉，可是她什么也没说。她只是帮老人穿上西班牙式外套，扣好钿螺纽扣。我听到老妇在老人耳旁轻声说道："你不会去很久的，是吧？"

"哈！这我可说不准……或许……"老人答道，他的眼中还闪烁着一丝淘气的神色。

老人和老妇会心一笑，穿蓝衣的小女孩也笑了起来，连笼子里的金丝雀都开始愉快地歌唱……或许，刚才那酒酿樱桃的芬芳，让房间里的一切都染上了几分醉意。

夜幕已经降临。老人和我走出门外，其中一个小女孩远远地跟着，等着过后扶老人回来。可是老人并没有留意到这个蓝色的"小尾巴"。他颇为自豪地挽着我的手臂，与我并肩而行，仿佛自己正值壮年。玛梅特站在门前的阶梯上目送我们远去。她脸上挂着一丝笑容，不时地点点头，仿佛在说："看，这就是我的老伴！他还不是很老，还能四处走动呢。"

皮克休的皮夹子

就在我离开巴黎的前几天，在一个十月里的早晨，一个衣衫褴褛的人走进我的房间。

当时我正在吃午餐，只见一个人走了进来。他佝偻着腰，不停颤抖。这个人浑身脏兮兮的，抖着两条长腿，仿佛一只瘦巴巴的长腿鸬鹚。来者正是皮克休。没错，精力充沛、万人瞩目的皮克休！巴黎人或许还记得他，十五年来这位了不起的讽刺作家用他的文章和漫画给巴黎人带来了多少欢乐。皮克休与以往大不相同，我几乎都认不出他来了。所幸他进门的时候脸上露出那可笑的怪样，就是凭着这熟悉的表情，我才认出来者何人。他一副潦倒落魄的样子，看上去真叫人难受。

他侧着脑袋，手里的拐杖直戳到嘴里，仿佛那不是手杖，而是一根单簧管。这个演技高超的小丑一脸阴郁，摸摸索索地走到房间中央，磕磕碰碰地摸到我的餐桌旁，用惹人落泪的语调说道："可怜可怜我这个瞎子吧！……"

这出戏演得实在是太棒了，我忍不住笑出声。可是这时皮克休又说了一句话，让我的心如坠冰窟。他说："你以为我是闹着玩的？看看我的眼睛吧。"

这时我才注意到他的两只眼睛空洞无神，眼球上蒙着一层白翳。"朋友，"他说，"我已经瞎了，一辈子都看不见了……谁让我之前落笔无情呢？谁让我写了那么多刻毒的东西呢？这是我应得的报应！这该死的工作把我的视力彻底毁了！"说着，他还让我看看他那干枯的眼皮，上面一根睫毛都没有。

我实在是太震惊了，坐在那儿一言不发。他听不到我的声音，似乎颇为不安："你现在很忙吗？"

"不是的，皮克休，我只是在吃早餐而已。和我一起吃吧？"

皮克休没有回答。但我看到他不断扇动着鼻翼，我知道他实在是巴不得坐下吃点东西。于是我拉着他的手，把他引到我旁边的位子上坐下。

我把食物端到他面前，这可怜人闻闻面前的食物，然后笑着对我说：

“啊，闻起来真不错！我可要好好吃上一顿了，要知道，我已经很久没吃过这样的大餐了。每天早上，我用一个铜子来买点面包，然后我一边吃一边往管事的部门跑……我一天只吃这点面包就够了……你说我为什么往这些官老爷的部门跑？哈，现在我整天都到各个部门去软磨硬泡，我想开一家小店卖卖香烟和烟斗什么的，开这样的小店也要获得这些官老爷们的许可……你说我还能做什么呢？我也要养家糊口啊。我眼睛瞎了，既不能写又不能画……找个秘书来口述？口述什么？我实在想不出新玩意儿了，找个秘书来又有什么用呢？唉，我之前多风光啊！我描摹巴黎人种种丑态，然后把这面镜子放到他们面前，让他们看看自己的蠢相……哈哈，实在是太开心了！不过现在我再也做不了这事喽……我还能做什么呢？只能开间小店了。我并不奢望能在豪华的林荫道获得一个铺面，要知道，我既不是名演员的妈妈，也不是军官的遗孀，这样的好事哪能轮到我呢？我只想离巴黎远远的，在外省某地开一间小店……比如说，孚日地区的某个山旮旯就很不错。我打算卖卖烟斗，再买一些当代作家的‘著作’，然后把书页一张张撕下来卷香烟……想想看，多好玩啊！

“这就是我可怜的愿望，这个愿望不算很过分吧？可你知道吗，我几乎跑断腿，这个愿望还是没有实现……你或许在想，我总能找得到人为我作保吧。想当初我风光的时候，争着请我吃饭的社会名流多了去了，有元帅、亲王、部长……那时我真是炙手可热啊！我能逗他们发笑，也能让他们战战兢兢。唉，好时光一去不复返喽！啊，我的眼睛，我该死的眼睛！现在再也没有人理我了……请把面包递给我，好吗？瞎子吃饭真是一大麻烦……我不过是想开间小店，那些该死的小贼就想借着这个机会狠狠地敲我一笔。这半年来我怀揣着开店的申请书，到各个部门去求爷爷告奶奶。每天一大早我就去到某个部门里蹲在，那时候部门的听差刚刚生起炉子，打扫庭院，牵着部长的马四处溜达。我在那儿一直待到傍晚点灯时分，那时周围的厨房里开始冒出一股股香味，直让人垂涎欲滴……

“看吧，我把宝贵的生命浪费在这些部门的侧厅里，浪费在那些硌人的硬木板凳上……那些听差们都认识我了，他们背地里把我叫做‘好好先生’呢。我笼络他们，使出浑身解数逗他们发笑。我和他们做做文字游戏，或是胡乱画上几笔。看看吧，我这个备受欢迎的艺术家，在经历了二十多年的风光之后，最后沦落到扮小丑逗人发笑！……而我们这个职业却让全法国四万多名无知青年羡慕不已咧！每天，无数傻瓜搭乘火车来到巴黎寻梦，他们如饥似渴地吞下大量甜点和印在报纸上的连篇废话……真是一群未经世事的笨蛋！看看我吧，希望皮克休的苦难历程能让他们彻底醒悟。”

皮克休并没有继续他的长篇大论。他把脸凑到面前的盘子上，开始狼吞虎咽。看他吃东西的样子实在让人心酸。他时常找不到叉子和面包，还经常伸出哆哆嗦嗦的手来寻找杯子，看来这个可怜人还没有习惯暗无天日的盲人生活。

过了好一会儿，皮克休继续说道：“你知道现在最糟糕的是什么吗？没有人给我读读报纸……你可不知道，眼睛瞎了不能读书看报是什么滋味。现在，我经常在傍晚回家的时候买一份报纸。我看不到，可我就喜欢闻闻那新鲜的油墨味，啊，那实在是太好闻了！可就是没有人愿意为我读读报！你说我的妻子吗？她不是不识字，她只是不乐意！她借口说什么报纸上的语言实在是不得体……哈，这叫什么话！女人啊！一旦她们结了婚，就装出一副道貌岸然的样子。现在皮克休夫人变成一个虔诚的信徒，当然，她虔诚的程度要由她自己说了算。她闹出了许多幺蛾子，一会儿让我用圣地莱萨特的圣水洗眼睛，一会儿又把圣饼当成特效药，一会儿又闹着去朝圣，一会儿又是向圣婴耶稣祈祷，一会儿又说试试古代中国的神秘药方……谁知道她还能闹出什么新鲜花样儿！她整天想着做善事，可是她所能做的最大善事就是给我读读报！不过，皮克休夫人就是不乐意做！唉，如果我女儿还在家的话，她肯定乐意读给我听的。她现在已经离开家了……我刚开始失去视力的时候，就把我女儿送进修道院去了。家里少一口人吃饭总是好的……

“谈到我的女儿，这又是一件揪心的事。我女儿刚刚九岁，可她什么病没得过啊？你能想出来的病她几乎一样不落！她看上去可怜兮兮的，样子又丑，长得比我还丑呢！不客气地说，她看上去简直就是一个怪物！父亲的责任太沉重了，我实在是担当不起……

“我尽在这里唠叨自家的烦心事，你或许已经听厌了吧。这些与你又有什么相干呢？……好了，让我再喝一点白兰地吧。我要打起精神，再接再厉。待会儿我就到商务执业部去。要知道，那里的听差和门房大多是退休的教师，没什么幽默感，想要拉拢他们可不容易呢。”

我给他倒了一点白兰地。皮克休轻轻啜饮着美酒，看上去好像在动什么心思。突然，他仿佛中了什么邪，手拿酒杯站了起来。他盲目地晃着尖尖的脑壳，脸上挂着微笑，似乎正准备进行演讲。看他那架势，就像面对着两百多名听众似的。他大声喊道：

“为了艺术，为了文学，为了新闻业，干杯吧！”

接着他站在那里，发表了长达十分钟的演说。这个只知嬉笑怒骂的人居然能做出如此标新立异、富有文采的演说，实在是令人难以置信。

皮克休仿佛化身为一个天才的演说家，他情绪激昂，手舞足蹈：“一出名为‘某某年文艺圈’的闹剧即将落下帷幕。此时我们又忆起了文人雅士的流言蜚语和争吵纠纷，这不过是这个疯狂世界的疯狂一幕。这个圈子是洒满墨水的大染缸，是活地狱的一角。走进这个圈子，无异于自寻死路；走进这个圈子，你很有可能一文不名。这些利欲熏心的圈内人居然还以为自己比满身铜臭的市侩更高尚。在这里，你会看到更多食不果腹之人，看到更多怯懦软弱之人。T·德·动不了男爵现在还要穿着大花外套，吹着笛子，在杜伊勒里宫要宋乞讨呢！我们又能比他好到哪儿去呢？这些人生前不受重视，有些人自杀了，有些人发疯了，有些人穷得连墓地都买不起……可是他们的悼词都是千篇

一律的：‘深切怀念某某某’……”

皮克休的酒杯已经空了，他的演说也结束了。他问我现在几点了，接着便起身匆匆离去。看得出他的心情尚未平复，他离开的时候甚至还忘了和我道别。我实在无法想象，今天上午德雷部长的听差将如何应付这个可怜的瞎子呢？一股前所未有的悲伤和恼怒在我心中油然而生。

我把目光转向书桌，墨水瓶让我心生厌恶，钢笔让我恐惧莫名。这个可怜人着实可恶，他把这所有的一切都毁了！皮克休的来访让我对自己的职业陡然生出一股幻灭之感，我现在才发现这所有一切都轻如鸿毛。我只想跑得远远的，离开着喧嚣的都市，置身于绿树环绕的乡间，倾听阵阵松涛……

我在房间里疯狂地走来走去，愤懑和怨恨正在我心中不断滋长。我仿佛还能听到皮克休的嘲笑声，还能感受他对自己女儿的厌恶。我走到皮克休刚才坐过的椅子旁，突然发觉脚底有什么东西。低头一看，原来那是皮克休的皮夹子。这个厚厚的皮夹子已经很破旧了，边角都被磨破了。这个皮夹子在文人墨客的圈子里很有名。之前皮克休一直随身携带这个皮夹子，还开玩笑说里面装满了“毒舌的素材”。

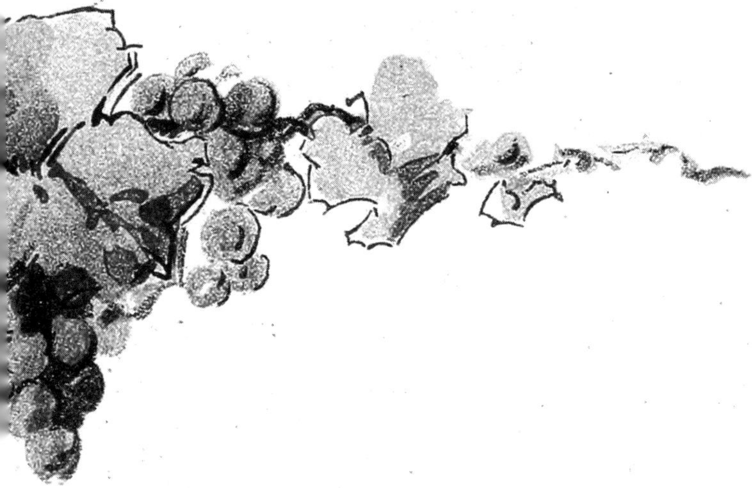

现在这个著名的皮夹子就在我的手中，据说里面装着许多可怕的东西……我总算可以一探究竟，看看这个皮夹子的真面目。这个鼓鼓囊囊的皮夹子在落地的时候打开了，几张纸片飘落在地毯上。我把这些纸张捡起来仔细查看。

这是一沓信件，每封信开头都写着“亲爱的爸爸”，落款都是“席琳·皮克休写于圣母玛利亚儿童病院”。此外还有几张陈旧的小儿处方笺：小儿喉炎，痉挛，猩红热，麻疹……可怜的孩子啊，看看她经受的折磨！

最后，皮夹子里还有一个信封，里面是几绺金色的卷发。或许这原本属于那可怜的女孩。信封中还有一张纸，上面写着潦草的大字，一看便知是视力不好的人写的：

“席琳的头发，剪于5月13日，进修道院当天。”

这便是皮夹子的全部内容。

巴黎人啊，直面现实吧。皮克休嬉笑怒骂，插科打诨，风光了二十多年，最后得到了什么呢？

或许，对他来说，最宝贵的莫过于女儿的几绺头发。

诗人米斯特拉尔

上个星期天的早晨，天空阴沉沉的，淅淅沥沥地下着雨。我一觉醒来，还以为自己身处巴黎的蒙马特区。这天气又冷又湿，着实让人讨厌，即使是我的磨坊也染上了一丝凄凉的况味。在这冰冷的雨天里，我实在不想独自一人在磨坊里消磨时光。这时我想起米斯特拉尔就住在马雅纳小镇，距离我的磨坊只有几里之遥。我只想四处走走，好冲淡这雨天带来的阴郁。于是我决定走上几里路去拜访这位伟大的诗人。

我拿起手杖，带上一本《蒙田文集》，披上一件雨披，朝马雅纳走去。

生活在普罗旺斯的乡民们都是虔诚的信徒，大多数人在礼拜日是不工作的。田野里空无一人，农庄大门紧闭，留在家中的看门狗心有不甘地狺吠。在乡间小道上，不时能看见一辆马车，车上还披着湿漉漉的油布。一个披着斗篷的老妇悄无声息地走过，仿佛落叶轻轻拂过大地。毛驴和骡子也被人们打扮得花红柳绿的。只见它们额头上缀着红绒球，背上放着蓝白相间的草编坐鞍，脖子下挂着铃铛，拉着一车乡民去做弥撒。远处的小河中泛着一叶渔舟，一个渔民正在撒网……

大雨劈头盖脸地打下来，凛冽的寒风削过我的脸庞。在这样的风雨之中，边走边看书实在是一种奢望。我一口气走了三个小时，终于看到了马雅纳的柏树林。马雅纳就处于柏树林的环抱之中，即使是狂风来袭也奈何不了这个宁静的小镇。

小镇的街道空无一人，所有人都上教堂做弥撒去了。教堂里传出阵阵悠扬的管风琴声。透过教堂的彩色玻璃窗，我还能看到点点摇曳的烛光。米斯特拉尔的家在小镇的另一头，位于圣蕾米路的尽头。我沿着圣蕾米路一直往前走，诗人的家豁然出现在我面前。那是一栋小小的平房，前面有一个院子。我轻轻地走进院子，没碰到什么人。客厅的门是关着的，但在门的后面，有人不停地踱步，大声吟诵诗句。啊，这声音，这脚步声，我实在是太熟悉了！……

我在墙壁雪白的门廊里站了一会儿。我握住门把手，突然觉得自己的心怦怦直跳。米斯特拉尔在家，他就在门后面。或许他正在工作，我怎能打扰他呢？再等等吧，等他完成那未完的诗章……我又能怎么办呢？算了吧。我直接走了进去。

巴黎人啊，当米斯特拉尔的作品《米洛依》问世之时，你们或许在沙龙里见过这位诗人。或许，你们对他的印象是一个闯进上流社会的乡下人。你们记住的只是他那土里土气的衣着和硬翻领，还有他那顶可笑的大礼帽。这身土气的装扮和不期而至的名气一样，让米斯特拉尔浑身不自在。你们误以为米斯特拉尔就是这副模样。啊，你们想错了，你们所见到的并不是真正的米斯特拉尔。

真正的米斯特拉尔就在我的眼前，就在这周日上午宁静的小镇里，就在那栋小平房的客厅里。他戴着一顶轻软的贝雷帽，没有穿马甲背心，只穿了件外套，腰间还系着一条加泰罗尼亚红腰带。他脸色红润，面带微笑，眼睛里闪烁着灵感的光芒。他把双手插在口袋里，在客厅中不停踱步，嘴里念念有词。他整个人看上去就像古希腊牧羊人一样俊美飘逸。这才是真正的米斯特拉尔！……

我走进门，米斯特拉尔给我一个热情的拥抱，高声说道："都德，你来了？我真高兴……你来得真是时候，今天是马雅纳的节日，我们特地从阿维尼翁请来了乐师，有斗牛、游行、舞会……啊，实在是太棒了……等母亲做完弥撒回来，我们一起吃顿午饭吧。然后我们就去看漂亮姑娘跳舞……"

趁他说话的时候，我环顾四周。客厅的墙上贴着浅色的壁纸，房间中央摆着一张黄色的沙发，旁边还有两张藤编的安乐椅；壁炉上方摆着两尊维纳斯雕像和赫伯特为米斯特拉尔画的肖像画，此外还有摄影师艾吉安·高嘉特为诗人拍的一张照片。窗前摆着一张小小的书桌，上面堆满了旧书和字典。客厅里的一切犹如往昔，丝毫未改。我曾在这里度过了多少美好的时光！看到这熟悉的一切，我不禁为之动容，一种久别重逢之感油然而生。

一本大大的笔记本摊放在书桌上。米斯特拉尔的新诗《卡朗达尔》将于这个圣诞节面世，而这本笔记本正是这首新作的原稿。《卡朗达尔》耗费了米斯特拉尔七年之久。半年前他已经在写诗的最后一章了，可是直到现在他还迟迟不愿把这首诗公诸于众。他总是觉得某一行诗还需要修饰润色，某一处还能找到更合适的韵脚……尽管米斯特拉尔的诗作是用普罗旺斯方言写就的，他还要确保所有人都读得懂，确保每个人都能领略其中的妙处……

啊，他真是一位伟大的诗人！我想起蒙田的话，“某艺术家殚精力竭，耗费时力，而欣赏者却寥寥无几。若问此有何益，答曰：‘有几人欣赏，吾愿已足。有一人欣赏亦足矣。纵使无人欣赏又何妨。’”我想这话就是米斯特拉尔的真实写照吧。

我拿起那本笔记本，《卡朗达尔》的原稿就在我手中。我翻看这一页页的诗作，不禁心潮起伏……此时窗外突然响起了笛声和铃鼓声。米斯特拉尔赶紧跑到壁橱前，拿出酒和酒杯，把桌子拉到房间中央。他走过去准备开门，同时对我说：“我是这里的市政顾问，他们是专程来为我演奏一曲的……你可千万别笑话他们！”

门打开了，小小的客厅里突然挤满了人。演奏结束后，铃鼓坐在椅子上休息，饱经风霜的旗帜也蜷缩在角落里。所有人不停举杯，嘴里说着，“为了弗里德里克·米斯特拉尔的健康，干杯！”大家一脸严肃地讨论今年的小镇节庆问题：舞会能不能胜过去年呢？选中的斗牛会不会用尽全力拼死一搏？……几瓶酒就这样不知不觉地下了肚。之后这欢闹的人群便离开了，他们还要到其他市政人员家去演奏呢。客厅里变得冷清安静了，这时米斯特拉尔的母亲走了进来。

她在弹指之间便布置好了餐桌。桌上铺着雪白精美的桌布，却只放置着两套餐具。这是米斯特拉尔家的习惯。只要她儿子有客人来，做母亲的总是不上桌的。这位可怜的老妈妈只会说普罗旺斯方言，在说法语的客人面前她觉得浑身不自在。况且，厨房里还有一大堆事等着她做呢。

我大快朵颐，尽情地享受了一顿美餐。桌上摆着烤山羊肉、土法制作的奶酪、果酱、无花果和麝香葡萄，还配上教皇新堡红酒。那美酒倒在晶莹剔透的酒杯中，透出一种鲜艳透亮的红色……

吃完饭后，我把那本笔记本拿过来，摆在米斯特拉尔面前："念几段吧。"

米斯特拉尔笑着说："我还以为我们已经说好了，要出去走走呢。"

"不，不，念念吧，念念你的新作《卡朗达尔》。"

米斯特拉尔只得让步了。他一边打着拍子，一边用清脆悦耳的嗓音朗诵《卡朗达尔》第一章：

"坠入爱河的女孩，她那悲伤的故事已经落幕。让我再讲述一个勇敢男孩的故事，他是卡西斯的小渔夫……"

远处的教堂传来晚祷的钟声，广场上传来烟花爆竹声，街上传来悠扬的笛声和铃鼓声，中间还夹杂着牛的叫声。原来那是几头卡玛格公牛被赶到一处，为即将到来的斗牛表演做准备……

可我对这一切都无动于衷。我倚着餐桌，眼中含泪，完全沉浸在普罗旺斯小渔夫的奇遇之中。

在米斯特拉尔的诗中，卡朗达尔并不是一个普普通通的小渔夫，真挚的爱情使他成为了一个英雄……他爱上了美丽的艾斯特拉。为了赢得她的爱，卡朗达尔造就了一系列奇迹，即使是赫拉克勒斯的功绩也相形见绌。

卡朗达尔为了获得财富，发明了一种捕鱼工具，把海里所有的鱼都赶到海港中；他还遇见了臭名昭著的匪首塞韦廉公爵，与他手下穷凶极恶的匪徒和无比狡诈的女贼进行周旋……

经过种种磨炼，卡朗达尔变成了一个勇敢坚强的汉子。有一天，他在圣波美山脉看到两伙人在让克大师的墓地里争吵不休。让克大师何许人也？他就是为所罗门神庙建造顶梁架的普罗旺斯人。卡朗达尔怎能容忍这群人在大师的墓地放肆！这两伙人已经动起手来，而勇敢的卡朗达尔冲到他们中间，平息了这场争斗……

他简直拥有超人的力量。在吕尔山的山顶有一片难以攀爬的雪松林，即使是最优秀的伐木工也无法到这片树林中伐木。卡朗达尔独自一人爬上山去，在渺无人迹的雪松林中度过了三十天。山下的人听到阵阵斧声传来，整片树林愤怒地咆哮。参天古树一棵接一棵地倒下来滚下山坡，待到卡朗达尔下山的时候，那片树林已经一棵树都不剩了……

他终于得到了回报。勇敢的小渔夫赢得了艾斯特拉的芳心，还被选为卡西斯的市政代表……这就是卡朗达尔的故事。或许你觉得这个故事平平无奇，无甚新意。哦，忘了卡朗达尔，忘了小渔夫的历险吧。不过请记住诗中的普罗旺斯，记住普罗旺斯的山川海洋，记住普罗旺斯的历史传说，记住普罗旺斯的风土人情，记住普罗旺斯的美丽景色。记住诗中的普罗旺斯人吧，他们崇尚自由，真诚相待。普罗旺斯人民不断发掘自己的诗人，让他们在世之时便为人所知。

现在，大城市已经把触角伸向这宁静美丽的乡间。一条条公路铁路把乡间沃土分割得支离破碎，无数电线杆刺破了湛蓝的苍穹，学校里再也听不到普罗旺斯方言……尽管如此，古老美丽的普罗旺斯依然存在，依然存在于《米洛依》和《卡朗达尔》之中。

“好了，读得够多了，”米斯特拉尔把笔记本合上，“我们到游园会去吧。”

我们走出门。一阵清风袭来，天淡云开，红色的屋顶上还残留着雨水，苍穹已经露出了笑颜。整个小镇的人都涌上街头。我们去到的时候刚好赶上游行队伍掉头往回走，只见无数苦修士列队而行，他们身穿白色、蓝色和灰色的法衣，蒙面的年轻修女紧随其后；人们高举着粉红色的旗帜，上面还有金线绣成的花朵；接着是褪色的木质圣人雕像，由四个壮汉扛在肩上；随后是手捧花束的彩瓷圣人像、圣衣、圣体匣、绿丝绒华盖、白缎镶边的耶稣受难像。阳光与烛光交相辉映，赞美诗和祷文相互应和，教堂传来阵阵钟声，旗帜、丝绸、华盖和修士们身上的法衣随风摇曳。

一个小时之后，游行终于结束了，圣人的雕像被送回了教堂。我们去观赏斗牛，之后又前往露天游园会见识普罗旺斯乡间节庆的种种热闹场面。游园会上，人们嬉戏摔跤，进行各种游戏和比赛。

夜幕降临了，我们返回马雅纳中心广场。广场中央，一堆篝火正在熊熊燃烧。广场旁边正是米斯特拉尔和他的朋友吉多尔时常去光顾的小咖啡馆。大家点亮各色小纸灯，原本昏暗之处现在也变得亮堂堂的。舞会就要开始了，年轻人们赶紧找到自己的位置。随着乐声响起，不知疲倦的人们围着篝火跳舞，直跳到东方渐白。

吃过晚饭之后，我们两人深感疲倦，实在无法跟着精力充沛的人群狂欢一夜。我们走进米斯特拉尔朴素的卧室，准备就寝。他的卧室中摆放着两张单人床，墙壁上没有贴壁纸，也没有安天花板，头上的梁架清晰可见。四年前，米斯特拉尔因作品《米洛伊》获得法兰西学院颁发的一笔奖金，共有三千法郎之多。当时米斯特拉尔的母亲曾问他："能不能用这笔钱稍稍装饰一下你的卧室？"可米斯特拉尔答道："这是我的诗作赢来的奖金，这可不是用来装天花板贴墙纸的。这是属于诗人的财富，任何人都不能动这笔钱。"

所以直到现在米斯特拉尔的卧室还是如此寒酸。不过急需钱用的人只要向米斯特拉尔求助，他定会慷慨解囊，直到把这笔奖金用尽为止。

我把《卡朗达尔》带进卧室，准备在睡前读两页。米斯特拉尔特意指出其中的一章让我看看。那章的大意是一个普罗旺斯人在盛大的宴席间看到瓷质餐盘上绘有普罗旺斯风景画，旁边还配有诗，由此引发了他的思乡之情。我还

记得其中几行：

……

忆昔晚宴间，主客推杯盏。

举杯饮美酒，啧啧称玉馔。

忽见盘底画，令我思故乡。

山上草犹绿，紫花已成行。

二八美佳人，持鞭自牧羊。

举盘细端详，依约有诗行：

“家中风光好，何日再还乡？”

掩面涕泪下，同醉诉离觞。

……

米斯特拉尔用优美的普罗旺斯方言朗读这一段。普罗旺斯方言中约四分之三的组成部分来自拉丁语，那原本是教皇主教、王公贵族所说的语言，现在只有少数牧羊人能听得懂。米斯特拉尔挖掘这种残缺不全的方言，并用这种语言写就了恢弘优美的诗篇。想到这我心中突然涌起一股敬佩之情。

在我脑海之中展开了一幅画卷：在阿尔卑斯山深处有一座宫殿的废墟。原本宏伟气派的屋顶早已不知去向，栏杆早已残缺不全，窗户空空荡荡，窗玻璃早已不见踪影。殿堂里长满萋萋荒草，门楣上的雕花纹饰历经风吹雨打，早已斑驳脱落，厚厚的绿苔掩盖了最后一抹辉煌。曾经恢弘气派的庭院中，成群的母鸡四处觅食；曾经巍峨森严的长廊里，几只猪在打滚嬉戏。破败的教堂里长满荒草杂树，一头毛驴在悠闲地吃草。几只鸽子在积满雨水的圣水池边喝水。几家农户倚着宫殿废墟的残垣断壁，建起几间茅舍。

突然有一天，一个农民的儿子对这处废墟产生了浓厚的兴趣，他不愿看到这座宫殿就此荒芜倾圮。他把院子中的野禽家畜一一赶走，把缪斯女神请进这座殿堂。他重新建起一座座楼梯，装饰一面面墙壁，镶上一块块窗玻璃，竖起一座座塔楼。他清理垃圾污秽，将殿堂装饰一新。这座王公贵族曾出入其间的巍峨宫殿，再次矗立于世间。

这座宏伟的宫殿便是普罗旺斯方言，这个农民的儿子便是米斯特拉尔。

三场弥撒——一个圣诞节的故事

“你说什么，加里古，有两只烤火鸡？”

“没错，神父大人，两只又肥又嫩的火鸡，肚子里塞满了松露[①]……我在领主老爷的厨房里帮忙打下手，亲眼看到的！我还帮忙往火鸡的肚子里塞松露呢！那两只火鸡肚子里塞满了美味的松露，把那火鸡撑得鼓鼓的，鸡皮绷得紧紧的。放在火上烤一烤，那又薄又脆的鸡皮就裂开一道道口子……”

“哦，上帝啊！耶稣基督！圣母玛利亚！松露是我的心头所好……帮我把做弥撒穿的法衣拿来，加里古……除了火鸡之外还有什么大菜？……”

“神父大人，还有各种各样的美味佳肴……有松鸡竹鸡珍珠鸡，野鸭水鸭大白鸭，光给这些长翅膀的家伙拔毛就花了大半天！还有从湖里捞上来的黄鳝鳟鱼大鲤鱼，还有……”

“那鳟鱼肥不肥？”

“神父大人，那鳟鱼就像您的手臂那么粗壮……这么粗！这么长！”

“嗯，听上去很不错……加里古，你往做弥撒用的圣器里倒上酒了吗？”

“是的，神父大人，已经满上了……不过要说到酒，今晚做完午夜弥撒您喝到的那些酒，才是真正的美酒咧！您想想看，领主老爷的大饭厅装饰得漂漂亮亮的，桌子上摆满了亮晶晶的酒瓶和酒杯，里面盛满了各种美酒……光想想就要醉了！还有亮晶晶的银餐具，香喷喷的鲜花，银闪闪的烛台……没有人见过这么丰盛的圣诞大餐！领主老爷把十里八乡的贵族老爷们都请来了，能坐到席上的有四十来个人，这还没算上老爷的管家秘书什么的……神父大人，您实在是太有福了！您也被邀请坐到席上，想想看！……那烤火鸡别提多香了，不信您闻一闻，我的衣服上还粘着点烤火鸡的香味……”

“好了，好了，我的孩子，我们切不可耽于口腹之欲，不可犯下饕餮之罪，况且还是在这圣诞前夜……快把蜡烛点上吧，把钟敲响，好让大家知道弥

① 松露：一种食用菌类，味道鲜美，价格昂贵，是法国菜中一大佳肴。

撒就要开始了。这可是圣诞午夜弥撒，我们可不能迟到……”

这段对话发生在十七世纪某年的圣诞前夜，说话的两个人分别是巴拉吉尔神父和他手下的小修士加里古。巴拉吉尔神父原是巴纳比尔地区一家隐修院的院长，因为特兰克拉贵族小教堂少一位住持，所以把他请了来。他手下的圣器守司加里古是一个年轻的修士，长着一张圆圆的小脸。不过，刚才和神父说话的并不是那个相貌平庸的小修士，而是魔鬼扮成加里古的模样，引诱可怜的巴拉吉尔神父犯下饕餮之罪。

魔鬼的化身加里古用力摇响教堂的大钟，而巴拉吉尔神父在祭衣间里故作镇静地换上法衣，可是他的心早被魔鬼用美食勾走了。他一边穿法衣，一边回味刚才加里古提到的美味佳肴：“烤火鸡……大鲤鱼……像手臂那么粗的大鳟鱼……”

凛冽的晚风将教堂的钟声传遍四邻八乡，旺图山周围的乡间小道上出现点点灯光。旺图山顶端矗立着特兰克拉城堡，贵族小教堂便座落在城堡之中。佃农们携家带口，前往教堂望弥撒。他们三五成群，边走边唱，沿着蜿蜒曲折的山道走向旺图山顶端的城堡。父亲走在最前面，手里拿着提灯为全家照亮；母亲穿着厚厚的冬衣，披着灰褐色的斗篷，孩子们缩在母亲的斗篷下躲避风雪。佃农们不畏黑夜和风雪，兴高采烈地前往教堂望弥撒。他们之所以这样做是因为按照以往的惯例，在弥撒结束之后，在城堡楼下的厨房里，会专门为佃农们摆上一桌。尽管他们不能和贵族老爷们一起落座，可他们也能享受一顿美餐。不时有一辆贵族马车驶过他们身旁，马车前面走着手持火把的侍从，马车的窗玻璃在朦胧的月光中一闪而过。还有一次，佃农们听到骡铃叮铃作响。他们提起灯一看，原来是当地的执达吏阿诺东大人。佃农们向他打招呼：“晚上好，阿诺东大人！”执达吏也答了一句：“晚上好，各位！”

在澄澈的夜空中，点点繁星仿佛也冷得缩成一团。刺骨的寒风挟卷着细小的雪珠，打在人们身上，之后又无声无息地滑落，并未将众人的衣服打湿。

这真是一个不折不扣的“白色圣诞节”。他们已经看到特兰克拉城堡了，这段艰难的上山之旅也接近终点。特兰克拉城堡矗立在山顶，雉堞巍峨，塔楼峥嵘。位于城堡中的教堂钟楼高耸入云，刺破深沉的夜空。在城堡的后面，透过那巨大的玻璃窗，可以看到无数火光四处飘动，有如流萤穿梭。

大家走过吊桥，穿过关隘，走进一个大院子。院子里灯火通明，到处都是马车、轿子和仆从。院子旁的厨房里热火朝天，可以听到烤肉的铁叉旋转时发出的吱呀声，炒锅的哐哐声，还有布置餐桌时各种餐具酒杯相互碰撞发出的声响。一股暖洋洋的肉香夹杂着浓浓的香料味，钻进所有人的鼻孔，直让人垂涎欲滴。无论是佃农还是牧师，无论是官员还是高级仆从，大家心中所想都大同小异：“好一顿圣诞大餐！做完弥撒可要好好吃上一顿！”

做弥撒的铃声响了第二遍……

圣诞午夜弥撒开始了。在小教堂中，一个小小的诵经台立在墙边，绚丽的帷幕高高挂在穹顶上，连墙上都镶上了橡木嵌板。这个教堂麻雀虽小，五脏俱全。教堂大厅里挤满了人，所有人都穿上了节日的盛装。唱诗班周围放着几把雕花高背椅，那是特地为贵族老爷们准备的。特兰克拉领主老爷坐在中间，穿了一身橙红色的衣服，看上去就像是一块鲜美可口的三文鱼肉。在特兰克拉领主老爷对面，特兰克拉老夫人坐在一张丝绒祈祷椅上，身穿鲜红色的缎子礼服，看上去就像是薄薄的一片新鲜小牛肉。在她旁边是年轻的特兰克拉领主夫人，她按照当时宫廷里时兴的样式将头发高高梳起，高耸的发髻上缀满各种饰物。坐在贵族们下手的是执达吏托马斯·阿诺东先生和他的文书安布罗伊先生。这两人的下巴刮得光溜溜的，身上穿了一袭朴素的黑袍，头上戴着一顶大大的假发，在绸缎花边的海洋中尤为显眼。再下来是脑满肠肥的总管、侍从、马夫和高级仆从，管家娘巴贝夫人也坐在其间。她腰间挂着一大串钥匙，银质钥匙圈在烛光中闪闪发光。最后面一排坐的是一般仆佣、佃农及佃农的家人。大厅的门半掩着，帮厨工人们在闲暇时轻悄悄地溜进来，站在后面的墙边，想领略一下圣诞午夜弥撒的氛围。大门在一开一关之际，圣诞大餐的香味也跟着溜进来。大厅中烛火煌煌，热气暄腾，而这诱人的芬芳为整间大厅更添一丝暖意。

看到这群帮厨工人的身影，闻到一丝丝诱人的香味，巴拉吉尔神父只觉神思恍惚。啊，不能怪这些帮厨工人，都是魔鬼的化身加里古在捣鬼。他站在诵经台旁边，发疯似的摇着铃，阵阵刺耳的铃声仿佛在说："快点！快点！做完弥撒吃大餐！……"

这魔鬼的铃声让可怜的巴拉吉尔神父心不在焉，他的一颗心早就跑到圣诞大餐的餐桌上去了。他想象厨子们在饭厅和厨房之间来回穿梭，厨房的大火炉中火焰熊熊，汤锅冒出热腾腾的蒸汽。在这蒸汽之中，他看到了那两只火鸡……火鸡的肚子里塞满了美味的松露，在火上烤得吱吱冒油……

他仿佛还看到一队队仆佣端着一盘盘美味佳肴，把它们摆放在饭厅的大餐桌上。啊，真是让人垂涎欲滴的美味啊！一个大盘里装着整只的烤孔雀，用金碧辉煌的孔雀羽毛装饰着；烤得嫩嫩的松鸡摊开金黄的鸡翅；晶莹透亮的酒杯酒壶中装满红艳艳的美酒；时令鲜果堆成一座座小山，上面还装饰着嫩绿的叶子；一条条大鱼躺在翠绿的茴香草上，身上的鳞片闪闪发光，腮里还插着一束调味去腥的香草……

巴拉吉尔神父脑海中的这些美味实在是太诱人了，恍惚之中他仿佛觉得面前的诵经台和祭坛已经变成了餐桌，那些让人垂涎欲滴的美味就摆在上面。这活灵活现的想象害他在做弥撒时念错了几处祷词。尽管如此，他还是认真地做完第一场弥撒，该诵经时诵经，该跪下祈祷时跪下祈祷。第一场弥撒总算结束了。可是圣诞午夜原本是要一连做三场弥撒的，还有两场在等着他呢。

"总算做完一场了！"巴拉吉尔神父舒了一口气。接着他马上向加里古点点头，示意马上开始做第二场弥撒。魔鬼的化身加里古求之不得，立刻摇响铃铛……

第二场弥撒开始了，可怜的巴拉吉尔神父在贪馋的泥潭中越陷越深……

魔鬼的铃声不停地在神父耳边响起，仿佛在不停催促他：“快点！快点！做完算数！去吃大餐！”巴拉吉尔神父终于把持不住，陷在贪馋的泥潭中不能自拔。他只觉得肚子咕咕直叫，口水就要滴在诵经台上了。他含含混混地念完祷词，匆匆忙忙跪下又站起来，草草画个十字，把整套仪式都简化了。他只想快点做完弥撒，好去满足自己的口腹之欲。他手臂一挥，马上念下一段祷词。魔鬼加里古火上浇油，他仿佛在跟神父竞赛，看谁能先念完这冗长的祷词。巴拉吉尔神父念得更快了。他含含糊糊，许多段经文都是一带而过。许多词他只念半截，从他嘴里吐出的东西已经变成无法理清的乱麻。

“为……祈……”

“……恕我……”

“上……与你……在……”

巴拉吉尔神父和加里古仿佛两个疯狂的酿酒工人，跳到盛满葡萄的大桶里拼命踩踏成熟的葡萄。只不过他们践踏的并不是葡萄，而是上帝神圣的话语。这场圣诞午夜弥撒已经被这两人弄得一塌糊涂。

加里古疯狂地摇着铃，那铃声越来越急促，仿佛那铃铛就挂在马脖子上，随着马的奔驰叮铃作响。那铃声似乎在催促巴拉吉尔神父快点做完弥撒。果不其然，第二场弥撒草草结束。

“第二场弥撒也做完啦！”巴拉吉尔神父满脸通红，汗流浃背，气喘吁吁。可是他并没有停下来好好喘口气，而是在诵经台旁再次跪了下来……

铃声再次响起，第三场弥撒开始了！

已经做到第三场弥撒了，做完之后就可以进到饭厅去享受美味啦！圣诞晚宴就在眼前，而巴拉吉尔神父更加沉不住气了。他愈发心不在焉，浮现在他眼前的是香喷喷的烤火鸡和金鲤鱼……看哪，那些美味近在咫尺，触手可及！

那热气腾腾的菜肴，芬芳馥郁的美酒……加里古手里的铃铛不停催促："快点！快点！快点！……"

可是神父如何能尽快结束这场弥撒？这回他连嘴都懒得张了，他连半截词都懒得念了。他在午夜弥撒中敷衍了事，愚弄上帝。这个可怜的神父无可救药地堕落了。他跳过一段祷词，接着又跳过一段祷词；福音书太长了，他蜻蜓点水般一带而过。巴拉吉尔神父已经深深陷入贪馋的泥潭，直至没顶，罪孽的深渊正在张嘴等着他呢。而魔鬼的化身加里古则站在他的旁边，心有灵犀地替他提起法衣祭袍的一角，方便他迅速跪下站起。加里古两页两页地翻动经文，不时在诵经台边磕磕碰碰，毛手毛脚地撞歪了神父头上的法冠。他手上的铃铛越摇越快，越摇越响。

坐在底下的教众们一头雾水。他们根本听不懂神父在念些什么，只能跟着他嘟嘟囔囔。一些人站起来，一些人坐着，还有一些人跪了下来。整个小教堂中乱成一锅粥，圣诞午夜弥撒已经沦为一场闹剧。一千多年前照亮伯利恒马厩[①]的圣诞之星，看到这一幕也掩面而泣……

"神父念得太快了，我们可跟不上啊……"特兰克拉老夫人一脸疑惑，还不忘借机整整自己的头发。

执达吏阿诺东先生鼻梁上架着厚厚的眼镜，不停地翻看自己手中的祈祷书，妄图跟上神父的步伐。不过大堂里的众人心里想的都是即将到来的美餐，都巴不得这午夜弥撒尽快结束。到最后，满面红光的巴拉吉尔神父用洪亮的声音地念道："感谢吾主！"这也标志着午夜弥撒落下帷幕。这时所有人都由衷地回应："感谢吾主！"这欢乐的呼声响彻整座城堡，仿佛他们已经在餐桌前就坐，正在举杯欢庆。

五分钟之后，所有贵族老爷、神父和其他有头有脸的人物都在饭厅里就

① 伯利恒马厩：耶稣诞生地。

坐。整座城堡烛火煌煌，欢歌笑语不绝于耳。可敬的巴拉吉尔神父抓起一把叉子，连下巴上的口水都来不及擦一擦，整个人就沉醉在酒池肉林之中。这可怜的神父不停地吃呀喝呀，当天晚上他就在睡梦中因心脏病离开人世，连临终忏悔都没来得及做。第二天他向天堂飘去的时候，昨夜狂欢的喧嚣仍然在他耳边回响。想想看，他去到天堂时会有什么样的遭遇？

"滚开，你这个大不敬的基督徒！"威严的上帝就坐在他的面前，"你临终时犯下的错误让你一辈子的德行毁于一旦……你竟敢在圣诞午夜弥撒上敷衍塞责，你欠我三场弥撒……哦，没错，你要以百倍的代价来补偿。你要在同一个教堂做三百场圣诞午夜弥撒，否则你就不能进入天堂！你带领那些教众犯下了罪孽，他们也要参加这三百场午夜弥撒！你这罪孽深重之人……"

在遍植橄榄的特兰克拉，这个奇妙的圣诞故事广为流传。现在特兰克拉城堡已经难觅踪迹，可那座小教堂的废墟却依然屹立在旺图山顶的一片橡树林中。历经两百多年的风吹雨打，教堂破败不堪的大门上布满苍苔，支离破碎的石阶上长满荒草，绚丽的彩色玻璃窗早已不见踪影。鸟儿在圣坛和窗台上筑巢，四处一片荒芜，渺无人迹。不过传说每年的圣诞节这片废墟都会闪现诡异的光亮。当附近的村民去教堂做圣诞午夜弥撒并享用圣诞大餐时，当他们经过这片橡树林，他们会看到教堂的废墟里闪烁着鬼气森森的烛光。在这没有屋顶的教堂废墟中，点点烛光仿佛无根之萍，自顾自地在冬夜里闪烁，无论是刮风下雪都不能让这些烛光熄灭。你还别说，现在这附近住着一个姓加里古的村民——没错，他和加里古修士是同宗。现在这个加里古是个种葡萄的农民，胆子倒大得很。他告诉我，在一个圣诞前夜，他多喝了几杯，在那片山林里迷了路。你猜他看到了什么？……

在那天夜里，十一点的时候，一切正常，没有任何异样。夜色深沉，四周一片死寂。可是到午夜的时候，钟楼废墟的顶端传出阵阵钟声。这钟声悠远深沉，仿佛来自遥远的过去。种葡萄的加里古看到教堂废墟里烛光闪烁，可是那烛光朦朦胧胧的，让人看不分明。一个个黑影在山间小路上移动，那塌陷了一半的门廊里传出脚步声和说话声。

种葡萄的加里古竖起耳朵，只听到有人在打招呼："晚上好，阿诺东大人！""晚上好，各位！"

黑影一个接一个地走进教堂大堂。种葡萄的加里古并没有被吓到，他轻悄悄地走近破败的大门，朝里面望去。呈现在他面前的是一片诡异的景象。在那破败的大堂中，黑压压的影子济济一堂。他们坐在诵经台周围，可是他们身下一张椅子都没有。美貌的贵妇穿着绫罗绸缎，高高的发髻上装饰着各种饰物；贵族老爷们穿着华服，而农民们穿着大花外套——这种式样的外套是当地人祖父辈年轻时的时兴衣物。所有一切都仿佛蒙上了一层厚厚的灰尘，让人想起时光长河中褪色破旧的古物。不时有一只长居此地的小鸟被这诡异的烛光所吸引。那鸟儿围着蜡烛扇动翅膀，可是那烛光却不为所动，只是闪烁着浑浊朦胧的光芒。他还看到一个穿着一袭黑袍的人，鼻梁上架着一副眼镜，头上戴着一顶巨大的假发。那好奇的鸟儿在这黑衣人头上盘旋，一不小心被那顶巨大的假发钩住了脚。那鸟儿无声地拍打着翅膀，而黑衣人不住晃着脑袋，种葡萄的加里古在一旁看得入神……

在大堂中央，一个小个子老人跪在诵经台旁，拼命摇着手中无声的铃铛。一个神父穿着古旧的绣金法衣，在诵经台和祭坛之间四处踱步。只见他的嘴巴在不停地动着，仿佛在诵经祈祷，可是并没有任何声音传出。这就是可敬的巴拉吉尔神父，他正在赎罪，正在做圣诞午夜的三场弥撒。

关于橘子的遐思

在巴黎，橘子总是带有一丝愁苦的况味。在雨雾迷蒙的冬日午后，在人行道边摆放着一架架小手推车。一盏昏暗的油灯照亮了手推车中包着红纸的橘子。那些果子看上去蔫巴巴的，仿佛刚被严霜打落在地。这些橘子仿佛漂泊天涯的游子，无意间流落到某个巴黎人手中。那金黄的外皮，馥郁的芬芳，都染上了一丝异乡的风味。一个小贩站在小推车旁，声嘶力竭地叫道：“瓦伦西亚的橘子！两个苏[①]一个！”这单调的叫卖声很快就湮没在巴黎街道的辚辚马车声之中。

对于大多数巴黎人来说，橘子看上去平平无奇。橘子通体滚圆，果蒂上还残留着一抹绿色，可是巴黎人看到这来自远方的果子，想到的只是美味的零食和甜点。这些橘子大多裹着皱巴巴的红纸，最后出现在巴黎人的餐桌上。这进一步加深了他们的错误印象。一月里，成千上万的橘子涌入巴黎。在烟尘滚滚的大街上，在泥泞肮脏的下水道中，橘子皮随处可见。那时节，在巴黎的大街小巷中，橘子无处不在。店主们精心挑选出最好的橘子，经过一番打扮之后放置在商店的橱窗里；小贩在监狱和医院的门口叫卖橘子；在路边小摊上，橘子出现在一堆堆苹果和点心之间；在舞会入口处，在街头表演四周，都可以见到橘子的影子。仿佛一株无形的橘子树在巴黎上空摇晃了一下枝干，降下了一阵橘子雨。这橘子的芬芳最终与巴黎煤气街灯的气味、破旧小提琴发出的咿呀声以及剧院里的脂粉香气融为一体。

橘子树如何在那遥远的乡间生长，如何挂满金黄色的累累硕果……这一切已经被巴黎人遗忘了。他们看到的只是成箱成箱的橘子。至于橘子树，他们倒也见过。橘子树被修剪得不成样子，在温室里捂上一个冬天，只为到夏日时节能在公园里亮亮相。这大概就是巴黎人对橘子的全部印象了。

要想真正了解橘子，就得去到橘子的原产地看看。在盛产橘子的巴雷阿瑞克、萨丁岛、科西嘉和阿尔及利亚，在地中海沿岸湛蓝的天空下，在那温暖

---

① 苏：法国中世纪货币单位。

的阳光中，你可以看到茁壮的橘子树随风摇曳，看到洁白的橘子花开满枝头，看到橘子树挂上累累硕果。在我心中，关于橘子的美妙回忆来自卜利达[①]山口附近的一座小橘园。那里的景象美得无法描画。橘子树伸出一条条粗壮的枝条，枝条上长满一簇簇绿得发黑的叶子。金黄色的橘子挂在枝头，在阳光下闪闪发光。空气中弥漫着橘子的芬芳，即使是香花也无法与之媲美。在繁茂枝叶的缝隙中，可以看到小镇的一截城墙，看到清真寺的尖顶和圣祠的圆顶。远处是延绵不断的阿特拉斯山，山脚下还残留着一抹绿色，山顶却被终年不化的冰雪所覆盖。彤云在山巅翻滚，不时洒下几片雪花。

我在卜利达逗留期间看到了三十年一遇的奇景。一天晚上，阿特拉斯山顶的雪云悄悄地光临这个宁静的小镇。当人们从梦中醒来，一个银装素裹的小镇便呈现在大家眼前。在清澈纯净的空气中，朵朵雪花随风飞舞，如飘羽，如柳絮。雪中的橘园更是难得一见的美景，只见厚重的橘叶托着白雪，仿佛一个个漆盘盛着雪糕；蒙着一层霜花的橘子散发出柔和的光芒，犹如金子在薄纱之下闪闪发光。所有一切都朦朦胧胧的，如同雾里看花。

不过，在我关于橘子的记忆中，最难忘的记忆与巴比加格里亚一处橘园有关。这座大橘园位于阿雅克肖附近。在最炎热的季节里，我时常在这橘园中小憩。这里的橘树更高更大，树与树之间的距离更宽。果园周围有一道树篱，树篱外是一条乡间小道，远处便是蔚蓝的大海。橘树繁茂的枝叶越过树篱，伸到小道上空。橘树在风中摇曳，有的枝头开满似锦繁花，有的已经挂上累累硕果，怡人的芬芳在四周浮动。不时有一只成熟的橘子落在地上，发出沉闷的响声。我伸手将那橘子捡起，把它握在掌中。这个果园种的都是上乘的橘子，成熟的果肉红得发紫，真是无上的美味！橘子树的枝叶间露出一块块眩目的蓝色，那是远处的大海被繁茂的枝叶切割得支离破碎。海上升起一缕薄雾，碧蓝的海水在雾气之中荡漾。海浪的吟哦让人生出如坐舟中的错觉，那温柔的涛声

① 卜利达：阿尔及利亚北部城市。

令人昏昏欲睡。美味的橘子、沉寂的果园和深沉的涛声融为一体，橘树在灼人的烈日下散发出迷人的芬芳。在这巴比加格里亚的橘园中，我不知不觉地步入梦乡。在这里，美好的时光宛如流水，在睡梦之中缓缓流逝。

有一次，阵阵鼓声将我从梦中惊醒。原来那是本地军乐团的孩子们在果园外练习曲目。透过树篱的缝隙，我可以看到他们腰间小鼓的铜饰，看到他们穿着的红色长裤，看到裤子上方的白腰围。头顶烈日灼人，乡间小道热气腾腾。这些可怜的孩子跑到路边，想在树篱旁寻觅一片荫凉。他们站在果园旁练习演奏，直练得汗流浃背。我尽力摆脱昏沉的睡意，挣扎着从将眠未眠的状态中醒过来。我随手摘下几个金黄的橘子，从树篱的破洞中朝这些孩子扔去。一个孩子被我扔出的橘子砸中了。他停了下来，迷惑不解地四处张望，想要看看是谁在捣鬼。一番寻觅无果之后，他捡起地上的橘子，皮都没剥就直接送到嘴里，大口大口地吃起来。

在这个橘园旁边，有一个小小的院子，离橘园只有一墙之隔。在这个意大利式样的庭院中，有一条细沙铺就的小路，路的两旁种着几棵绿油油的黄杨树。院子的入口处有两棵雪松，为这座小院增添了一丝法国南部的田园风味。在院子深处，有一座白色的平房，屋顶上开有天窗。我原以为这是一户农家的院子，可仔细一瞧，我才发现那平房的屋顶上竖着十字架，四周的石头上刻着难以辨识的铭文。我这才醒悟，原来这里是科西嘉某个家族的墓园。这样的墓园在阿雅克肖一带并不少见，墓园比较开阔，一个孤零零的墓室立在中央，小小的花园环绕四周。周日的时候，家族的亲友们可以前去扫墓，看望逝去的亲人。与城市里乱糟糟的公墓相比，这样的小墓园少了几分阴森的气息。在这里，逝者们的长眠不易受到惊扰，只有亲友们的脚步声打破那无边的沉寂。

这个小墓园里还有一个年老的守墓人。我时常看到他小心翼翼地修剪树木，打扫庭院，给花草浇水，清理凋零的花朵。等到日暮时分，他便打开墓室的门，把铁锹、竹耙、大水桶等工具放进去。老守墓人轻轻地锁上墓室的门，他一举一动之中都流露出守墓人的敬意与虔诚，仿佛怕将逝者从长眠中惊醒。在一片安详肃穆之中，这座小墓园自得其所，既没有给他人心头蒙上一层阴影，也没有惊扰这宁静的小镇。头顶的蓝天似乎变得更加浩渺高远，远处的涛声听起来愈发温柔深沉。在这熙熙攘攘的人世一角，不知名的逝者在自然的怀抱中长眠，而这小小的墓园也为周围的美景添上一抹永恒肃穆的色彩。

两家旅店

七月里一个暑气逼人的午后，我从尼姆市走回磨坊。大路被烈日晒得发白，一团团尘土让路两旁的橄榄树和橡树黯然失色。太阳在万里无云的蓝天中熊熊燃烧，白花花的阳光让人睁不开眼。没有一丝微风，没有一片荫凉。让人窒息的暑气笼罩着大地。鸣蝉一刻不停地歌唱，那声嘶力竭的叫声震耳欲聋，与这难耐的暑热融为一体……我头顶着灼人的烈日走了两个多小时，走过渺无人烟的乡间。走着走着，在铺天盖地的尘土之中，突然冒出了几栋白色的房子。原来，我已经走到了圣文森特驿站区。这里相当于一个小镇，有五六处农庄，农庄里还可看到红屋顶的谷仓；在几棵纤弱的无花果树之中，有一口干涸的水井。在驿站区一角有两家旅店，隔着大路相对而立。

这两家旅店的确不同寻常。其中一家较大的旅店看上去是不久前新建的，旅店内外人声嘈杂，充满了喧嚣和骚动。所有的门都打开了，一辆马车停在门前，刚卸车的马大汗淋漓，气喘吁吁。乘客们跳下车，跑到墙边的荫凉处喝杯酒水。旅店门前的院子里挤满了马车和毛驴，车夫坐在门廊里透透气。旅店里不时传出叫喊声，咒骂声，碰杯声，拳头捶到桌子上发出的砰砰声，台球碰撞时发出的噼啪声，还有开启汽水瓶盖的声音……一阵高昂欢快的歌声盖过所有喧闹，连窗玻璃都为之颤动："在朦胧的清晨，可爱的玛格特已经起身。她拿起小银罐，走向宁静的河边……"

而对面的旅店看上去死气沉沉，渺无人迹。门边已经长出荒草，百叶窗也破败不堪；大门并没有任何装饰，只挂着一圈枯萎的冬青叶；门前阶梯下垫着几块碎石。这家旅店冷冷清清，空无一人，我突然发了善心，有意要进这家黯淡凄凉的旅店喝上一杯。

我走进门，只见灰暗的大厅里空空荡荡。三面大窗上没有挂上窗帘，午后的日光如潮水般涌进来，使整个大厅更显寒酸空寂。摇摇欲坠的桌子上随意摆着几个酒杯，上面已布满灰尘。大厅的一角摆着一张台球桌，空空如也的球洞仿佛乞丐的空碗。大厅的另一边摆着一张黄色的沙发和一张破败的吧台。所有的一切都笼罩在灼人的暑热之中。

苍蝇无处不在，我从没见过那么多苍蝇！成团的苍蝇停在天花板上，贴在窗玻璃上，趴在酒杯上。我推开门的时候，苍蝇的嗡嘤之声让我误以为自己走进一个马蜂窝。在大厅的一角，一个女子站在窗前，看向街对面的旅店。

她的脸紧紧地贴着窗玻璃，看得入神。我叫了两声："老板娘！来杯酒！"

这时她才醒过神来，慢慢地转过身看着我。我看到了一张农妇的脸。这张饱经风霜的脸上布满皱纹，染上了泥土的颜色。她披着褐色的披肩，把自己打扮得如同老妇一般。她看上去并不老，或许眼泪和心碎为她平添了几岁。

她擦擦眼睛："先生，您想要什么？"

"我想在这歇歇脚，喝一杯。"

她大吃一惊，一动不动地盯着我，好像没有听懂我说的话。

"这里不是旅店吗？"我问道。

那女人叹了一口气："不错，这里也算是旅店吧……不过您为什么不到对面那家去呢？那里不是更热闹吗？所有人都上那儿去……"

"那里太吵闹了，我想安静一下……我看这里也挺好。"

我不等她回答就在桌边坐下。最后那女人终于确定我不是拿她打趣，而是要真心实意地在这儿喝上一杯。她开始忙里忙外，打开抽屉不断翻找，把瓶子搬来挪去，用一小块抹布擦拭布满灰尘的玻璃杯，把成群的苍蝇赶走……看得出这里许久没有人来光顾了，尽管只有我一个客人，可对她来说这却是难得一遇的大事。在忙乱之中，她不时停下来，仿佛在拼命思索什么。

她走进大厅尽头的一扇门，我听到钥匙的铿铿声，开锁声，翻箱倒柜声，之后又传来掸扫灰尘和洗刷杯盘的声音，不时还能听到一声叹息，一声啜泣……一刻钟之后，她走出来，把一盘葡萄干、一块和石头一样硬的陈面包和一瓶廉价的劣酒摆在我面前。

“请吧，先生。”说完，这古怪的女人又跑到窗边朝街对面望去。

我想和她攀谈几句。我一边喝着发酸的劣酒，一边说道：“你这里不常有客人来吧。”

“说得没错，先生。不过以前可不是这个样子的，真是今时不同往日了……以前我们是这片驿站区唯一一家旅店，那时这里可热闹了，一年到头都有马车在这里停靠，到了猎鸟的季节更是热闹，我们还为那些打猎的绅士提供午餐呢……不过对面那家旅店开张之后，我们就没有生意了。所有人都喜欢到那边去，他们觉得这里太压抑、太冷清了。说实话，他们就是不喜欢这里。我身体不好，长得又不漂亮，我的两个女儿也死了……那边不一样，总是欢天喜地的。大家笑笑闹闹，自然也开心得多。那家店的老板娘来自阿莱，整天打扮得花里胡哨的。她的裙子上镶满花边和缎带，脖子上还挂着三根粗粗的金项链。她的情人是个马车夫，用马车把客人送到她那儿去。她还找来了几个年轻美貌的女孩做女佣，生意一日好似一日。她把波祖西、罗德桑、容吉埃尔各处的年轻人都招来了，马车夫哪怕是绕远路也要在她门前待一会儿……而我呢，成天灰心丧气地守着这里……”

她的语调空洞淡漠，她的脸还紧紧贴在玻璃窗上。显而易见，对面那家旅店有什么东西深深吸引着她。突然，马路对面的旅店传出一阵喧闹。我听到扬鞭声和号角声，一辆马车离开了，扬起一团尘土。一群年轻女孩挤在门边，不停喊道：“再见！下次再来！”

在这喧闹之中，我又听到了那个优美高昂的男高音在歌唱：“玛格特拿着小银罐，悄悄来到小河边。她没有看见三个年轻的骑士，就站在近旁的堤岸边……

听到这歌声，那女人的身子不停地颤抖。她转过头轻声说道：“您听到了吗？那是我的丈夫在唱歌……他唱得很不错吧？”

我不禁吃了一惊。我看着她：“你的丈夫？他也在那边？”

女人的声音中夹杂着一丝歉意，让人闻之动容：“先生，我能怎么办呢？所有的男人都一样，他们不喜欢女人哭哭啼啼的。我那两个可怜的女儿死了之后，我整天都以泪洗面。这个地方那么凄凉，那么冷清，一个客人都没有……终于有一天，他也受不了了。我的丈夫琼斯不时要跑到对面去喝一杯，那个阿莱老板娘说他唱歌好听，时常让他唱唱小曲儿……嘘！听！他又开始唱了……”

那女子浑身颤抖，眼角两滴大大的泪珠让她的容颜更加黯淡无光。她站在窗前，双手交握在胸前，整个人沉醉在这歌声之中。在街对面，她的丈夫正在为那名阿莱女子歌唱，“第一个勇敢的骑士对她说：‘你真漂亮，我的美人！’”

密里亚纳掠影——游记一则

亲爱的读者，这回我要带你离开我的磨坊，暂时告别铃鼓声声，告别永不疲倦的鸣蝉，去到千里之外的一个阿尔及利亚小镇，去领略那里的风光。

这是一个阴郁的周日，天空晦暗，山雨欲来，茫茫雨雾笼罩着扎卡山的山峦。我坐在密里亚纳一个小旅馆的房间里，一支接一支地抽烟，百无聊赖地消磨时光。好心的旅馆老板怕我闷得慌，将所有藏书拿出来任我翻阅。我发现一本详细的旅店住客记录，几本保尔·德·科克的小说，此外还有一本残缺不全的蒙田文集。我拿起蒙田文集，随手翻了几页，正好翻到波蒂埃之死这一篇。我再次读完这篇脍炙人口的文章，我的心情愈发沉重，整个人也愈发恍惚。

几滴雨水落了下来，打在布满尘土的窗台上。或许，去年雨季过后，灰尘就开始在这窗台上聚积，越积越厚。孤零零的雨点落在这厚厚的尘土之中，几颗湿润的星星从灰尘中冒了出来。我呆呆地看着这尘土中的星星，莫名的伤感涌上心头，手中的书也在不知不觉中滑落……

小镇的大钟敲响了，这是下午两点的报时声。小镇的钟楼正建在一座穆斯林圣祠的顶上，我从旅店房间的窗口正好能看到那座圣祠的一段白墙。这古老而不幸的圣祠啊！法国人来到此处之后，在穆斯林肃穆庄严的建筑群中建起了自己的钟楼。现在，这座鹊巢鸠占的钟楼敲响了下午两点的钟声，而远近各处的基督教教堂也陆续敲响了晚祷的钟声。那钟声余音袅袅，挥之不去。可是在三十年前，谁能预见这一切呢？

在房间的一角，一只蜘蛛正在吐丝结网。我想起有人说哲学家就像蜘蛛，妄图用思想的蛛丝网住整个世界……整个房间更显压抑，我实在是待不下去了，打算出去走走。

我走到小镇的广场。尽管刚刚下过雨，广场上却颇为热闹。原来那是法军第三师的军乐团在进行练习，他们的总指挥就站在人群中央。这个师的总部座落在广场旁边。一名准将从总部大楼的窗口探出头来，朝广场上张望，在他身边簇拥着一群花里胡哨的女子。小镇的区长挽着治安法官，在广场上来回踱步。此外还有五六个阿拉伯男孩。他们光着膀子，在广场的一角打弹子，还不时地大呼小叫。一个衣衫褴褛的犹太人在广场上游荡。他脸上流露出恍然若失的神情，仿佛在寻找什么。或许，他在追寻昨日失落于此的一缕阳光，可惜却遍寻不着。这时军乐团的指挥大声喊道："一、二、三！开始！"军乐团开始演奏一支塔莱克西的马祖卡舞曲。这支曲子听起来很耳熟。去年我在巴黎的时候，经常听到有人在我窗外用风琴演奏这支曲子，直听得我耳朵起茧。可是今天这早已听得腻烦的曲子却让我感触至深，热泪盈眶。

军乐团的年轻人们眼睛紧盯着乐谱，整个人沉浸在音乐之中，心里所想的只是跟上节拍。在乐器的一端伸出一个小小的铜夹子，写着乐谱的小纸片就夹在这铜夹子上。他们心无旁骛地盯着这张小纸片，不受世事纷扰，自顾自地演奏乐曲。他们看上去是多么幸福啊！不过，他们从不演奏法国国歌，以免勾起自己的思乡之情。可惜我没有欣赏音乐的天分，只听了一会儿便觉太过吵闹。我转身离开了。

在这样一个阴郁的周日午后，我能上哪儿去消磨时光呢？我突然想到，奥马尔的店总是开着的，我不妨到他那儿坐坐。

奥马尔开了一间小店，可他绝不是普普通通的店主。他有贵族血统，他的父亲原是阿尔及利亚的总督，后来被土耳其士兵杀害了。父亲死后，奥马尔带着亲爱的母亲，流亡到密里亚纳。他以开明贵族的身份在这里住了好几年。他的豪华宅邸座落在橘林深处，四周流水潺潺。他养了许多猎狗、猎鹰和骏马，还有成群的妻妾。后来法国人打过来了。开始时奥马尔与本地人的酋长亚波戴尔卡特结盟，一起对抗法国人。可是后来他和酋长闹得不欢而散，接着又倒向法国。那酋长趁奥马尔离开密里亚纳时洗劫了他的家园。酋长带着大队人马，将奥马尔家的橘林夷为平地，抢走了奥马尔的骏马和妻妾，还杀害了他的母亲。这可怜的老妇人被一个大箱子的箱盖夹断了颈脖……奥马尔知道这个消息之后怒不可遏，他心中的仇恨熊熊燃烧。他马上加入法国军队，与亚波戴尔卡特酋长作战。在这场战争之中，他成为法国军队中最优秀、最勇猛的斗士。战争结束后，奥马尔回到密里亚纳。时至今日，如果有人不知好歹，在他面前提到亚波戴尔卡特的名字，他还是会脸色煞白，眼露凶光。

奥马尔已经年过花甲。他以前患过天花，脸上留下点点瘢痕。尽管如此，他还算得上是一个美男子。他的眼睫毛长长的，一双眼睛勾魂摄魄，脸上时常挂着迷人的微笑。他在举手投足之间都流露出皇族的气派。战争几乎让他倾家荡产，目前他手中只剩下谢利夫平原的一处农庄和密里亚纳的一处房产。现在他和三个儿子住在密里亚纳，父子四人过着小康的生活。当地的土著头目对奥马尔敬重有加。当地人如果发生矛盾和纷争，都乐意请奥马尔来主持公道，而奥马尔的结论也带有几分法律裁决的意味。奥马尔在自家房子隔壁开了一间小店，小店的门正对着街道，店里的陈设颇为简陋。墙壁刚刚用石灰水刷白，铺子里摆着一圈木质长凳，上面搁着几个坐垫，随意摆着几根长烟斗，地上还放着两个火盆。奥马尔很少出门。他每天下午都坐在这小店里，接见来访者，为他们主持公道。他看上去仿佛一个坐在小店里的所罗门王。

今天正好是周日，奥马尔的小店里挤满了人。十来个土著头目穿着长袍，围成一圈，蹲坐在墙边。他们手里都拿着长长的烟杆，手边放着一个精致的咖啡杯。我的出现并没有惊动他们。奥马尔端坐在自己的位置上，当我走进门的时候，他对我粲然一笑，算是和我打了个招呼。他指指身边的黄色丝质坐垫，示意我坐下，然后又朝我做了个保持安静的手势。

原来他正在处理一起纠纷。当地的贝尼苏格苏族头目和一个犹太人因一小块土地发生了争执。双方打算让奥马尔主持公道，解决他们的纷争。他们计划好在今天会面，还约好要带上各自的见证人。可是那犹太人临时变卦，他没有带上自己的证人，而是孤身一人前来。他说自己不想麻烦奥马尔了，转而交由本地法国殖民政府的治安法官来处理此事。我定睛一看，原来这犹太人我也曾见过。当时我在广场上看到他恍然若失，还以为他在追寻失落的阳光呢。我进门时所见到的正好是这个犹太人变卦反悔的一幕。

这个苍老的犹太人胡子花白，身上穿着一件褐色的外套，脚上套着蓝色的袜子，头上戴顶丝绒小帽。他抬眼看看天，不时转动一下眼珠，眼里流露出哀求的神色。他双膝跪下，低下头去亲吻奥马尔的脚。他双手交握，絮絮叨叨地说着什么……只见他不停地做着手势，不时用蹩脚的法语提到“值安法贯（治安法官）”。虽然我不懂阿拉伯语，但我大概能猜得出他在说：“我并不是信不过奥马尔。我们都知道，奥马尔是公正贤明的，奥马尔的智慧无人能及。可是……我觉得让‘值安法贯’来处理这事更合适……”

其他人无动于衷地听着，冷漠之中还夹杂着不满和嫌恶。阿拉伯人一贯如此：无论发生什么事，他们总是不动声色。我看向奥马尔。只见他悠然自得地坐在丝绒坐垫上，完全无视这个老犹太人。他手里拿着一本琥珀色封皮的经书，放到唇边，脸上还挂着一丝冷笑。犹太人还在不停地诉说哀求，这时听众中突然爆出一句“见鬼”，打断了他的话。犹太人被吓了一跳，所有人都为之一怔。原来那是一个西班牙殖民者，他是贝尼苏格苏族头目请来的证人。众人还没有醒过神来，那西班牙人就跳将出来，指着犹太人的鼻子，用各种粗俗的语言破口大骂，实在是有辱清听。他在骂人的时候还不时夹杂着几句不堪入耳的法语。奥马尔的一个儿子是听得懂法语的。他突然变得满脸通红，一脸尴尬地跑出门外。按照阿拉伯人的习俗，当着自己父亲的面听到无礼粗俗的话语是为人子女必须避免的事，奥马尔的儿子无法让这个西班牙人闭嘴，所以只好匆匆离席。其他听众依旧一言不发，奥马尔的脸上还挂着一丝冷笑。这时那老犹太人爬了起来。他吓得发抖，一步步朝门口退去，嘴里还在不停念叨着“值安法贯”。犹太人已经出了门，走到街上，可是那西班牙人却不依不饶。他冲出去揪住那犹太人，照着他的脸就是两个耳光。老犹太人双膝着地，拼命用手护住自己的脸。那西班牙人大概也觉得自己做得有些过火，他并没有穷追猛打，而是转身走进奥马尔的店铺。

一旦那西班牙人走进店铺，那犹太人便觉得自己安全了。他从地上爬起来，环顾四周，周围聚集了不少看热闹的闲人。围观的人群中有马耳他人、米诺卡人、黑人和阿拉伯人。尽管他们的肤色和族裔各不相同，可是有一点却是一样的。这些人对犹太人怀有敌意，看到一个犹太佬被人痛揍一顿他们再高兴不过了。迟疑了片刻之后，那老犹太人揪住一个阿拉伯人的长袍："老伯，你刚才看到了吧！那个基督徒打我……你看到了……我要让人给我主持公道！做我的见证人吧，求求你帮我做证吧……"

可是那阿拉伯人急忙甩开犹太人的手，把他推到一边。不，不，他什么都没看见，他什么都不知道。刚才他根本就没有看过来……

可怜的老犹太人转向一个身材魁梧的黑人："小哥，你刚才看到了吧，你看到那基督徒打我了吧……"

那黑人也不愿惹祸上身。他不停地剥着手里的无花果，嘟嘟囔囔地骂了一句，转身离开了。看来他也不愿做犹太人的证人。可怜的犹太人看向其他人。一个小个子的马耳他人站在人群中，他戴着一顶软帽，软帽下边两个黑不溜秋的眼珠正不怀好意地打转。基督徒打犹太人？不，他没有看到这一幕。在他身边站着一个满脸尘土的米诺卡女人，她头上顶着一个装满石榴的篮子，不停地咯咯傻笑。不过说到打人的事，她可是一问三不知。她傻笑着跑开了……

那老犹太人可怜巴巴地求人为他做证，可是没人愿意蹚这趟浑水。老犹太人急得团团转，这时他看到两个犹太人一脸懊丧地沿着墙边走过。那老犹太人仿佛抓住了救命稻草："快！快！帮帮我！帮我去找代理人！陪我去见'值安法贯'！……你们刚才看到了，是吧？你们看到那个基督徒殴打一个老人，对吧？……"

老犹太人最后找到人帮他做证了吗？唉，我实在是不敢奢望。

我走回奥马尔的店铺。店里却是人声鼎沸，热闹非凡。听差跑来跑去，为所有人斟茶点烟。坐在席间的众人有说有笑，看到一个犹太佬被人痛揍一顿可真是开心啊！小店里烟雾缭绕，人声喧嚣。可我还是记挂着那个可怜的犹太人：他到底怎样了？他的同胞会为他出头讨回公道吗？我想跑到犹太人的聚居区去看个究竟。我偷偷地溜出店门，这时热情好客的奥马尔在我身后大声叫道："都德先生，待会儿和我们一起共进晚餐吧！"

我向他表示谢意，接受了他的邀请。之后我走出小店，朝犹太人聚居区走去。当我去到那儿的时候，犹太人聚居区里简直闹翻了天。看来所有人都知道老犹太人挨打的事，绣匠、裁缝、鞋匠……所有犹太人都暂时抛下自己的生意，走上街头。男人们头戴丝绒小帽，脚上套着蓝色的羊毛袜。他们围在一起，激动地指手画脚。女人们大多脸色苍白，体态臃肿。她们头上缠着黑纱，穿着窄窄的衣服，前襟还用金线绣着花，看上去无甚可称道之处。她们在三五成群的男人之间窜来窜去，大呼小叫。我去到时，正好看到这情绪激动的人群掀起一阵骚动。所有人都大声呼喊，相互推挤。那可怜的老犹太人由两个人搀着，人群在他面前突然分成两半，给这位受难的英雄让路。所有人都在七嘴八舌地叫嚷着："报仇！报仇！我们要为犹太人讨回公道！别怕，正义是站在我们这边的！……"

一个相貌丑陋的老侏儒正站在我身边，他身上散发着柏油和旧皮革的臭气。他小心翼翼地挨近我，深深叹了口气："先生，您瞧见了吧？您看到我们犹太人过的是什么样的日子了吧。唉，他可是个上了年纪的老人，可那些人对他毫不留情。他这回可遭罪喽！看样子，他被打得只剩下半条命了。"

他说得没错。那可怜的老犹太人两眼无神，一脸憔悴，看上去半死不活的，任由两名族人搀着，几乎迈不动步。看样子只有讨回公道才能让他恢复元气。他并没有马上找医生来看看伤势，而是急着去找代理人为他摆平这件事。

在阿尔及利亚，代理人多如过江之鲫。在这里要成为一名代理人既不需要经过任何培训和考试，也不用提供担保人。此处的代理人就相当于巴黎的律师。这是一个很不错的职业，只要会说几句法语、西班牙语和阿拉伯语，再往手提包中塞一本法典，任何人都能成为代理人。不过话说回来，代理人要懂得如何据理力争，懂得如何无理狡辩，因此也不是所有人都适合当代理人的。

在这里，代理人所肩负的职责多种多样：他既是法律顾问又是中间人，既是鉴定专家又是翻译，既是警察又是记账员，既是律师又是货币兑换商……代理人样样精通，活脱脱一个莫里哀笔下的雅克。只不过阿尔巴贡只有一个雅克，而在阿尔及利亚这片法属殖民地上，多才多艺的代理人遍地都是。在密里亚纳，代理人更是多如牛毛，随随便便就能找出几十上百个。这些代理人大多不肯浪费钱来租一间办公室，他们的办公地点通常设在广场边的咖啡馆里。在这些烟雾缭绕、热气暄腾的咖啡馆中，代理人们品尝着甜点和美酒，在谈笑之中为客户们出出主意。当然，这样的咨询服务可是要收费的。

我看到那老犹太人一脸严肃地朝咖啡馆走去，两名族人跟在他身后。我转身离开了，实在不知后事如何。

我离开了犹太人聚居区四处闲逛，正好路过阿拉伯人办事处。这是一栋简陋的建筑，盖着灰石板的屋顶上还插着一面法国国旗，看上去就像法国某个小城镇的市政厅。我有一个熟人在此处当翻译。我打算去找他，和他一起抽抽烟聊聊天，借此消磨这个阴郁的周日。

我走进办事处的院子，只见十五六个衣衫褴褛的阿拉伯人蹲在墙边，整个院子仿佛成了一个露天的接见厅。尽管是在户外，我还是闻到一股强烈的臭味。我快步走过院子。我那当翻译的朋友正被两个阿拉伯人缠得脱不开身。那两个阿拉伯人身材魁梧，身上只披着一条脏兮兮的毯子。他们激动地手舞足蹈，大声叫嚷，似乎在说什么念珠被盗的事情。我找个地方坐下，等着我的朋友处理完这事。我的朋友是个英俊小伙儿，他一头金发，肤色白皙，身材颀长。今天他穿着一身天蓝色的制服，配上黑色的饰带和金闪闪的纽扣，看上去真是一表人才。他能说多种语言，讲起话来滔滔不绝。他与欧内斯特·勒南有一面之缘，他本人也或多或少受到了怀疑主义的影响。他经历了许许多多千奇百怪的事。他擅长各种体育运动，无论是在阿拉伯人的帐篷里还是在区长的晚宴上，他都如鱼得水，逍遥自在。他不仅跳舞跳得好，还精通厨艺。他来自巴黎，和我是同一类人。他总是衣冠楚楚，仪态万千，女人们都对他芳心暗许。在当地唯一能和他抢风头的是阿拉伯人办事处的一个警卫。那名警卫新近从兵营里调来，他总是穿着制作精美的制服，脚上的护足套上还装饰着珠母贝纽扣，让其他士兵艳羡不已，望尘莫及。我的朋友现在是阿拉伯办事处的工作人员了，因此他也用不着再到兵营里服役。他每天都将自己的头发精心梳理一番，戴上洁白的手套，胳膊底下夹着一个大公文包，有事没事总在街上到处闲逛。他代表着殖民政府的权威，当地土著对他是又爱又怕。

那两个阿拉伯人还在滔滔不绝地说着，看来这个念珠被窃案件一时半会儿是无法了结的了。我不想再等下去了。我站起来，朝院门走去。

这时院子里却掀起了一阵骚动。只见一个穿着黑色长袍的阿拉伯人站在院子中央，所有人都簇拥在他周围。这个阿拉伯人身材魁梧，苍白的脸上流露出自豪的神色。据说在一周前，这个人曾在扎卡山上与一只豹子搏斗。豹子最终被打死了，可是他的胳膊也被咬断了。每天早晚他都要来阿拉伯人办事处清理伤口。只要他一出现，院子里的阿拉伯人就会围上去，要他再讲一遍和豹子搏斗的故事。他用缓慢而深沉的语调叙说着自己的故事，还不时揭开长袍向众人展示他的残肢。我远远地望去，只见他的断臂固定在胸前，那绷带上还染着斑斑血迹。

我转身出了门，来到街上。这时却突然下起雨来。刹那间电闪雷鸣，狂风大作，暴雨倾盆。我慌不择路，急急忙忙地跑到一个门洞里躲雨。我跑进去之后才发现这是一个摩尔风格的院落，院子的拱门下挤满了波西米亚人。这个院子紧挨着清真寺，现在成了贫苦穆斯林的避难所，大家都管这里叫作“济贫院”。

几条满身跳蚤的大猎狗突然冒了出来。这些瘦骨嶙峋的动物伸长舌头，在我脚边转来转去。我没有跟任何人搭话，只是背靠着门洞中的柱子，拼命装出一副泰然自若的样子。门廊外，雨点毫不留情地敲打着石板路，一群波希米亚人无动于衷地躺在我周围。离我不远处是一个年轻女子，长相还过得去。她的胸部和大腿裸露在外，手腕和脚踝上套着粗粗的镯子。她把一个孩子抱在胸前喂奶。那孩子身无寸缕，全身皮肤红得发黑。那女子一手抱着孩子，另一只手在舂麦子。她用鼻音哼唱着单调的歌谣。那歌谣来来去去只有三个音，却让听者产生无名的忧伤。不时有一阵狂风夹杂着雨点袭来，打湿了女子的手臂和她怀中的孩子。可是那女子却无动于衷。她把孩子抱在胸前，不停地哼唱，不停地舂麦子，仿佛狂风暴雨都与她无关。

雨势渐渐变小。我趁这个机会赶紧离开了济贫院，朝奥马尔家走去。我记起他曾邀请我到他家吃晚饭，再不去就要迟到了……穿过广场的时候，我又见到了那个老犹太人。只见一个代理人模样的年轻人搀着他，两名族人兴高采烈地跟在后面，还有一群粗鲁的犹太小孩围在他周围。所有人脸上都喜气洋洋。老犹太人已经找到代理人帮他打官司了，他准备提出两千法郎的赔偿要求。

在奥马尔家等待我的是一顿丰盛的晚宴。奥马尔家的饭厅正对着一个摩尔风格的庭院，里面有两三座喷泉，坐在饭厅中能听到悦耳的潺潺流水声。那是一顿土耳其式的盛宴，其中的重头戏是杏仁焖鸡、香草馅饼和炖水鱼。虽说这些菜肴过于油腻，仍不失为美味佳肴。饭后甜点是蜜汁饼干，喝的酒水就只有香槟酒。虽说穆斯林教义中有禁酒这一条，奥马尔还是喝了几口。他喝酒的时候，他身旁的仆人转过身去，假装没看见。吃过晚饭之后，客人们走进一间小客厅，喝喝咖啡抽抽烟，再吃上几颗蜜饯。这间小客厅里疏疏落落地摆放着几件家具：一张矮沙发摆在正中，几张席子铺在地上，一张高高的大床放在墙边，床上放着几个红色绣金坐垫。墙上挂着一幅土耳其风格的画作，那上面画的是某个土耳其海军上将的丰功伟绩。土耳其画家习惯画一张画只用一种颜色，这整幅画都是绿色的。画上的海洋、天空、船只乃至海军上将本人都沉浸在一片深沉的绿色之中……阿拉伯客人早早就告辞了。我喝完一杯咖啡，抽完一支烟，之后我也站起来向主人道别，离开了奥马尔的家。

我该如何打发这漫漫长夜呢？驻扎在当地的骑兵团还没有吹响熄灯号，现在上床就寝还为时过早。况且奥马尔家的丰盛晚宴还在我的肚子里不停翻滚，他家的豪华摆设还在我眼前不停晃动，我怎能睡得着呢？……这时我突然意识到自己已经走到当地剧院的门口。既然如此，我不妨进去看一看。

密里亚纳的剧院原本是个卖皮毛的店铺。剧院经理在接手之后把这里修整一新，建起了简陋的舞台和观众席。剧院里用来照明的是一排油灯，在幕间休息的时候还要叫人上去添油。大厅里的观众席没有椅子，一般观众只好站着欣赏演出。靠近舞台的地方放着几张硬邦邦的长凳，那是专门为乐团成员备下的。在大堂后面有一圈包厢，里面放着几张竹椅，是整个剧院里最豪华的所在。大厅外边是一条长廊，里面光秃秃的，连木地板都没有铺上，跟外头的大街没什么两样。

我走进剧院大厅的时候，表演已经开始了。台上的男演员都是业余的，好在他们都经历了一些人生的风霜，对人世间的悲欢离合并不陌生，演技还不至于太糟糕。这些男演员大多是当地军队中的士兵，他们的战友们以他们为荣，每个晚上都来为他们捧场助威。

至于那些女演员呢……小地方的女演员总是一个样的：她们装腔作势，矫揉造作，不是演得干巴巴就是演得过火。我浏览了一下当晚的节目简报，其中有两个年轻的犹太女演员倒引起了我的注意。她们的父母也站在观众席里，看得如痴如醉。当时一个名叫蕾切尔的以色列女演员在东方的犹太人中很有名，她获得成功的传奇故事已经深入人心。看来这两个犹太女演员的父母也希望自己的女儿能在舞台上有一番作为。

可是这两个刚出道的犹太女演员却让我大失所望。她们脸上敷着厚厚的脂粉，怯生生地站在舞台一角。这两个可怜的女孩僵硬死板，看上去极不自然。她们穿着袒胸露臂的戏装，冷得发抖，羞得抬不起头，看上去既可笑又可怜。她们两只眼睛空洞地望着观众，不时喃喃地念上一句台词，看来她们对这剧本和台词也是一知半解。

我走出剧院，走到广场上。我听到在阴暗处有争执声和打斗声，看来又是哪个马耳他人一言不合拔刀相向……我沿着城墙边朝小旅店走去。阵阵夜风掠过平原，带来了橘树的芬芳和松柏的清香。这是一个温暖怡人的夜晚，空气清新，夜空澄澈。一堆阴森森的废墟矗立在大路的尽头。那是一座清真寺的遗址，现在只余残垣断壁。在阿拉伯人看来，这段断壁也是神圣的。每天都有阿拉伯妇人来这里许愿还愿，奉上各种祭品。他们奉上长袍和帐篷的碎片、系着银丝的红色发辫……这些祭品被悬空系在一根绳子上，在淡淡的月光中随着夜风翩翩起舞。

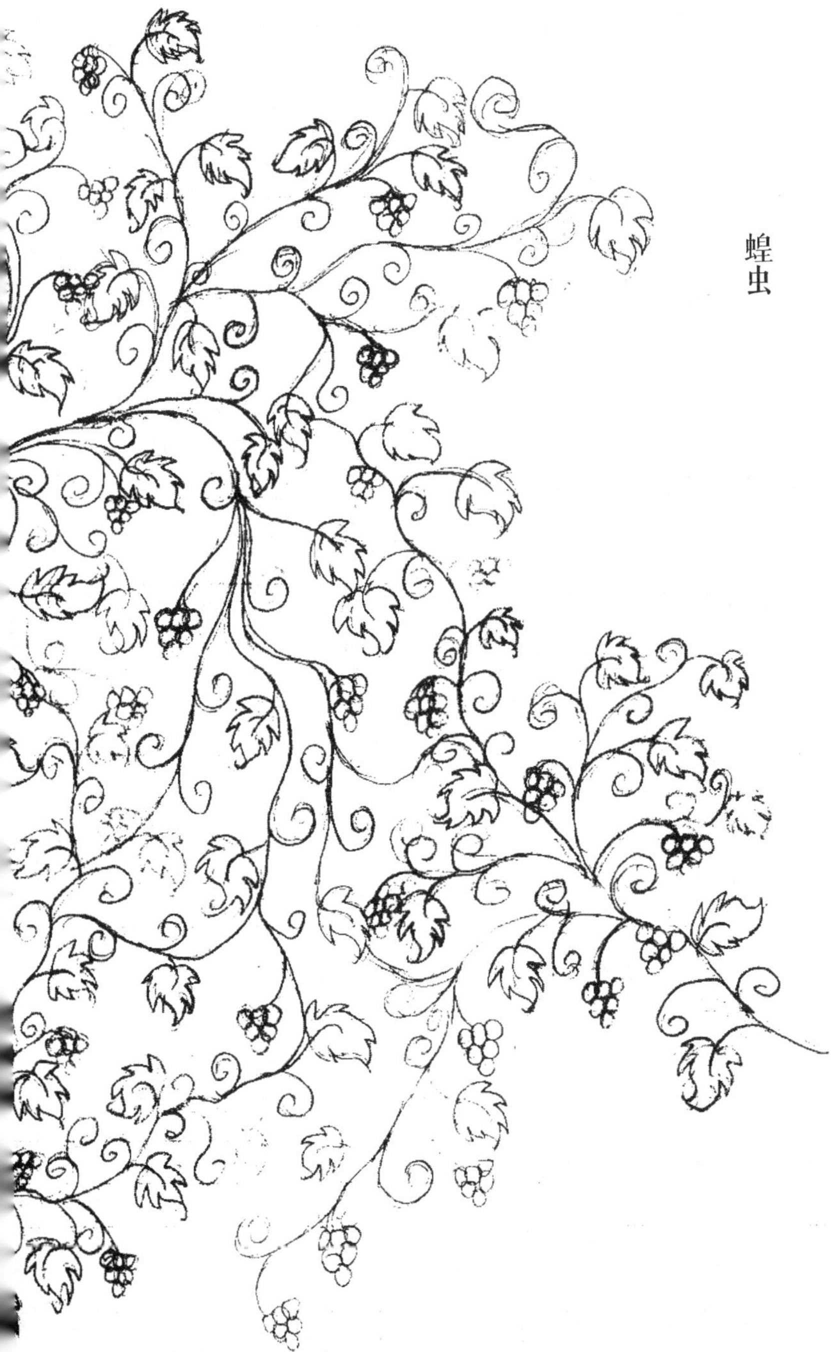

蝗虫

跟随我在阿尔及利亚再走一程吧，之后我们就要返回普罗旺斯的磨坊了……

我来到萨赫尔[①]地区的一处农庄。第一天晚上，我彻夜无眠。海上的颠簸，陌生的乡间，豺狼的嚎叫，还有那令人窒息的暑热，让我无法步入梦乡。为了防止蚊子扰人清梦，我躺在蚊帐之中。可蚊帐里实在是太闷了，我简直透不过气来。当第一缕晨曦从窗缝中渗进来，我马上爬起身打开窗。夏日的浓雾扑面而来。这雾并非纯白的一片，其中还夹杂着黑色和粉色，仿佛一股战场的硝烟在四处弥漫。在窗外那个别致的院落中，树木伸长它们的枝干，可所有叶子都一动不动。此处盛产优质的葡萄酒，远处的山坡上整整齐齐地种着葡萄，那茁壮的葡萄藤正在享受着清晨的阳光。荫凉处种着果树，来自欧洲的橙树和橘树挤挤挨挨地排成一排。所有的一切看上去都萎靡不振，无精打采。薅薅的叶子被烈日晒得打卷，正等着从天而降的甘霖。平日里随风摇曳的芭蕉树今天也纹丝不动，在暑热中竖起自己巨大的叶片。

我站在窗前，欣赏着眼前一望无际的田园。仿佛世界上所有植物都聚集于此。在不同的季节，每棵树都遵照时令奉献出自己的奇花异果。在麦田和茂密的橡树林之间，一条小溪潺潺流过。在这个闷热的早上，那清亮的流水让人眼前一亮。

我用眼睛丈量这片井井有条的田园和精致的农庄。在农家院落里，矗立着摩尔风格的拱门和露台，在熹微的晨光中闪闪发亮。在院落周围散布着几个谷仓和马厩。看到眼前的一切，我不由得想起二十年前这些勇敢的拓荒者们初到萨赫尔谷地时的情形。当时这里是一片无情的荒原，只有一间废弃的工棚，四周长着杂乱无章的矮棕榈和野胡桃树。开拓者们胼手胝足地打拼，创造了眼前的一切。阿拉伯人时来侵扰。一旦枪声响起，所有人都要抛下手头的活儿赶紧逃命。他们经历了种种不幸：疾病、歉收、战争……他们在一次次失败中

① 萨赫尔：位于非洲北部，气候干旱。

摸索经验，还要与当地严苛无情、敷衍塞责的官吏斗智斗勇。二十年来，他们付出无限的精力，任由繁重的劳动把他们压得喘不过气，还要随时随地保持警惕，生怕意想不到的天灾人祸将他们洗劫一空。经过了二十年的煎熬，才有了我眼前这片美丽的田园。

现在日子好过多了，人们手里也积攒下一些财富，但这里的农场主夫妇仍不改勤劳的习性。他们早早就爬起来了，在楼下的大厨房里忙活。他们要为农场雇工煮咖啡，准备早餐。不久之后，上工的钟敲响了，农场雇工沿着小路向田里走去。我看到来自勃艮第的葡萄种植工、光着脚的马其顿挖土工、马耳他人和卢卡人。还有一些卡尔拜人，他们身上披着破烂的长袍，头上戴着红色的塔布什帽。这群来自世界各地的乌合之众看上去实在是难以辖制。农场主站在门外，简短地说上几句，布置当天的工作。说完之后他抬头望望天空，脸上流露出焦灼的神色。他看到我正站在窗前，便对我说："老天爷不给面子！这样的天气……沙漠里的热风要吹过来了……"

他说得没错。太阳升起来后，一股股热浪从南面袭来，更添几分窒息之感，感觉就像有人刚刚打开了一个巨大的烤炉。所有人在这沉闷的暑热之中无处藏身，无所适从。整整一个上午都是如此。我们在门廊里荫凉处席地而坐，喝着咖啡。大家都懒得动弹，仿佛连说话的力气都没有了。疲惫不堪的狗伸长身子，瘫在石板地上，妄图求得几分凉意。午饭是一顿奇特而丰盛的大餐，这倒让所有人打起几分精神。只见餐桌上摆着鲤鱼、鳟鱼、野猪肉和箭猪肉，配上斯塔乌埃里的黄油和克雷西亚的葡萄酒，此外还有番石榴和香蕉。看到这千奇百怪的食物聚成一桌，让我不禁感叹此处物产之丰饶。我们好好地享用了一顿美餐。

吃完午饭，大家正准备离席的时候，一阵喧嚣穿透紧闭的落地大窗传进屋内。只听得外面有人大叫："蝗虫！蝗虫来了！"这叫喊声让我们不得不离开荫凉的室内，到户外去感受这灼人的热浪。

只见农场主脸色灰白，仿佛看到一场灾难从天而降。所有人马上冲了出去。不一会儿，原本宁静祥和的农庄陷入一片混乱。只听见杂乱的脚步声和含混不清的叫喊声，所有人乱成一团。仆人们从下人住所的荫凉处冲出来，胡乱操起家伙朝农庄跑去。他们拿着棍棒、耙叉和连枷，甚至连铜罐、脸盘和炒锅都派上了用场。牧人吹响了牧笛，还有人吹响了海螺和狩猎的号角，整个农庄瞬时变成了喧闹的海洋。这喧闹之中还夹杂着阿拉伯妇女的叫喊。她们从附近的农居赶来，对着天空大嚷大叫。这里的人们似乎认为只要弄出足够大的响动，就可以形成一股气流，让蝗虫无法降落，把它们赶跑。

我随大家跑到户外。我只感受到灼人的热浪，并没有看到蝗虫。过了一会儿，我看到天边飘来一朵厚厚的乌云，一种奇异的嘈杂声也随之越来越近，仿佛是风暴的前奏。这朵黄灰色的乌云十分稠密，仿佛一朵夹带着冰雹的霰云在不停翻滚。蝗虫来了！这些害虫张开纤细的双翅，铺天盖地地涌过来。虽然所有人又叫又嚷，弄出那么大的响动，遮天蔽日的蝗虫还是朝农庄直扑过来。整个农庄突然被恐怖的阴影所笼罩。乌云飘到我们头顶，边缘开始销蚀，整片乌云慢慢变小。现在可以清楚地看到那红铜色的害虫了。蝗虫从天而降，开始时稀稀落落的，仿佛一阵犹犹豫豫的雨点洒落大地。不久之后，头顶的乌云四散开来，蝗虫有如暴雨般落了下来。它们迅速落到地上，积起厚厚的一层。这些蝗虫个头不小，每只都有指头大小，落地时还发出噼里啪啦的响声。眨眼之间整个农庄都被蝗虫吞没了。

所有人都冲到田里捕杀蝗虫。只听一片沙沙声，仿佛稻草和禾秆被挤压，被捣碎。整片田野已经成为蝗虫的海洋。所有人拿起耙子、锄头和犁铧，和蝗虫作战。可是这蝗虫仿佛越杀越多。蝗虫一波接一波地涌过来，它们前腿耷拉着，只用有力的后腿四处蹦跶，仓皇逃窜。田边小径上站着几匹套好挽具的马，现在那蝗虫慌不择路，不停跳到马的身上和头上。农庄里的狗带领着附近农居的狗，也加入灭蝗的行列。它们又蹦又跳，疯狂地扑打踩踏这些害虫。

这时两队士兵朝农场走来，前面还有几个号手开路。原来这是土耳其士兵来帮助拓荒者消灭蝗虫，灭蝗大战立刻升级。这些士兵来到田里，他们并没有用工具将蝗虫碾死，而是把火药撒在地上，点火焚烧蝗虫。

我也加入到这场消灭蝗虫的战争之中。蝗虫尸体的气味实在难闻，我也累得精疲力竭，最后只好走进屋子里。可是即使进到户内，还能看到无数的蝗虫。它们从门窗飞进大厅和房间，从烟囱飞到厨房里。这些蝗虫四处乱爬乱飞，有些落在木质家具上，有些在破破烂烂的窗帘上歇脚，还有些趴在墙上。午后的阳光把它们巨大的影子投射在墙上和地上，看起来丑陋无比。四处弥漫着蝗虫尸体的臭气，让人恶心反胃。

水缸里，脸盆中，水井里，鱼池中，漂浮着一层厚厚的蝗虫尸体。我们在吃晚餐时连干净的水都喝不到。虽说我们已经扑杀了无数蝗虫，夜里我还能听到柜底床下传来蝗虫振翅的声音，听起来仿佛豆荚被烈日晒得噼啪作响。当晚我又是一夜无眠，而农场里所有人都不得歇息。田地里燃起了星星点点的火光，土耳其士兵还在焚烧蝗虫。

第二天早晨，我推开窗，空中已经不见蝗虫的踪影。我眼前是一片满目疮痍的景象：所有的一切都染上了一层焦黑的颜色，看不到一朵鲜花、一片绿叶；所有植物都被蝗虫啃个精光；芭蕉树、杏树、桃树和橘树依然挺立着，它们伸着光秃秃的枝干，原本随风摇曳的绿叶已经所剩无几，昨日绰约的风姿也荡然无存。人们正忙着清洗水缸，打扫房间。农场雇工们翻遍每一寸土壤，试图将残存在土中的蝗虫卵彻底消灭。被挖得支离破碎的沃土中露出丰腴的植物根系，一年的收成已经成了泡影。看到这凄凉黯淡的景象，所有人的心都要碎了……

高赛修士的药酒

"亲爱的朋友，我想让你尝尝这个……"

格雷弗松教区的本堂神甫给我倒了点酒。看他那小心翼翼的神情，仿佛是一个吝啬的珠宝商在称量珍珠。我接过杯子，只见里面盛着两指深的美酒，颜色金黄，闪闪发亮。我一口吞下这美酒，只觉得一股暖意在心头荡漾。

"这是高赛修士的药酒，是我们普罗旺斯有名的佳酿，"好心的神甫乐呵呵地说道，"这酒产自白衣修士修道院，那修道院距离你的磨坊不过几里……尝起来很不错，是吧？我敢说，这酒能和贵族老爷们餐桌上的美酒相媲美。关于这美酒还有一个有趣的故事呢。"

当时我坐在本堂神甫家的饭厅里。这间饭厅虽小，却不失整洁舒适。墙上挂满了耶稣受难的画像，窗上挂着浆洗得干干净净的窗帘。在这安逸宁静的小饭厅中，格雷弗松教区的本堂神甫用诙谐幽默的语调向我讲述了一个短短的故事。或许对教会和笃信宗教的人而言，这个半真半假的故事颇为不敬，不过好心的本堂神甫在讲述时不带半分夸张，也没有一丝恶意。

普罗旺斯人把诺伯丁教派的隐修士称为白衣修士。二十年前，普罗旺斯的白衣修士陷入困境，生计日渐窘迫。他们当时的生活状况让观者流泪，闻者心酸。

在他们的修道院里，原本恢弘的高墙和峥嵘的塔楼已经坍塌，长廊埋没在荒草杂树之中，高高的石柱四分五裂，圣人的雕像业已倾颓。彩色玻璃窗支离破碎，千疮百孔的木门早已与门框分离。罗讷河上吹来的狂风涌进修道院内，在礼拜堂和回廊中肆虐。烛光摇曳，几欲熄灭，残存的几扇窗户砰砰作响。狂风在圣水池上盘旋，把圣水吹得四处飞溅。修道院中的修士感觉自己仿佛身处无遮无盖的大平原上，拿这无情的狂风毫无办法。更要命的是，修道院里的钟楼早已空空如也，报时用的大钟不见踪影。囊中羞涩的修士们没办法购置一口新的大钟，早晚集体祈祷时只好敲敲杏木响板来报时。

本堂神甫的故事把我带到二十年前的圣体节。在圣体节的游行队列中，白衣修士们穿着褴褛的长袍，有气无力，面黄肌瘦。这怎么能怪他们呢？长久以来，这些可怜人只能靠瓜菜来充饥。修道院院长满脸愧色，耷头耷脑地走在最后面。他手里拿着脱皮露骨的镀金法杖，头上戴着寒酸的白色羊毛法冠，那法冠上满是虫子咬出的破洞。一些追随诺伯丁教派的妇女看到这寒酸的游行队列，忍不住流下了热泪。几个身材魁梧的旗手走在游行队伍中，他们还不时拿这些可怜的修士开开涮："他们志存高远，饿死事小，失节事大。"

当时白衣修士修道院已经捉襟见肘，无力维持。修道院院长正考虑遣散修士，让他们到各处自谋生路。

一天，白衣修士修道院的头头脑脑们正在召开会议，这时突然有人报说高赛修士求见。他说自己突然想出一个点子，希望诸位修士能听听他的愚见。高赛修士何许人也？他是修道院里放牛的。他的工作并不繁重，只是每日和两头又老又瘦的奶牛在长廊的萋萋荒草中游荡。他小时住在贝克斯乡间，和他的一位老姑妈在一处过了整整十二年，之后他进入了白衣修士修道院。这可怜人生性愚钝，什么都学不会，修道院院长只好让他去放牛。至于诵经祈祷呢，他只会用普罗旺斯方言念一句"我们的天父"。他是一个虔诚的教徒，有时甚至虔诚到狂热的地步。他经常穿上苦修衣，用力鞭挞自己，借此洗刷自己的罪过。

这个举止粗鲁的天真汉走进会议厅，他笨手笨脚地向在场的诸位修士行个礼。院长、执事修士和管财务的修士看到他都忍不住笑出声来。高赛修士头发花白，下巴上留着一小撮胡子，两只眼睛流露出傻呆呆的神色，一看就是一个惹人发笑的人物。

可是高赛修士对这笑声毫不在意。他摆弄着手中的橄榄核念珠，谦卑地说道："有句老话：'蠢人叫得最响'，不过我还是希望诸位能听听我这个蠢人的想法。虽然我的脑汁本来就没几滴，这几天我还是绞尽脑汁，想出了一个能让我们脱困的法子。”

“你们都知道，在我来修道院之前，我一直和好心的贝贡老姑妈一起过活，是她把我从小拉扯大的。这可怜的老太太！愿她的灵魂安息！要知道，她以前经常喝喝小酒，不时还哼上一段粗俗的小调，希望上帝不要计较她的这些过失！……我要说的是，在老姑妈活着的时候，她熟识山上的所有草药，对草药十分精通，即使是深山里的野物也比不上她。她生前曾经用阿尔卑斯山间采集的几种草药酿成一种美味的药酒。虽说这已经是很久以前的事了，如果我拼命敲敲脑袋，或许还能把这药酒的配方再挖出来。院长大人，如果您许可的话，我可以试着酿造这种药酒，然后我们把药酒装进瓶子里拿出去卖，说不定能在四邻八乡卖个好价钱，赚他一笔。类似的事情以前也有人做过，说不定这能让我们摆脱困境呢……”

高赛修士话音未落，院长就冲上前去热情地拥抱他，执事修士握着他的手拼命摇晃。可是他们的兴奋程度都比不过管财务的修士：他居然跪在地上，亲吻高赛修士褴褛的衣角……一阵兴奋过后，修道院会议继续进行。他们决定把放牛的差事交给瑟拉斯布鲁修士，让高赛修士专心致志地研究那神奇的药酒。

高赛修士经历无数艰辛，克服重重困难，终于把这神奇药酒的配方挖出来了。这个过程究竟如何，无人知晓。众人所知道的就是在六个月后，白衣修士修道院开始售卖一种神奇的药酒，其美名传遍四邻八乡。在阿维尼翁和阿莱一带，家家户户都争着去购买“高赛修士的药酒”。那药酒装在一个褐色的陶土小瓶中，瓶身上盖着普罗旺斯地区的官印和一个银色的标签。那标签上的图案是一个修士站在一瓶瓶美酒和一罐罐橄榄之间，脸上流露出心醉神迷的神色。一瓶瓶药酒像流水一样从修道院流出，金钱也像流水一样流进修道院。修道院里，峥嵘的塔楼重新立起来了，钟楼墙上的精美石雕还镶嵌着金丝；修道院院长戴上了新的法冠，礼拜堂装上了做工精美的彩色玻璃……钟楼里，大小不等的钟排成一排，在复活节上午叮叮当当地敲响了，优美浑厚的钟声传遍四方。

把修道院从贫困中解救出来的高赛修士呢？现在很少有人能一睹他的真容了。人们只知道尊敬的高赛修士是个博学智慧之人，在修道院中过着离群索居的生活。执事修士派出三十来个年轻修士，他们每天爬山越岭，帮高赛修士采集草药。而高赛修士自己则远离修道院的俗务琐事，整日整夜地把自己关在酿酒室里。那酿酒室原是个废弃不用的礼拜堂，位于修道院最偏僻的一角。这里已经成为了禁地，即使是修道院院长也不能涉足。其他修士任由自己的想象信马由缰，把此处称为“神秘与奇妙之地”。不时有一个胆大妄为的年轻修士按捺不住自己的好奇心，想摸清这神秘之地的真相。他们攀着粗粗的葡萄藤爬到酿酒室的玫瑰花形窗边，想要一探究竟。他们所看到的景象颇不寻常，只见房间里的火炉正在熊熊燃烧，旁边堆满了红色砂石制成的曲颈瓶、巨大的蒸馏皿和蛇形管，还有一堆杂七杂八的东西。留着大胡子的高赛修士宛如一名巫师，在这些奇形怪状的器皿之间出没，手上还拿着一个精巧的小秤在称量着什么。透过那玫瑰形花窗，房间里的一切都闪耀着诡异的红光……

日暮时分，当晚祷的钟声响起，这个神秘房间的房门轻轻地开了一条缝，尊敬的高赛修士从门边溜出来，到礼拜堂去做祷告。高赛修士甫一现身，掌管财务的修士马上毕恭毕敬地走到他身边，低声下气地和他寒暄。其他修士小心翼翼地跟在他身旁，不时能听到他们在窃窃私语：“看！他来了！他可是个了不起的人物，他有一个值钱的秘密！”

这些阿谀奉承的风言风语吹进高赛修士的耳朵里，他只觉得心里暖洋洋的。高赛修士边走边抹抹前额，他头上的镶边三角僧帽被推到脑后，看上去仿佛一个神圣的光环。他快步走过修道院的庭院，脸上流露出得意扬扬的神色。看！庭院里整整齐齐地种着橘树，天蓝色的屋顶上新安了一个风信鸡，雅致的石柱上雕刻着精美的花纹……整座修道院在落日余晖中闪闪发光，再也寻不出一丝穷酸的迹象。修士们穿着新衣，神态安逸，喜气洋洋，成双成对地鱼贯而入。

看到这一切，高赛修士的心中充满了骄傲："他们能拥有这一切，还不是多亏了我？"这个想法在他心里扎下根来，他的傲气也不断地膨胀。

啊，这可怜人还不知道，他很快就要为此受到惩罚了……请耐心听下去吧。

一天傍晚的晚祷时分，高赛修士很晚才在礼拜堂里现身，可他看上去与平日颇为不同。他满脸通红，气喘吁吁，头上的三角僧帽歪到一边。他整个人疯疯癫癫，不能自持。其他修士只是把手指略略浸到圣水池中，可是高赛修士却把自己的袖子都弄湿了。开始大家还以为他是因为迟到而手忙脚乱，可后来他竟然把管风琴当成主祭台，还向管风琴鞠躬行礼。他像一阵狂风似的在礼拜堂里东跑西窜，好不容易才找到自己的位置。他在自己的位置上坐下，整个人东倒西歪，前仰后合，脸上还挂着痴痴的笑容。所有人都大为惊诧，窃窃私语充斥着整个礼拜堂，修士们交头接耳："出什么事了？高赛修士到底怎么了？"

修道院院长觉得这混乱难以忍受，他曾两次用法杖敲击地上的石板，想要维持秩序。晚祷继续进行，唱诗班继续唱着赞美诗，可是应和之声渐渐稀薄，而窃窃私语声则越来越响亮。

唱诗班开始唱《圣体颂》，在赞美诗的歌声中突然出现一个高亢的声音，原来那是高赛修士在唱歌。可是他唱的并不是赞美诗。只见他斜斜地瘫坐在自己的位置上，高声唱道："在巴黎有一个白衣修士，突然有一天他遇到一个黑修女，只见他们两个……"

所有人都大惊失色，大家都站了起来。有人喊道："快把他拉出去，他中邪了！"

执事修士狂乱地在胸前画十字，仿佛是在驱魔；院长激动地挥舞着法杖，把石板地面敲得山响。可是高赛修士对这一切毫不在意。最后两个年轻力壮的修士架着他，把他拖出礼拜堂。而高赛修士仿佛着了魔似的不停挣扎，手舞足蹈，嘴里还含糊不清地唱着俚俗小调。

第二天清晨，满脸愧色的高赛修士出现在院长的小礼拜堂中。他跪在地上，泪流满面，不住忏悔："院长大人，都是那药酒惹的祸！那玩意儿让我出乖露丑了！"他捶胸顿足，懊悔不已。看到他如此难过，如此懊悔，连院长都不禁为之动容。

"好了，好了，"院长说道，"所有这一切宛如朝露，不一会儿便消失在阳光之下，了无痕迹。许多人在醉酒的时候都是这个样子的。要知道，有些人喝醉后出的洋相可不仅仅是哼哼小曲那么简单……不过话说回来，这小曲儿还真是……有点那个……我们只能祈祷，上帝在那时捂住了见习修士们的耳朵，希望他们没听懂你唱的究竟是什么……告诉我，这到底是怎么回事？你是在品尝自己酿造的药酒，对不对？你是不是多喝了点？……是的，是的，我能理解……你和鼓捣火药的斯瓦茨修士一样，他被自己弄出来的火药炸伤了，而你则是被自己酿造的药酒愚弄了。告诉我，是否真有必要亲自尝尝那药酒呢？"

"院长大人，"高赛修士答道，"没错，我有一些仪器能告诉我酒力和酒精含量。可是为了保证这酒纯正的口感，我只能相信我自己的舌头。"

"说得很在理，"院长说，"不过我还有一个问题：你在品尝那药酒的时候感觉如何？是不是真的很美味呢？"

高赛修士满脸愧色："是的，院长大人，真的很美味……这两个晚上我突然发现这药酒如此香醇，真是无与伦比的美味啊！魔鬼借此机会乘虚而入，把我捉弄得好苦……不过我向您保证，从现在起，我决不沾一滴酒，只用仪器来测一下就行了。至于那药酒的光泽、气味和口感如何，我都不管了。"

院长连忙打断他的话："这可不行，亲爱的高赛修士，我们可不能让顾客们失望啊……你所要做的只是谨慎行事，关键是管好你自己。让我想想……你需要尝多少药酒才能品出好坏呢？……二十滴药酒总该够了吧？……好吧，就尝二十滴吧。如果你只喝二十滴药酒，就算地狱里的魔鬼倾巢而出也拿你没办法。此外，为了防止此类丢脸的事情再次发生，我特许你不用来礼拜堂参加晚祷，你可以在酿酒室里自己进行祈祷。这下你可以安心了吧？不过要记住，只尝二十滴，多一滴都不行。”

高赛修士听了院长的话，如释重负。不过院长这条妙计也没有用，这淘气的魔鬼看上了我们的高赛修士，再也赶不走了。

现在我们来看看酿酒室里的晚间祈祷到底是什么样的……

白天的时候，一切看上去都不错。高赛修士生起炉子，清理蒸馏皿，分拣草药。那纤细的草药是灰色的，长着带有锯齿的草叶，曾在荒山野岭之中沐浴普罗旺斯的阳光。高赛修士做着这些琐事，整个人沉浸在平静安宁之中。到了傍晚时分，草药的精华汇成香醇的药酒，在铜酒缸中闪烁着诱人的光泽。随着药酒慢慢冷却，魔鬼又跑出来了，可怜的高赛修士又要遭受一番愚弄和折磨。

高赛修士一手拿着取酒滴管，一手拿着一个银质的平底杯，让人垂涎欲滴的美酒一滴一滴地滴入杯中。“十七……十八……十九……二十！”高赛修士小心翼翼地数着酒滴，之后他一口就把杯中的二十滴酒吞下肚。他咂咂嘴，想回味一下。可是那二十滴酒早已下肚，不留一丝痕迹。他多想再尝一滴啊！为了抵制诱惑，高赛修士在酿酒室一角跪下进行祈祷，尽量离那酒缸远远的。铜酒缸里微温的药酒散发出迷人的芬芳，整个酿酒室都沉醉其中。那香醇的芬芳在高赛修士身边飘荡，引诱他一步一步地走向酒缸……他整个人趴在酒缸上，只见缸中的美酒金中带绿，醉人的酒香充斥着他的鼻孔。高赛修士用取酒吸管轻轻搅动这迷人的液体。铜缸里的药酒闪烁着黄金和翡翠的光芒，荡起一个个涟漪。在这金青色的液体中浮现出贝贡老姑妈的脸，她一直看着高赛修

士，脸上挂着慈祥的微笑。

“好吧，那就再尝一滴！”高赛修士自言自语地说。

一滴，又一滴，再一滴……他手中的平底杯斟满了美酒，现在他已经放弃抵抗了。他手里捧着杯子，整个人斜斜地瘫坐在扶手椅中，两只眼睛半眯半睁。他啜饮着这香醇的美酒，心里充满了兴奋和愧疚。他在沉醉之中喃喃自语：“怎么办？我该怎么办？”

好戏还在后头呢。不一会儿，高赛修士喝完这魔鬼的琼浆。这药酒仿佛有一种魔力，让他毫不费劲地记起贝贡老姑妈所唱的俚俗小调。他忍不住跟着唱了起来：“在巴黎有一个白衣修士，突然有一天他遇到一个黑修女，只见他们两个……”

最后，高赛修士踉踉跄跄地回到自己的卧室，后来发生什么事他都不知道了。到了第二天，与他同住一室的修士面带嘲讽之色对他说：“昨晚你精神可真好，整个晚上唱个没完！”

高赛修士羞愧难当。他一把鼻涕一把泪地忏悔，不停地惩罚自己。他穿上苦修衣，鞭挞自己，斋戒……什么法子都用上了，可是那魔鬼却是一门心思缠上他了。这滑稽的一幕一而再再而三地重演。

与此同时，来自尼姆、艾克斯、阿维尼翁和马赛的订单像雪花似的飘来。对修道院的修士来说，这简直就是上帝赐予的恩惠。整个修道院已经变成了一个酿酒工厂：有的修士专门负责打包，有的修士专门负责贴标签，有的修士专门负责算账，有的修士专门负责装车运输……尽管那排大小不一的钟依然准时地叮当作响，可是他们在侍奉上帝时愈发心不在焉了。当然，周围乡间的老实人们对此并不知情，他们听到钟声响起还是会按时做祈祷。

一个周日的早晨，管财务的修士正在会议厅中报告当年的收入。修道院的头头脑脑们专心致志地听着，脸上挂着满意的微笑。这时高赛修士突然闯了进来，他高声大喊着：“我不干了！我宁愿回去放牛！”

“出什么事啦，高赛修士？”修道院院长隐约觉得不对劲。

“哦，院长大人，出什么事啦？什么事都没有……只是我要堕入地狱的烈火之中，永世不得翻身了！我整天喝得烂醉，我要远离那魔鬼的诱惑！……”

“可我告诉你尝二十滴就好了，不会有事的……”

“没错，您是告诉过我要仔细数酒滴……可是您知道吗？我现在把一杯酒当成一滴来数！没错，院长大人，事情就是这样……现在我每天晚上灌下整整三壶酒！如果继续这样下去，我将永世受到地狱烈火的煎熬……反正我是不干了，谁爱干谁干！我可不能拿我的灵魂来冒险！”

修道院的首脑们意识到事态严重了。管财务的修士首先跳了起来，挥舞着手中的账本：“你可不能弃我们于不顾啊，老兄！你想让我们过回食不果腹的日子吗？”

“那我呢？我的灵魂呢？难道要让我继续犯下罪孽，最后下地狱吗？”

这时修道院院长站起来了。他优雅地把手一挥，他手上戴着的教士戒指闪闪发亮，把所有人晃得眼晕。“诸位，其实这也不是没有解决的办法，”院长转而问高赛修士，“孩子，那贪饮的魔鬼一般是傍晚时分出来引诱你的，是不是？”

“是的，院长大人，每到傍晚时分，那魔鬼就缠上我了……打个不雅的比方，现在一到日落，我就像头懒驴上鞍时那样瑟瑟发抖，大汗淋漓。”

“好吧，高赛修士，我向你保证，我们肯定能想出解决办法的……这样吧，每天晚祷时我们所有修士专门为你祈祷，让上帝饶恕你犯下的所有罪孽。听我说，这祷文的法力非同小可。我们要在你犯下罪孽的同时朗诵这段祷文，这样即使你犯下罪孽，你也会得到宽恕的，你的灵魂也会安然无恙。”

“哦，那太好了，谢谢您，院长大人！”高赛修士欢天喜地地回到酿酒室，整个人飘飘然不知所以。

从那时起，每天傍晚在晚祷即将结束的时候，主持晚祷的修士都不忘加上一句：“让我们为高赛修士祈祷吧。他为了我们大家，甘愿犯下罪孽，甘愿牺牲自己的灵魂。万能的主啊，请您宽恕他吧……”

在昏暗的礼拜堂中，穿着白色长袍的修士们齐声为高赛修士祈祷，他们的声音犹如卷着雪花的阵阵北风掠过大地。而在修道院偏僻的一角，酿酒室的玫瑰花窗闪烁着诡异的红光。在幽暗的酿酒室里，高赛修士扯着嗓子唱着俚俗小调：“在巴黎有一个白衣修士，突然有一天他遇到一个黑修女，只见他们两个……”

高赛修士似乎猛然醒悟，他突然停了下来：“老天！如果教区的乡民听到我唱这种歌……那可就糟了！”

卡玛格印象

出发

城堡中突然掀起一阵骚动。一个送信人急匆匆地跑来，用夹杂着普罗旺斯方言的法语给大家带来了一条消息。这条消息是卡玛格的守林人捎来的：这个猎鸟季第一批猎物已经飞来了，数量很多，有鸥鹭和各色水鸟。

我那好心的邻居们纷纷发出邀请，让我和他们一起到卡玛格打猎。在某天凌晨的四五点钟，在熹微的晨光之中，磨拳擦掌的猎人们带上猎枪和干粮，和一群猎狗一起坐上几辆大车，朝阿莱城的码头驶去。在经过磨坊的时候，他们顺带捎上我。我上了车，和一车猎人猎狗继续朝阿莱城进发。现在已经是十二月了，空气很干燥，淡绿色的橄榄嫩芽还没冒头，路边的树木大多光秃秃的。橡树的枝干上倒是保留了几张油亮的绿叶，在寒风中瑟瑟发抖，仿佛在宣告寒冬的降临。可是这几片绿叶看上去很不自然，仿佛有人专门往树上粘了几片假叶子。

路两旁的牲畜棚开始热闹起来。现在天空还是将明未明，农家院落中灯火如豆，早起的农人们已经开始忙活了。我们途经蒙特马茹尔修道院的废墟，只见一群睡得迷迷糊糊的海雕在残垣断壁之间拍打着翅膀。尽管天时尚早，波莱村的农妇们已经坐上驴车去赶集了。她们长途跋涉六法里[①]，只为了在圣托罗菲姆教堂前占一席之地，售卖她们从山上采摘的草药。

不一会儿，阿莱城低矮的城墙和峥嵘的雉堞映入我们的眼帘。那城墙仿佛是站在小山坡上的武士，雉堞就像武士手中粗壮的长矛，远远望去仿佛一幅中世纪的版画。这精致小巧的城镇可算是法国最美的小镇。我们的马车驶过窄窄的街道，两旁民居的半圆形阳台伸到街道上空，阳台的栏杆上还雕刻着精致的花纹。此外还有几栋摩尔风格的老房子。那房子黑黝黝的，屋檐低矮，尖顶窄门，颇有几分哥特建筑的韵味。我看着这些古老的建筑，只觉得自己回到了

① 法里：法国的长度单位，现已不用。1法里约为4.4公里。

中世纪。

现在时候尚早，大部分阿莱城的居民还没起身，不过罗讷河码头已经很热闹了。前往卡玛格的渡轮在码头边随波飘荡，准备启航。我们去到码头的时候，那里已经聚集了一群人。佃农们穿着红色哔叽布制成的短袄，还有一些来自拉罗屈埃特的年轻农妇，她们正打算到罗讷河边的农庄找点活干。这群农妇们披着褐色的斗篷，借此抵挡清晨的寒气。她们头上戴着高高的阿莱式发饰，把自己的脸衬得小巧玲珑。她们微微昂起头，整个人更添几分妩媚。这群农妇有说有笑，说话时总喜欢踮起脚，仿佛这样才能让所有人听清她们说的话。

我们一群人上了渡轮。铃响了，渡轮离开码头，向前驶去。罗讷河波涛汹涌，小船的螺旋桨威力不小，而河上的狂风也助我们一臂之力。两岸的景物飞也似的倒退。罗讷河的一边是干旱崎岖的克罗平原，另一边是卡玛格。卡玛格这边绿油油的，草地和长满芦苇的沼泽一直延伸到海边，看上去无比滋润。

中世纪时阿莱曾是一个小王国，以前罗讷河的水手把这条河的右岸和左岸分别称为“帝国”和“王国”，直到现在水手们还沿用古时的称谓。渡轮不时在“帝国”或“王国”靠岸，凡停靠之处皆可看到一处绿树掩映的农庄。佃农们拿起他们的工具，农妇们提起篮子，熟练地走下船板上了岸。随着渡轮停靠的次数增多，船上也越来越空。当我们在马斯德吉拉德码头上岸的时候，船上几乎空无一人了。

马斯德吉拉德是一处古老的农庄，原属于巴本塔纳地区的一个贵族。我们走进农庄，等待猎区负责接待的守林人。在厨房里，农场雇工们围坐在一张大桌子周围，他们不苟言笑，一言不发，慢吞吞地吃着早饭。农妇们忙进忙出，把早饭端到桌上供男人们享用，而她们自己则要等到男人们吃饱喝足后才能上桌吃点残羹冷炙。

不一会儿，守林人推着一架小车出现了。这个守林人一看就是詹姆斯·费尼莫尔·库珀笔下的人物。他知道如何在森林中布设陷阱，如何在小河里撒网捕鱼。在晨光熹微的黎明，在暮色四合的黄昏，人们总能看到他匍匐在芦苇丛中等着猎物靠近，或是一动不动地坐在一叶小舟中等着鱼儿上钩。当地人把他叫作“神出鬼没的潜伏者”。他神情专注，极少说话。或许，他大部分时间都在凝神屏息地等待猎物上钩，因此造就了他这种沉默寡言的秉性。我们把猎枪干粮放在他的手推车上，一群人跟在他身边缓步而行。这个喜好沉默的守林人倒也开口和我们东聊西扯。从他的口中，我们得知这群猎物的数量和栖息地。不知不觉之中，我们一行人融入了野外的景物之中。

肥沃的田野慢慢消失，一片荒野呈现在我们面前。在草地和沼泽之间，潺潺流水欢快地奔腾而过，水中长满了各种水草。远远望去，芦苇和柽柳丛生之处仿佛一个个绿色的小岛。这里并没有大树，延绵不断的平原在我们面前舒展开来。远处有几间畜棚，那斜斜的棚顶几乎碰到地面。羊群在这片草原上悠然自得地啃着青草。有的羊在草地上打滚，有的羊围在牧羊人周围，牧羊人那红色的斗篷在这无边无际的草原中尤为显眼。这些羊群和牧人成为了草原上的点缀。头上浩渺高远的苍空，四周一望无际的平原，使这羊群和牧人看起来如此渺小，如此微不足道。我恍惚觉得自己身处波涛汹涌的大海上，那羊群、牧人、畜棚和丛丛灌木便是大海卷起的浪花。一种孤独感和渺小感油然而生。当我迎风而立，这种感觉尤为强烈。狂风仿佛一把巨大的熨斗，把草原上的一切熨得平整服帖。在狂风之中，整片草原显得更开阔了。几丛低矮的灌木被吹得东倒西歪，仿佛在向狂风鞠躬，又像是随时准备逃跑。如果它们真长脚的话，或许早已跑得不见踪影了。

棚屋

我们狩猎之行的集合地是一座棚屋。那棚屋的屋顶和墙壁上都覆盖着又干又黄的芦苇叶，整座棚屋只有一间大房间。天花板很高，没有窗户，门上镶着一块玻璃，好让光线透进来。到了夜里，可以放下门板上的百叶窗，把那块玻璃遮挡起来。这种式样的农居在当地十分常见。我们一行人走了进去，只见经过粉刷的高墙边放着一排架子，那是专门用来放置猎枪、口袋和水靴的。走进棚屋深处，只见一根废弃的桅杆一头插在土里，一头顶起整个屋顶，这就是整座棚屋的顶梁柱。在这根桅杆四周，横七竖八地摆着几张小床。到了夜里，我们就睡在这些小床上。屋外狂风呼啸，整座小屋瑟瑟发抖，还可以隐约听到远处的海浪声。听着这风声和涛声，让人生出如卧舟中的错觉。

午后的棚屋自有其迷人之处。在南方，冬日的午后总是美丽柔和的。在这种时候，我喜欢独自一人坐在壁炉边，呆呆地看着炉中几块木柴在燃烧。屋外，凛冽的北风掠过门边，门板发出阵阵哀鸣；北风掠过芦苇丛，芦苇低下头，仿佛在低声告饶。不同的响声混杂在一起，大自然奏起了恢宏的交响乐。冬日柔和的阳光被狂风吹散了，朵朵乌云在碧蓝的天空中竞逐奔跑，在地上投下一片片阴影。阳光时隐时现，各种声音若有若无，永恒不变的只有那呼呼风声。不时有一丝微弱的铃声传来，原来那是牲口脖子上挂着的铃铛叮铃作响。这铃声似有若无，与门板的砰砰声相互应和，听起来宛如一曲迷人的小调。

黄昏是一天中最美的时分。凛冽的寒风渐渐失去了原有的力道，猎人们在残阳落照中归来。我走出棚屋，只见圆圆的落日正在西沉，安详地洒下一片余晖。这落日的光芒已经没有了暖意，只是为大地涂上一抹金黄。夜晚展开黑暗潮湿的双翅，徐徐降落在大地上。远处的地平线上，不时出现一点火光，传来一声枪响。原来那是晚归的猎人在开火，枪口的火光撕裂渐浓的暮色。阳光如潮水般迅速退去。一群野雁从低空飞过，仿佛在寻找一个栖身之所。这些野雁正向棚屋靠近，可是当它们发觉那棚屋中闪烁着危险的火光，它们马上跑开了。领头雁飞在最前面，其余野雁排成人字，飞上高空，发出凄厉的哀鸣。

羊群也准备回家了。只听一阵巨大的沙沙声，仿佛一阵疾雨从天而降。牧人在牧羊犬的帮助下，把羊群赶回羊圈。成百上千只羊气喘吁吁，惊恐万分，朝羊圈冲去。刹那间一股白花花毛茸茸的洪流席卷而来，把我淹没。我眼里看到的是无数肥硕的身躯，耳中听到的都是咩咩声，整个人仿佛置身于羊群的海洋。远远望去，牧羊人有如一叶孤舟，在羊群的海洋中随波逐流。归家的猎人跟在羊群后边，有说有笑。他们走进棚屋，原本空荡荡的棚屋一下子挤满了人，欢声笑语充斥其间。大家围坐在壁炉前，壁炉里的木柴正在熊熊燃烧。虽然已经疲惫不堪，他们却是笑声不断，整栋棚屋也焕发出勃勃生机。他们忙活了好一阵：把猎枪放到墙边，把长靴子脱下扔在地上，把猎物袋倒空……棚屋的地板上突然多了一堆堆五颜六色的羽毛，这便是他们当天收获的猎物。等到一股眩晕而甜美的疲倦最终袭来，餐桌上也摆上了香喷喷热腾腾的黄鳝汤，大家马上坐到餐桌旁，一言不发地吃晚餐。欢声笑语消失了，一股沉默占领了棚屋。所有人在这沉默之中大快朵颐，唯有门边猎犬嚼食的声音打破这片沉寂。

吃完晚饭后不久，大家都睡下了。只有我和守林人还坐在壁炉前，有一句没一句地闲扯，不时含含糊糊地嘟哝一声。话音湮没在这无边的沉寂之中，仿佛火光彻底熄灭前的最后一闪。最后守林人点亮提灯，站起来走出门去。他沉重的脚步声渐行渐远，最终消失在浓重的夜色之中。

守候

狩猎中猎人们要花很长时间匍匐静候。他们必须待在野外，保持警觉，全神贯注，等待猎物出现。谁也说不准猎物什么时候会撞上枪口。当地人恰如其分地把这种行为称为“守候”，“守候”的时间通常是在日出之前和日落时分。我喜欢在黄昏时分进行“守候”，在沼泽中匍匐等待确实是一件赏心乐事。那平静的水面映着落日余晖和漫天霞光，拼命挽留最后一丝光线……

有时我们去“守候”时会划上一条窄窄的平底小船，这种小船没有龙骨，碰上小小的风浪都会倾覆。猎人趴在小船里，藏身于芦苇丛中，等候猎物出现。远远望去，只能看到猎人头上的帽尖、猎枪的枪口和猎犬的脑袋。那些猎犬很不安分。在等待期间，它们或是拍打蚊蝇，或是伸伸懒腰，用大爪子拍拍船板，弄得小船东摇西晃，水花四溅。对于我这种新手来说，船上的“守候”太过复杂。我经常套上巨大的防水皮靴，弃船不用，迈步走到沼泽中。我小心翼翼地挪动步子，生怕自己陷进淤泥里，发臭的芦苇丛和四处乱蹦的青蛙让我避之不及。

我一步接一步地走着，不久之后一个长满柽柳的干土墩出现在我眼前。我加快步伐，爬上那干燥的土墩，心里别提多高兴了。守林人还特意把他的狗留给我。那是一条身材硕大的比利牛斯犬，身上长着乱蓬蓬的白色绒毛。据说这是一条能干的猎狗，不仅能追逐猎物，还能跳进水里捕鱼。不过在打猎时，这条优秀的猎犬总让我感到不自在。当不远处有水鸟飞向空中，而我无所作为，那条狗就会把自己的脑袋摇得跟拨浪鼓似的，两只长长的耳朵都甩在眼睛上。接着它站了起来，呆立不动，摇着尾巴，眼里流露出不耐的神色，仿佛在说：“开枪啊！快把它打下来！你还在等什么？”

我开枪了，可惜没打中。这时那狗伸直身子，趴在地上，打个哈欠。它伸伸懒腰，眼中的不耐已经变成了傲慢和轻蔑，仿佛在向全世界宣布：跟着我这个蹩脚的猎手简直是委屈它了。好吧，你这傲慢的猎狗，我承认自己的枪法不行，让你这条优秀的猎狗无用武之地。

我最喜欢在日落时分进行“守候”。阳光渐渐消散，而潋滟的水波拼命挽留最后一缕阳光。在暮色之中，整片沼泽犹如一面巨大的镜子闪闪发光。天空仿佛沉到了水里，而水中的天空比头顶的天空更明亮，更纯净。我喜欢嗅着沼泽的水汽，听着树叶窸窣作响，听着秋虫在芦苇丛中跳来蹦去。不时有“呜噜噜”的闷响传来，仿佛远处有人吹响了一只海螺。原来那是蒲鸡大叫一声，一头扎进水里捕鱼，吐出一串串水泡。一群吵吵闹闹的鹤从我头顶飞过，把我吓了一跳。我能清楚地听到它们拍打翅膀的声音。一阵喧闹过后，整片沼泽归于沉寂。深黑色的夜幕徐徐展开，只有一丝霞光还逗留在水中，久久不肯离去。

突然我浑身一激灵，仿佛有人偷偷走到我身后。我回头一看，只见一轮满月冉冉升起。这个忠实的夜中旅伴正低低地悬在空中。刚开始时，这个又大又圆的月亮从地平线上一跃而起，迅速爬升到夜空之中。可渐渐地，月亮放慢了脚步。在我周围，在水面上，地面上，斑驳的月影渐渐变得清晰。现在整片沼泽都沐浴在银色的月光之中，即使是那最不起眼的小草也投下了纤毫毕现的影子。那月光透出一丝淡淡的蓝色，温柔地洒在我身上。现在水鸟们能清楚地看到猎人了，黄昏的“守候”也宣告结束。我牵着猎狗走到水中，每走一步都搅碎一片月影星光。

红党和白党

离狩猎棚屋不远处有另一栋农居。这栋农居看上去与我们的狩猎棚屋大同小异，只是更具乡村气息。守林人一家妻儿老小就住在这儿。他的大女儿帮忙煮菜做饭，修补渔网，他的儿子则帮忙布设陷阱，照看溪流中的水闸。他还有两个年龄较小的孩子。学校和教堂距离此处太过遥远，而卡玛格的氛围对小孩子来说并不适宜。于是守林人把两个年龄较小的孩子送去阿莱，让他们和祖母住在一起。他们要在阿莱学会读书写字，在举行了初领圣体仪式之后才能回家。守林人的家座落在一个小岛上。到了夏天的时候，烈日灼干了沼泽，溪流中滴水无存，溪底的淤泥被晒得发白，让人窒息的暑气笼罩着大地。在这种酷暑时节，这座孤零零的农居简直无法居住。

我曾在八月里来卡玛格打野鸭，对此处难耐的酷暑深有体会。大地被晒得发烫，蒸腾的暑气让人窒息。烈日下，池塘和沼泽仿佛开了锅，蒸汽腾腾。火蜥蜴、蜘蛛和各种水生爬虫爬来爬去，妄图寻找一丝阴凉和湿润，给这片酷暑笼罩下的大地带来了些许生气。暑气和瘴气交织在一起，渐渐形成一片浓雾。一团团蚊子在这浓雾中飞舞，给这片雾气添上一抹不祥的黑色。在这灼人的炎热之中，守林人一家子却不停地打抖，所有人都发着高烧。他们脸色蜡

黄，形容憔悴，眼睛微凸，眼眶周围是一圈浓重的黑色。无情的烈日在空中燃烧，而这些可怜人拖着病躯四处忙活，头顶的烈日甚至没能为他们带来一丝暖意……他们还要苦苦挨上三个月，这灼人的夏季才宣告结束。

在卡玛格，守林人的日子并不好过。不过负责接待我们的守林人还算幸运，至少他有妻儿陪伴在身边。此外，还有一个牧马人孤零零地生活在沼泽深处，长年过着鲁滨逊式的生活。他住在一间用芦苇叶搭成的小棚屋里，屋里所有东西都是他自己做的：他用柳条编织成吊床，用三块石头搭成炉子，用树根做成小板凳。他甚至还用白木做成锁头和钥匙，安装在自家寒酸的小屋门上。

这栋房子看上去奇形怪状，其主人也是个性情古怪之人。大多数离群索居的人都是沉默的思想家，这个牧马人也不例外。他长着又粗又浓的眉毛，眼睛里闪烁着农民特有的警觉。他大部分时间都在牧场度过。从牧场回来之后，他时常坐在门前，脸上带着孩童般小心翼翼的神情，从怀中掏出几本五颜六色的小册子。那些小册子卷成一卷，中间藏着几个玻璃瓶，里面装着专门为马匹备下的药片。他闲时唯一的娱乐就是反复翻阅这些小册子。尽管牧马人的住处离守林人的家不远，可是他们两家却从不来往，相互之间避而不见。有一次我问守林人为何不与牧马人结交，他一脸严肃地回答："那是因为我们俩政见不同。他是红党，而我是白党[①]。"

这两个离群索居的人住在这与世隔绝的荒原之上，一年难得进城一次。对他们来说，阿莱城里那不起眼的咖啡馆就仿佛传说中金碧辉煌的宫殿。按理说，沉寂和孤独理应拉近他俩的距离，让他们相互结交，频繁往来。可是现在他们却因为政治上的分歧，摆出一副老死不相往来的架势。

伐卡雷湖

卡玛格最美的景致是伐卡雷湖。我时常从狩猎的队伍中偷溜出来，跑到湖边静坐。在我眼前是一片烟波浩渺的湖泊，其面积之大，与其说是一片湖

① 红党和白党：法国社会当时的不同党派。红党偏左，白党偏右。

泊，不如说是一片内海。伐卡雷湖是一个盐水湖，她宛如大海的女儿，在无意之间误入陆地深处。或许现在她已经适应了内陆的生活。别处的海岸和盐水湖边不乏干燥贫瘠之处，其美景也因此黯然失色。不过在伐卡雷湖周边却绝无如此煞风景之处。高高的湖岸上长满青翠柔嫩的小草，草地上点缀着矢车菊、三叶草、龙胆草和各种不知名的野花。其中一种野花在冬季里开蓝花，在夏季里开红花。看来花草也会按节令换衣裳呢。这片长满鲜花的湖边芳草地在不同的季节以不同的样貌呈现在人们面前，仿佛在提醒人们季节转变，流年偷换。

下午五点多的时候，太阳渐渐西沉。在这片宽广的湖面上，不见一叶小舟，只有美不胜收的万顷寒波。别处的湖泊或池塘总是弥漫着水汽，周围也少不了横七竖八的溪流和沟渠，仿佛只要在地上踩两脚就会冒出一条小溪或一眼清泉。这样的景致倒也不乏动人之处。不过相比起来，伐卡雷湖更加浩渺深邃。万顷碧波在斜阳下闪闪发光，引来一群群黑凫、鸬鹚和蒲鸡，有时甚至还有翅膀通红的火烈鸟。这些水鸟伫立在湖边，为湖岸添上一抹抹绚丽的色彩。被埃及人视为神鸟的白鹮也不时来访，它们在湖边驻足，悠游自在地沐浴着普罗旺斯的阳光，形成一道独特的风景。

我站在远处，听不到水鸟们的喧嚣，只听到伐卡雷湖温柔的涛声。在这涛声之中，牧马人的吆喝声不时从远处传来。不远处有几匹马在湖岸上悠闲地啃着青草。这些马儿听到这熟悉的声音，立即转头朝牧马人跑去，它们长长的鬃毛迎风飘扬。一阵快跑之后，它们围在牧马人身边，温顺地吃他手中的燕麦。

远处还出现了一群牛的身影。原来牧童也把自己的牛群赶到这儿，让他们在湖岸上自由自在地吃草。在柽柳枝叶的缝隙之间，不时现出一截嶙峋的牛背，一只短短的牛角。在卡玛格，大多数公牛都是为参加比赛而养的斗牛。在当地的乡村节庆火印节中，总少不了斗牛这项激动人心的活动。在普罗旺斯和郎格多克一带，卡玛格斗牛的大名无人不知，无人不晓。据说这附近有一头名为“罗马”的斗牛。这头烈性子的斗牛曾到过阿莱、尼姆和达拉斯贡，让无数人成为它的手下败将。

牛群中的其他牛也把“罗马”奉为头领。群居的动物总喜欢选出一个首领，聚集在它周围。卡玛格是一望无际的大平原，风暴来袭之时，逗留在平原上的人和动物无处可躲。这时牛群就会挤在领头牛周围，头朝风吹来的方向，仿佛要和狂风顶犄角，迫使它放慢脚步。普罗旺斯的牧童把这叫作“顶风而立”。

如果牛群无法做到“顶风而立”，随之而来的暴雨会使它们目不能视，狂风会让它们四散奔逃。牛群一哄而散，东倒西歪，仓皇逃窜，任由狂风暴雨拨弄。为了逃避风雨，这些吓昏头的牛会跳到水里。它们跳进罗讷河、伐卡雷湖甚至海里，妄图借此逃过一劫。

怀念

今天黎明时分，在晨光熹微之时，一阵隆隆鼓声将我惊醒。

在这种时候，在松林深处，怎么会有鼓声传来？这实在是太不可思议了。

我马上跳下床，冲出门外。

四周不见人影，鼓声也平息了。只是在野藤杂树深处，惊起几只麻鹬。它们拍拍翅膀，飞向天际。一阵微风掠过树梢……远处，在阿尔卑斯山的山峦上，出现了一抹金黄。这金黄色越来越浓烈，一轮红日从此处爬上空中，第一缕阳光照亮了磨坊的屋顶。这时，从原野深处又传来了一阵鼓声……

这吵吵闹闹的家伙究竟是谁？怎么会有人在黎明时分跑到松林深处，用隆隆鼓声迎接第一缕阳光？由他去吧，我不想和他计较。我朝四周放眼望去，只见一行行紫色的薰衣草和无边无际的松林一直延伸到路边，可是并没有看到半个人影。或许，这是林中的小精灵在捣鬼。或许，它经过我的磨坊时就在心里琢磨："这个巴黎人太安静了，明天我奏一曲让他醒醒神，吓唬他一下也好！"或许，它现在正躲在密林深处偷笑呢。

这时又有一阵鼓声传来……住手吧，小精灵。看，你把知了都吵醒了。

那并不是小精灵在作怪，那是古盖・弗朗索瓦斯。他在军营里当鼓手，现在正在此处度假。本地人都亲切地叫他"皮斯托莱"。皮斯托莱在此处没住几天，就开始怀念起军营的生活。他从村里讨来一面鼓，跑到树林中敲鼓。他敲鼓时陶醉地闭上双眼，幻想自己正身处巴黎的军营中。

今天早上，他跑到了磨坊旁的翠绿小坡上，通过鼓声怀念自己的军营生活。他背靠一棵松树，把鼓挂在肩上，兴高采烈地敲着……几只惊慌失措的山鸡从他脚边飞起，四周的野花散发着馥郁的芬芳，可是他对这一切浑然不觉。

闪亮的蛛网在树杈之间颤抖，网住一缕清晨的阳光；松针从树上簌簌落下，在他的鼓面上欢快地跳舞……可是他对这一切视而不见。他深情地注视着手中飞舞的鼓棒，呆滞的脸上闪烁着喜悦的光芒。他已经沉醉其中，而阵阵鼓声把他带回巴黎，带回军营。

在这隆隆鼓声之中，他回想起那漂亮整洁的营房，宽敞的院落，院子中央竖着一面旗帜，整整齐齐的窗户排成一排；他回想起那低矮的拱廊，戴着军帽的士兵，军用饭盒发出的哐啷声在他耳边萦绕……

他回想起回音阵阵的石板阶梯，墙壁雪白的长廊，臭气熏天的宿舍；他回想起擦得铮亮的皮带扣，放面包的搁板，宿舍角落里的一管管鞋油；他回想起小铁床上铺着的灰色军毯，墙边的架子上整齐地摆放着闪闪发亮的步枪……

他回想起在军队里的好时光，回想起那永无止尽的牌局，发黄缺页的旧报纸随意摊放在床上……

他回想起在营部门口站岗的漫漫长夜，回想起那总是漏雨的破旧岗亭，回想起双腿冻僵的感觉；他回想起那气派的马车从他面前驶过，溅了他一身污泥；他回想起永远也做不完的杂务，无休无止的日间操练；他回想起宿舍里里发臭的澡盆，硬邦邦的木质枕头；他回想起在寒冷的清晨出操，在点灯时分披着暮色回营；他回想起让人措手不及、气喘吁吁的夜间集合……

他回想起营房四周的树林，回想起又白又厚的棉手套；他回想起在堡垒中列队行军；他回想起军校的大门，轻佻的妇人，军人俱乐部的喧闹；他回想起小酒店里的苦艾酒，出鞘的军刀；他回想起同袍们打着酒嗝，手捂着胸口，倾吐一个个秘密，讲述一个个催人泪下的故事……

可怜的人啊，继续沉醉在你的回忆中吧！敲鼓吧，用力敲鼓吧！我不想打断你的回忆……而我哪有资格嘲笑这个怀念军营的鼓手？

你在怀念自己的军营，而我则在怀念巴黎。

你任由自己沉醉在对军营的怀念中，而巴黎却在我眼前挥之不去。你通过鼓声怀念军营，而我通过写作怀念巴黎……我们真是不折不扣的普罗旺斯人啊！当我们身处巴黎的时候，我们怀念遥远的阿尔卑斯山，怀念薰衣草的芬芳。当我们回到普罗旺斯乡间，我们又怀念巴黎的一切。回忆中的巴黎和军营，现在又变得可亲可爱了。

小镇传来阵阵钟声，现在已经是早上八点了，皮斯托莱要回去了。他走向树林深处，一直不停地敲着鼓……他的背影已经消失在密林之中，可这鼓声并没有停息。我在草地上躺下，心中充满了怀念之情。我身处普罗旺斯的松林之中，听着鼓声渐行渐远，而巴黎的一幕幕又展现在我眼前……

巴黎！巴黎！让人又爱又恨的巴黎啊！

初到巴黎

尽管那已经是三十年以前的事了，可现在我只要一想起初到巴黎的那趟旅行，仍不禁心有余悸，那种窒息拥挤之感依然挥之不去。当时正值隆冬，而我却穿着单薄的夏装。我缩成一团，在三等车厢里坐了整整两天。到最后，我的脚仿佛插在冰窟之中，已经毫无知觉了。

当时我刚年满十六，在来巴黎之前我一直在朗格多某个山旮旯的学校里当学监。这次我前往巴黎，为的是献身于文学。我买了火车票之后，口袋里只剩下四十个苏了。可我又有什么好担忧的？似锦前程正向我频频招手呢。即便是饥饿也拿我毫无办法。在火车站的小餐厅里，我看到一排排糕点和三明治，直让人垂涎欲滴。可当时我却无动于衷。那四十个苏的零钱一直安静地躲在我的口袋深处，我决定不到迫不得已的时候，决不动用这笔“财富”。

不断呻吟的火车把乘客们晃得东倒西歪，火车驶过荒凉贫瘠的香槟平原，渐渐靠近巴黎。这时我几乎要饿晕了。同车厢的是一群水手，他们哼着小曲儿，借此消磨时光。他们当时所唱的都是些俚俗粗野的歌曲，可在我的记忆中，那些小曲儿却是如此的悦耳动听。

这些水手虽然粗鲁，心地却很好。他们看见我蔫头蔫脑的，便把一壶劣质烧酒塞到我手中。要知道，当时我已经三四天没吃过东西了。在我看来，那辣喉咙的烧酒简直不啻甘露。那烧酒让我重新打起精神，疲倦一扫而空。可过后不久，我就开始打盹儿了。我睡得并不安稳。当火车停靠的时候，我就会从梦中惊醒；当火车重新开动的时候，我又迷迷糊糊地步入梦乡……

最后，只听车轮哐当一声，火车稳稳地停住了。这时又传来列车门开启的声音，乘客们开始下车，车厢里开门关门声不绝于耳。我下了车，来到终点站巴黎。头顶上是一个熠熠生辉的巨型玻璃拱顶，周围是熙熙攘攘的人群，穿着制服的海关人员在人群中尤为显眼，运行李的小车在人行道上来回穿梭。

这时我看到哥哥欧内斯特正在月台上等我。他讲求实际，头脑灵活，见过不少世面。欧内斯特尽管年轻，却已经肩负起做兄长的责任。他特地为我雇了一个推着手推车的脚夫。

“行李就交给他好了，”欧内斯特摆出一副老大的派头，轻描淡写地对我说。

我只带着一个小小的旅行箱。唉，那算什么行李啊！丑陋的旅行箱上打满铁钉和补丁，箱子本身比里面装的东西还重。我把这寒酸的箱子放在手推车上，脚夫在前面推着箱子，我和哥哥跟在后面踽踽而行。我们沿着仍在熟睡的街道，经过荒无人迹的码头，朝拉丁区[1]走去。当时天将破晓，街上只有赶着上早班的工人。在清晨刺骨的寒气之中，他们的脸被冻得发紫。不时还能见到几个报童，他们正忙着把报纸塞进订户家的门缝里。煤气街灯已经熄灭了，眼前的街道和远处的塞纳河在一片灰色的晨雾中若隐若现。这就是我对巴黎的第一印象。

我跟在脚夫后面，紧紧拽着哥哥的手，惶恐与焦虑油然而生。欧内斯特对我说：“你急着去看看我们的住处吗？不然我们先吃早饭怎么样？”

我赶紧回答：“好，我们先去吃早饭！”老实说，我觉得自己简直快要饿死了。

欧内斯特想带我去高乃依路上的一间小咖啡馆。可当时实在是太早了，咖啡馆还没开门呢。没办法，我们只能耐心等待。巴黎的早晨实在冷得厉害，我们只好四处走动，想让自己的身子暖和起来。我第一次见到了著名的奥德翁大剧院，那硕大的屋顶和森严的廊柱让我印象深刻。远远看去，那宏伟的剧院仿佛一座庄严的神庙，让我惊叹连连。

也不知过了多久，高乃依路咖啡店店门上的门板卸下来了，看来他们终于开门做生意了。一个睡得迷迷糊糊的伙计打开门，把我们俩引入店内。他穿着一双松松散散的拖鞋，走动的时候踢踏作响，嘴里还嘟嘟囔囔不知说些什么。他那样子让我想起驿站的马倌，他们被人从睡梦中叫醒去套牲口的时候就

① 拉丁区：巴黎著名的学府区，也是学生抵抗运动和抗议游行的敏感区。

是这副模样。

我永远也忘不了这顿早餐。只要闭上眼，当时的情形就在我脑海中重现。窗外晨光熹微，四周是光秃秃的白墙，墙上还钉着一排排钩子；咖啡馆的柜台上堆着一卷卷餐巾；餐桌上并没有铺桌布，大理石台面光鉴照人；桌上放着小小的盐瓶和纤巧的玻璃酒壶，酒壶里装满了货真价实的红酒。这本是一个普普通通的小咖啡店，不过我对它的印象却很不错，店里的一切都那么妥帖，万事万物各归其位，各得其所。

那个睡眼惺忪的伙计开始忙活起来。他朝柜台方向喊了一声“三个苏的咖啡！”可是当时其他人还没来，他只好自问自答地回了一声：“来了！”不一会儿他就给我们端上两杯热气腾腾的咖啡，那咖啡闻起来很香，尝起来还带点甜味。他还拿来一个竹筐，里面装着两块面包。一番狼吞虎咽过后，咖啡和面包都消失得无影无踪了。

看到我意犹未尽，哥哥决定再叫点吃的。当时时候还早，咖啡馆还没有炸肉排供应，于是欧内斯特叫了两份煎蛋卷。他摆出一副绅士的派头，对那伙计说：“要炸得脆一点。”

看他那泰然自若的样子，仿佛一切尽在他的掌握之中。我在旁边看着，简直佩服得五体投地。

最后我们还吃了甜点——一盘坚果和葡萄干。我们倚着餐桌，四目相对，说了不少知心话。我的哥哥是个见过世面的绅士！我一想到这点，心里的紧张不安便烟消云散了。吃完早饭的时候，我已经感觉飘飘然，仿佛刚才我喝的不是咖啡，而是美酒。

我和哥哥手挽着手，高声谈笑，走出了咖啡馆。此时天已大亮，巴黎开始向我展开笑颜。店铺从沉睡中苏醒，睁开了亮闪闪的眼睛；不远处，奥德翁大剧院正向我频频招手。光秃秃的树木后面现出一段铁围栏，原来那是卢森堡公园。透过树木的枝丫和围栏，我看到公园里白色的大理石雕像，他们仿佛在对我微笑，向我表示欢迎。

当时欧内斯特正给一位老绅士当秘书，他的工作是记录和撰写这位老绅士的回忆录，每个月能拿七十五法郎。我哥哥可是个有钱人！想到这我不禁扬扬自得。我们要靠这笔钱维持两个人的生计，直到我实现自己的文学梦想，在文坛上占据一席之地。在此之前我只能和哥哥住在一起。欧内斯特住在托侬大街的一间旅店里。我们走到这家旅店，只见在朝街的大门上挂着一块招牌，上面用斗大的字写着："议院旅店"。当我看到这个大而无当的招牌，只觉得飘飘然不知所以，仿佛自己身处仙境一般。欧内斯特的房间在五楼，正位于天花板底下，小得可怜，说它是蜗居并不为过。可在我看来这间房仿佛宫殿一般堂皇。想想看，这可不是普通的阁楼蜗居，而是巴黎的阁楼蜗居！

在旅店的对面矗立着一栋百年老宅。那古老宅邸的大门上方装饰着古希腊式的三角门楣，门楣上还有两具大理石卧像。那两个斜倚着的人像看上去摇摇欲坠，仿佛随时都会纵身一跃，跳到底下的街道上。看到我目不转睛地盯着对面的老宅，欧内斯特对我说："你知道吗？那是御医里柯尔的宅邸。"

大名鼎鼎的御医里柯尔！议院旅店！这些字眼就像肥皂泡一样闪烁着五颜六色的光彩，而我的虚荣心也随之不断膨胀。这也是巴黎给我的最初印象。

当时在圣米歇尔大道、日耳曼大道和学院街上新起了许多豪华建筑，好几家高级饭店也选择在此处开张营业。不过大多数学生和知识分子尚未被这片繁华挤走，他们仍然逗留在拉丁区。而我和欧内斯特所住的旅店虽然起了个大而无当的名字，也并未招致什么麻烦。

当时旅店里住着一大群学生。他们来自南部的加斯科尼地区，总是摆出一副自命不凡、自以为是的模样。不过说实在的，他们都是些好小伙儿。他们成日乐呵呵的，总喜欢抱着酒杯酒瓶狂饮一番，喝酒时也不忘吹吹牛皮。在旅店的楼梯上和过道里，到处可以听到他们那富有磁性的嗓音。他们总是在进行没头没尾的空谈和无休无止的争论，浪费了无数大好时光。平日里我和哥哥很少与他们碰面，只有在周日才能见到他们。如果我们还剩几个闲钱，想到旅店的餐厅里吃顿好的，这时我们也能见到这群夸夸其谈的学生们。不过，这样的机会可是少之又少。

我就是在这种场合中碰到甘必大的，当时他已经成为一个受人尊崇的知名人物了。他懂得如何享受生活，喜好辩论，仿佛一个古罗马政治家的灵魂无意中进入了一个高卢人的躯体里。他说话铿锵有力，连窗玻璃听到他的声音都不住颤抖；他舌绽莲花，滔滔不绝，而他自己也乐在其中。当他的演说结束时，掌声和欢呼声随即响起。此时他已经在同辈中脱颖而出，获得了众人的拥戴。甘必大在拉丁区可算是个大人物，卡奥尔省政府每个月还给他寄来三百法郎。对于一个普通学生来说，这可是一笔巨款！后来我和甘必大成为好朋友，不过那是后话。当时我不过是个刚从外省来巴黎的乡下孩子，远远地坐在餐厅长桌的一角，用崇敬的目光看着他，心里绝无一丝嫉妒。能远远地看看这个叱咤风云的人物，我也就心满意足了。

当时甘必大和他的朋友们正全身投入到政治运动之中。他们身处拉丁区，对杜伊勒里宫[①]发动猛烈攻击。而我的兴趣与理想与他们颇为不同，踏足文坛是我所追求的梦想。当时我认为自己是一个贫穷但负有才华的年轻人，将来必定能在文坛上有一番作为。我不惜耗费整整一年，躲在议院旅店的阁楼里吟诗作赋。

我的经历说起来感人，其实却甚为平常。每天都有无数满怀憧憬的年轻人来到巴黎，他们囊中空空，所有的只是头脑中的几行诗句。不过，我在无比困厄匮乏的环境下迈出踏足文坛的第一步，我以为当时我所经受的窘迫和无奈是无可比拟的。

除了我哥哥之外，我一个人都不认识。我是一个刚到巴黎的乡下小子，视力不好，笨手笨脚，羞涩腼腆。有时我也会偷偷溜出旅店，到街上走一走。

---

① 杜伊勒里宫：法国皇宫，此处借指当时法兰西第二帝国政府。

我总喜欢跑到奥德翁大剧院的长廊里溜达，心里既害怕又激动。我常去的地方是甘特夫人的店铺，说不定我会在这儿碰到某个文坛巨匠呢！

甘特夫人颇有点年纪了，一双又黑又亮的眼睛炯炯有神。她待我倒很好，还允许我翻看柜台上摆着的新书，只要不将书页裁开[1]就行。我经常看到她一边织着袜子，一边和著名小说家巴尔贝·多尔维利闲聊。巴尔贝·多尔维利曾写过一本名为《老情妇》的小说。他总是一手叉腰，摆出一副“墨洛温[2]贵族”的派头。多尔维利穿着一件朴素寒酸的大衣，大衣下摆镶着漂亮的黑色天鹅绒。他总喜欢撩起大衣的一角，生怕别人看不出他这件大衣的奢华之处。

又有一个人走近甘特夫人的店铺，原来那是瓦莱斯。后来他成了一个共产主义分子，加入了巴黎公社，在当时也算小有名气。瓦莱斯每天都到莫莱大妈的咖啡馆去，他把那间小咖啡馆当成自己的办公室和书房。他回家时总会路过甘特夫人的店铺。瓦莱斯脾气暴躁，生性刻薄，说起话来滔滔不绝。他老是穿着一件破旧的风衣，长着一副奥弗涅[3]人的模样，脸上长满又粗又硬的络腮胡子，几乎和眉毛连成一片。他开口说话时，旁人看不到他的嘴在动，只听到他那生硬刺耳的嗓音从茂密的胡子里传出来，如金石般掷地有声。他的声音总让我没来由地神经紧张。当时他刚刚出版了一本名为《钱》的小书。这本书是为米莱斯而作的，里面配了些五法郎的钱币图案作插图。此时瓦莱斯还没有和米莱斯成为搭档，不过他倒是与老资格评论家居斯塔夫·布朗歇形影不离。布朗歇是《两个世界》杂志的特约评论家，他是个不苟言笑的老人，动作迟缓，自视甚高，走起路来一瘸一拐的。有一次我曾大着胆子跟踪瓦莱斯和布朗歇。我看到他们走进塔拉纳街的一间咖啡馆里，我不敢跟进去，而是趴在窗户上偷看。我站在一个木箱上，用手抹抹窗玻璃，好让自己看得清楚一些。这间咖

① 当时出售的书本书页尚未裁开，只有购买之后才能裁开书页慢慢翻阅。

② 墨洛温王朝：法兰克王国的第一个王朝，存在于公元481—751年间。

③ 奥弗涅：法国中部省份。

啡馆隔壁是狄德罗住过的房子，据说他在此处住了四十年——现在这栋房子已经被拆掉了。在咖啡馆里，他们俩人面对面地坐着，瓦莱斯手舞足蹈地说着什么，而布朗歇则一杯接一杯地灌白兰地。

我还想起了克莱索。他待人和蔼，脾气却有些古怪。瓦莱斯曾在自己的著作《起义者》中提到他，让他永远为人们所铭记。克莱索身材颀长，身上总是穿着一件短大衣。他满脸愁容，一副苦相，经常在拉丁区的大街小巷里游荡。谁也说不清克莱索到底靠什么过活，只知道他曾写过一首名为《安托尼亚》的诗歌。当然，这个可怜人也有时来运转的一天。后来一个外省的朋友在遗嘱中给克莱索留下了一笔小额年金。在得知这个好消息之后，克莱索跑去大吃一顿，吃坏了肚子，不久后就死掉了。

另一个给我留下深刻印象的人是来自马德莱纳的于勒。他是当时文学界冉冉升起的一颗新星，后来却无声无息，不为世人所知晓。他的散文散发着无与伦比的古典美，只要看看他写的《痛苦的灵魂》和《莎弗拉侯爵》便可知其一二。于勒长着一头金发，举手投足之间颇具贵族气派。他面容苍白清秀，目光中隐隐流露出悲戚之情，看上去与丁托列托画中的耶稣基督颇有几分神似之处。他来自普罗斯旺，一直怀念故乡明媚的阳光。他的故事颇具传奇色彩，在阵阵窃窃私语中口耳相传。人们都说他生而高贵，英勇无畏。于勒经历了1848年的社会动荡①。在六月份的街垒巷战中，于勒身受重伤，倒在起义者之中。之后一个商人发现了他，把他带回自己的屋子里。于勒就藏在这个好心商人的宅邸之中。经过商人一家的精心照料，于勒最终恢复了健康，后来还娶了商人的女儿为妻。

我经常能遇到这些名人雅士，不时还能和他们攀谈几句。这足以使我心

① 1848年的社会动荡：1848年欧洲卷起革命浪潮，1848年2月发生的法国二月革命是其重要组成部分。在此次运动中，法国人民推翻了法国国王路易·菲利普，建立了法兰西第二共和国。

中理想的火焰继续熊熊燃烧。当时我颇为自负地想："有朝一日，我也能像他们一样名满天下！"

这种想法时时激励着我。我怀里揣着新买来的蜡烛，一口气爬上五楼。我通宵达旦地写作，在摇曳的烛光下写就一行行诗句，创造出一幕幕戏剧，一沓沓空白的稿纸不断被我的字迹填满。我乘着梦想与激情的翅膀，看到一片似锦前程正在我面前徐徐铺开。我沉浸在写作之中，忘却了贫困和窘迫。我还记得刚来巴黎后不久的那个圣诞前夜。学生们在楼下的大厅里彻夜狂欢，而甘必大的大嗓门盖过所有喧嚣，在走廊和大厅中回响，布满片片霜花的窗玻璃也被他的嗓音震得砰砰作响。四处都是人声鼎沸，欢声笑语，可这时我在干什么呢？我正躲在阁楼里奋笔疾书，让行行诗句跃然于纸上。

可是当我走到街上，挥之不去的恐惧再次向我袭来。奥德翁大剧院让我心中充满敬畏。尽管在到达巴黎的第一天我就远远地瞥见这个大剧院，可在初到巴黎的头一年里，它依然是可望而不可及的神殿。奥德翁大剧院是我心中的麦加[①]，是我梦想的目标。我不时鼓起勇气，想要跨过这座神殿的门槛，到里面好好见识一番。要知道，在这里进进出出的可都是些了不起的艺术家。可到了最后，怯懦和恐惧总是占了上风，我依然没能踏进这座神殿。

我经常能看到派头十足的提思兰德进出奥德翁大剧院。他斜斜地披着斗篷，扮出一副漫不经心的样子，显然是在模仿名演员弗莱德里克·勒梅特。《蒙塔西夫人》的剧作者路易·布耶和福楼拜手挽着手，跟在提思兰德后面。这两人看起来仿佛是两兄弟。刚升任议员的德·奥斯摩尔公爵紧随其后。据说福楼拜、布耶和这位公爵曾合作写了一部奇妙的剧作，只可惜这部戏剧未能搬上舞台。在他们后面是四五个身材高大的诺曼底人，他们都有一副军人的体格，嘴唇上还留着金色的小胡子，看上去都长得一个模样。他们来自鲁昂，是布耶的忠实追随者。只要剧院里上演的是布耶的剧作，他们必定到场；只要舞

---

① 麦加：伊斯兰教的圣城。

台的帷幕一拉开，他们就会胡乱鼓掌叫好。

此外我还会见到阿梅德·罗兰、让·杜拜和巴塔耶。这三个年轻人精力充沛，胆大妄为。他们上前几步，似乎想躲在提思兰德的斗篷下面溜进一旁的侧门。要知道，这个侧门可是专供演员、剧作家和剧院工作人员出入的！这三人都是靠笔杆子吃饭的。和布耶一样，他们刚刚触碰到文学女神的裙边，还未来得及一亲芳泽便猝然离世。现如今，每当我在黄昏时去到奥德翁大剧院的长廊里漫步，我还常常忆起他们的音容笑貌，感觉他们就围在我身边，尚未走远。

当时我写完了第一本诗集。为了让这本诗集得以出版，我几乎跑断了腿。我为此曾找过米歇尔·莱维和阿歇特。那些出版社的办公楼大多是宏伟森严的建筑，看上去犹如神庙和教堂。办公室的地板上还铺着厚厚的地毯。那些地毯虽然很厚，却拿我的破靴子没办法。我一走进那些冷漠森严的办公室，脚上的靴子便不争气地咯吱作响。办公室里的职员都养成了官老爷的习气，他们一脸傲慢，用冰冷的目光打量着我。

我战战兢兢地问："我能见见莱维先生吗？我想和他谈谈一部书稿的事。"

"好吧，你叫什么名字？"

我报上自己的名字，那职员凑到传话筒一端，嘟嘟囔囔地喊了几句。然后他又把耳朵凑近传话筒。最后他告诉我："莱维先生不在。"在他看来这不过是例行公事而已。

每个办公室都少不了那怪模怪样的传话筒。莱维先生不在，阿歇特先生也不在，出版社的先生们都忙得很，你永远也找不到他们。

当时我并未绝望，还有一家书店可以让我碰碰运气。这家书店就在意大利大道上，我决定到那儿去试一试。这间书店的老板名叫雅格特，店里没有丑陋的传话筒，也没有睥睨众生的职员。雅格特最近想出了一个促销的点子。他推出一系列书籍——都是些薄得可怜的小册子，以一法郎一本的价格进行抛售。雅格特五短身材，看上去倒有点像巴尔扎克，只不过他没有巴尔扎克那么气派的额头。他总是忙个不停，不是忙着处理业务，就是忙着参加晚宴。他做出种种计划，花钱如流水，恨不得立马大展宏图。种种不切实际的计划让他在几年之后破了产。他离开法国，跑到阿尔卑斯山的另一边，创办了《意大利报》。不过这都是后话了。当时他的书店如吸铁石一般，吸引了附近不少文人雅士。在这里可以见到诺利亚克，当时他的新作《101兵团》刚刚出版；还可以见到斯高乐，他的作品《丹尼斯》赢得了广泛好评，他也为此兴奋不已。此外还有阿尔道夫·盖夫和奥布里耶等人。这些人都是雅格特店里的熟客，他们夸夸其谈，话题不外乎是金钱和女人。这群文人墨客总是让我自惭形秽。有一次我在店里无意中看了一下窗玻璃，看到一个与我年龄相仿的少年混迹在这群文人雅士之中。只见他长长的头发未经修剪，戴着土里土气的普罗旺斯小帽，看上去就像个流浪乐师。好一会儿我才醒悟，原来那是我自己的倒影。

书店老板雅格特对我倒是和颜悦色的。他经常和我约好，让我在三点钟到“金房子”去和他碰头：“到时候我们可以好好谈谈，说不定还能签个协议什么的。”这是什么骗人的鬼话？说实在的，我根本就不知道这个“金房子”所在何处。

我处处碰壁，垂头丧气地回到小阁楼里，只有好心的哥哥能给我些许安慰和鼓励。

终于有一天，我时来运转，带回一个天大的好消息：保王派报纸《观察者》同意让我试试，我可以为这份报纸撰写文章。我为此欣喜万分。可以想见，满怀憧憬的我在为这份报纸撰写第一篇文章的时候，不断斟词酌句，反复推敲。我费尽心机，不敢有一丝马虎，所有的字都写得整整齐齐。我怀揣着这份稿件，来到报社编辑部。编辑读过之后便交付印刷。之后我回到家，大气都不敢出，不停地数着时间，等待刊有自己大作的报纸出现在巴黎的各个报摊上。

这时巴黎突然乱成一团，陷入恐慌之中。原来是某个意大利人意图行刺拿破仑三世[①]。《观察者》也惨遭池鱼之殃，无法逃脱被查封的厄运。奥尔西尼的炸弹没能炸死拿破仑三世，却让我的文章和希望灰飞烟灭。

当时我心如死灰，真想自杀了事。不过我最终没有动手。最后，上苍怜悯我，派出一个出版商将我从痛苦中解救出来。我的救星原来就在托依大街上，就在我们住所的附近。真是踏破铁鞋无觅处，得来全不费工夫。塔尔提在托依大街上开了一间书店，他自己也是一个文人，写过一些充满浓郁浪漫主义气息的作品，其文笔有如行云流水，赢得了读者的好评。有一天傍晚我在议院旅店附近闲逛，走进了塔尔提的书店。正好塔尔提当天来到店中，就坐在书店的前厅里。我得以和他结识，后来他出版了我的第一部作品《女恋人》。

这本书的书名相当吸引人，销量也还不错。这部作品乃至我本人还引起了报界的注意。现在我的羞涩腼腆已经一扫而空，我可以大大方方地走到奥德翁大剧院附近，到各个书店和报摊上查看我的大作销量如何。几天之后，我甚至大着胆子和瓦莱斯攀谈。我的字迹变成了铅字，我的作品终于面世了！

---

① 1858年，意大利人费切利·奥尔西尼企图刺杀拿破仑三世，此后拿破仑三世政权采取了更加严厉的国家安全措施，对言论和教育实施更严格的管控。

第一件礼服

我的第一件礼服是怎么来的？我自己也记不清了。必定是某个刚出道的裁缝对我抱有极大的信心，就像《唐璜》里的狄芒许先生一样轻信于人。我只记得在某天上午，我拿到一个包裹。我打开精心折叠的绿色包裹皮，一件全新的礼服突然出现在我面前。那位好心的裁缝到底姓甚名谁？我实在是想不起来了。要知道，在那之后我遇见了许许多多的裁缝，要记清楚他们所有人的姓名和模样绝非易事。我只模模糊糊地记得他长了一脸的大胡子，还有一个思想家的前额，我对这位好心裁缝的记忆便仅限于此了。

不过，我对我的第一件礼服却是记忆犹新。虽然已经过去了二十多年，现在只要我闭上眼，那件礼服还会清晰地浮现在我脑海之中。这第一件礼服已经镌刻在我的记忆之中，无法抹去。看，那做工精致的领口！看，那气派的翻领！看，那优雅的燕尾式后襟！哥哥不愧见过大世面，他看到我目瞪口呆的样子，对我说道："要想在这世上吃得开，一件晚礼服是必不可少的。"欧内斯特很看重这件晚礼服，他认为我的前程和这件礼服密不可分。

我第一次穿着这件晚礼服现身于公众场合是在奥古斯汀娜·布若昂举办的一次晚宴上。那我是否借助这件晚礼服和这次晚宴飞黄腾达了呢？请听我慢慢道来。

我的处女作《女恋人》已经上市销售了。这本书配上玫瑰色的封皮，看上去清新典雅。一些文学评论家开始注意到我的作品，一家名为《官方》的报纸也提到了我的名字。我当时不过十八岁，而我的诗作已经出版，摆在各个店铺销售。我不再是躲在阁楼里的无名小卒，而是个不折不扣的诗人。报纸上的谬赞和谀词让我扬扬自得，我觉得一顶纸做的桂冠已经戴在自己的头上。不过当我走在街上，路人们依然行色匆匆，根本没人抬起眼皮看我一眼。这让我既惊讶又失落。

这时有人向奥古斯汀娜·布若昂提议邀请我参加晚宴。到底是谁提议的？我也不知道。我只知道这个"人"无处不在，混迹于人群之中。他或许和你只是泛泛之交，偶尔出现在你家的客厅里。或许你认识他的时间仅有一天，甚至只有短短的几个小时，到最后你连他的名字都记不清了。不过不要小看这个“人”，他是上帝派出的好心使者，他能帮你打开各种场合的大门。这或许也是巴黎交际场的风气吧。

可以想见，我接到请柬时是多么激动啊！我被邀请到奥古斯汀娜·布若昂家参加晚宴！奥古斯汀娜是当时有名的女演员，把莫里哀的喜剧演得出神入化，几乎被捧为舞台上的缪斯女神。后来她又出演了缪塞的戏剧，笑容中更添几分现代的诗意。据说，当奥古斯汀娜还在法兰西大剧院跑龙套的时候，她曾收留过缪塞，缪塞的剧作《路易松》就是在她家中完成的。不管怎么说，当时整个巴黎都对奥古斯汀娜推崇备至，巴黎人还经常引用她的台词和话语。这时奥古斯汀娜已经准备书写自己的作品——婉约动人的《苏珊娜信札》。

我去赴宴当晚，哥哥一边帮我穿上礼服，一边对我说：“你小子运气真好，看着吧，你就要时来运转了。”

九点了，我动身前去赴宴。当时奥古斯汀娜住在拜伦勋爵街，就在香榭丽舍大道的另一端。对于我这个没见过世面的外省人来说，她的房子小巧精致，带有一种富有诗意的梦幻色彩，宛如小说里描写的温馨居所。紧靠街边有一段小巧的围栏，围栏后边是一个小花园。门前有四级阶梯，阶梯上方还有一个雨棚遮风挡雨。门厅里摆满鲜花，通向一个明亮的客厅。那小花园、那房子、那客厅，直到现在我还记得清清楚楚。

不过我倒记不清自己如何走上阶梯，如何走进客厅，如何自我介绍。我只记得当时我站在客厅门外，一个男仆嘟嘟囔囔地报出我的名字，聚集在大厅中的男宾女客对此毫无反应。我只听见一个女宾说道：“好吧，我们又多一个男舞伴了。”看来当晚的舞会男舞伴奇缺，可是我毕竟是一个诗人啊！难道我来这儿只是为了陪女宾们跳舞的？

我惊慌失措，羞愧万分。我躲在人群之中，恨不得立马消失得无影无踪。过了一会儿，另一个大错再次铸成。我长长的头发和阴郁的眼神引起了一些人的注意。他们窃窃私语："那人是谁？"接着一个人笑着说："那是瓦拉几亚[①]王子吧。""对，没错，准是瓦拉几亚王子。"其他人附和道。

看来瓦拉几亚的王子也被邀请参加这次晚宴。我一下子就成了王公显贵，可我心里的沮丧和失落之情实在是难以言表。没有人来打搅我这个"王子"了，我好不容易获得了片刻的安宁。不过这个误打误撞捡来的头衔实在压得我透不过气。他们先把我看成一个跳舞的男伴，现在又当我是个什么王子，到底有没有人读过我的诗作呀？

幸好这时一则惊世骇俗的绯闻在客厅里飞速传播，人们对此津津乐道，再也没人注意我这个冒牌的王子了。女演员本身就很容易引发各种流言蜚语，最引人注目的新闻不是她们的演技和成就，而是她们的恋爱和婚姻。奥古斯汀娜·布若昂每个周三都举行晚宴。在她的客厅里，法国各大剧院和文艺团体的漂亮女演员们齐聚一堂，而金融家、政府官员和记者们蜂拥而至，向这些动人的缪斯们献殷勤，由此生出了许许多多的绯闻韵事和啼笑姻缘。

聪慧的女演员菲克斯小姐长着一对希伯来人的长眼睛，她闪电般地嫁给了一个金融家，之后又不幸死于分娩。菲雅克小姐是一个生性浪漫的天主教徒，她梦想着能快点走上圣坛，通过婚姻捞点好处，比如说能拥有几间位于奥斯曼大道的店铺就很不错。她正严阵以待，整装待发，准备开拓人生的新天地。美丽的艾米莉·杜博瓦小姐生就一副柔弱纤巧的容貌，使她注定只能演天真无邪的少女。她的母亲是个严厉的监护人，整天虎视眈眈地盯着她。即便如此，她也不乏追求者，或许在不久之后她也要步入婚礼的殿堂。雍容华贵、光彩照人的玛德莱娜·布若昂是奥古斯汀娜的姐姐，她并没有急着结婚，而是致力于拆散别人的家庭。据说她在马里奥·尤夏德身上投入了不少时间和金钱，而后者为她写就了名为《费尔米娜》的四幕戏剧。此时聚集在大厅里的人群本

① 瓦拉几亚：古国名，即今天的罗马尼亚。

来就喜好八卦和绯闻，恋爱和婚姻的话题更是他们的心头所好。这时突然又传出一则绯闻，那情形不亚于在沸腾的油锅里溅入一点火星。“你听说了吗？居斯塔夫·福尔德和法莱丽结婚了！”居斯塔夫·福尔德是某位部长的公子，而法莱丽则是一个魅力四射的女演员。现在这件绯闻韵事已经湮灭在时间的长河之中，再也无人提起。不过当时这件事在巴黎的社交界引起了不小的轰动。这对苦命鸳鸯一次又一次地逃往英国，而当时的小报和杂志长篇累牍地报导这件事。铁石心肠的父亲、坠入爱河的儿子和出身卑微的女演员，上演了一出父子对峙、棒打鸳鸯的闹剧。这出无与伦比的爱情悲喜剧最后以一种颇为乏味的方式草草收场。福尔德公子照着马里奥·尤夏德的榜样，写了一部名为《罗马尼公爵夫人》的戏剧，把自己的悲欢离合搬上舞台。法莱丽也出版了一本名为《贞操》的书，在此书淡蓝色的封面上，还印有她的一帧小像。不过当时法莱丽并不敢大大方方地在此书上署名“福尔德夫人”，只是用了一个笔名“居斯塔夫·霍勒”。后来文人雅士们对这则绯闻的热情渐渐冷却，最终无人记起。不过在那天晚上，在奥古斯汀娜家的客厅里，这则绯闻的热度尚未消散，男宾女客们七嘴八舌，各抒己见，没完没了地谈论此事。当晚的男宾大多是政府官员，都站在部长父亲这一边。他们一脸震惊，不住地摇头：“太过分了，实在是太过分了！”“一切都完了，简直毫无尊严！”“皇帝陛下应该出来管管这件事！”“这事有损贵族的身份和父亲的威严！”……而女人们则坚决支持这对逃往伦敦的苦命鸳鸯：“如果他们是真心相爱，那做父亲的为什么不能成全他们呢？”“没错，他的父亲是个部长，可那又怎样？”“难道他还要把这对可怜人抓起来不成？幸好大革命过后，巴士底狱和主教堡垒已经不复存在了！”所有人都争着说话，仿佛一群聒噪的麻雀不停地叽叽喳喳，整个客厅已经化作热闹的海洋。在这嘈杂的人声之中，还夹杂着女主人奥古斯汀娜银铃般的笑声。她的笑声宛如一尾金鲤鱼，在这片人声鼎沸的海洋中欢腾雀跃。奥古斯汀娜体态丰腴，整个人沉浸在欢乐之中，一双略微近视的美目因激动而闪闪发光。

等到大家对这件事的热情渐渐冷却，男男女女开始跳起舞来。我迫不得已，只得上场一展舞技。我跳得糟透了，丝毫没有“王子”的风度和仪态。跳着跳着，音乐声戛然而止，我只得傻呆呆地站在原地。我眼神不好，但当时我却没有戴眼镜。我嫌单片眼镜太过做作，又嫌金边眼镜有损诗人的风度。可现在我只能站在大厅中央，一动也不敢动，生怕一不小心撞到某件家具，又或是一不留神扑到某位女士的胸前。最后，饥饿和干渴占了上风，众人开始朝餐厅走去，而我实在没有那个胆量跟着大伙儿到餐厅去。我打算等到餐厅里空无一人时再去满足自己的口腹之欲。在等待的过程中，我挤到一群人之中。当时他们正在谈论政治，而我只好装出一本正经的样子，假装自己非常关心天下大事，对餐厅里的美酒佳肴毫不在意。我心不在焉地听着他们谈论各种政治事件，餐具碰撞的声音和男宾女客的谈笑声不停地传到我的耳朵里，茶的芬芳、酒的醇香和糕点的甜香不停钻进我的鼻孔里。不知过了多久，客人们终于从餐厅里走出来了，音乐再次响起。我鼓起勇气，向餐厅走去。

我走进去，里面果然空无一人。这实在是太好了！只见餐桌上琳琅满目，美食美器堆得像座小山那么高，在摇曳的烛光下熠熠生辉。晶莹透亮的酒杯酒瓶闪闪发光，宛如阳光下的皑皑白雪。我拿起一个纤巧的酒杯，那酒杯犹如花朵一般轻盈脆弱。我小心翼翼地捧着酒杯，生怕一不小心将酒杯捏碎。我正想着喝点什么，可胆怯和腼腆却让我缩手缩脚。我给自己打气：放松点，别紧张，反正又没人看见。我随手拿起一个玻璃瓶，里面装着无色的液体，在烛光下闪烁着钻石般的光芒。或许这是樱桃酒吧。我喜欢樱桃酒，那淡淡的苦味和原野的清香让我想起了森林和田园。我摆出美食家的派头，慢悠悠地斟满一杯，然后优雅地放到自己嘴边……呸！这不过是白开水！我不由自主地做个鬼脸，而餐厅的角落里突然传出一阵笑声，把我吓了一跳。原来一个黑衣男子和一个穿着粉色裙装的女子正躲在餐厅的一角打情骂俏。适才我并没有看到他们，不过他们却被我的傻样逗得哈哈大笑。

我故作镇静，把杯子放回桌上。可我实在是太紧张了，我的手不住打抖。这时我的袖子不知碰到了什么东西，刹那之间，三个杯子一个接一个地跌落在地，摔个粉碎。我不由自主地转过身来，可我礼服的燕尾式后襟又将堆得小山似的餐具和食物扫落在地。只听噼里啪啦一声巨响，感觉就像一座冰山瞬间被撞成碎片。

这天崩地坼的响动惊动了女主人奥古斯汀娜，所幸她和我一样眼神不好，没能看清肇事元凶的样貌。我灰溜溜地逃出餐厅，这个晚上算是毁了！杯子盘子尸横遍地的景象仍深深刻在我的脑海中，让我觉得自己是一个罪大恶极的凶手。我恨不得赶紧离开奥古斯汀娜的家，离开这可怕的“犯罪现场”。

这时突然跳出一个老妇人，死死地拉着我。我胆战心惊，以为自己的恶行已经败露，我的真面目已经被人揭开。这个老妇人是艾米莉·杜博瓦小姐的母亲——那个虎视眈眈的监护人。她对我的“王子”头衔念念不忘，非要我和她的两个女儿跳舞。我编造了各种借口，费了一番口舌，好不容易才挣脱她的魔爪。我正打算脚底抹油速速离开，这时一个面带狡黠微笑的高个子老头又拦住了我的去路。我定睛一看，原来是大名鼎鼎的御医里柯尔，适才我曾和他闲聊了几句。他和其他人一样，误以为我是瓦拉几亚王子。他毕恭毕敬地对我说：“王子殿下，鄙人听闻您在议会旅店下榻。鄙人之陋居就在议会旅店近旁，能否请您稍等一下，和我同车一起返回？”我巴不得马上应承下来。可我转念一想，我连一件大衣都没有，如果里柯尔看到王子殿下没有裘皮大衣，只穿着单薄的晚礼服在寒风中瑟瑟发抖，他会做何感想？我婉言谢绝了他的好意，心想还是趁早溜走为妙。宁可在大雪迷雾中步行回家，也决不能搭乘里柯尔的马车，否则我这个冒牌王子就要露馅了。

我眼神不好，在门厅里摸索了好一会儿，好不容易摆脱了门帘和挂毯的纠缠，终于摸到了门把手。门厅里的男仆问道：“先生，您不拿上您的大衣吗？”我对他不予理会，匆匆忙忙冲出门外。

当时是凌晨两点，我站在奥古斯汀娜家门前，要回到议会旅店还有很长的一段路要走。我在空无一人的街上踽踽独行。我腹中空空，浑身冻得发僵。我口袋里有一个破破烂烂的钱包，里面只装着几个小钱。饥饿激发了我的灵感，我想到的不是优美的诗句，而是“到菜市场去！”我常听人说，菜市场里有一个名为“盖德拉”的小餐馆通宵营业，只需要花上三个苏，就能在那里喝上一盘美味的白菜汤。此时我的自尊和傲气已经荡然无存。为了这盘热腾腾的白菜汤，我要与无家可归的流浪汉为伍，到这个不入流的小餐馆去走一遭。我顶着刺骨的寒风，只觉得饥肠辘辘。我记起一个国王曾说过：“一匹马！我的王国换一匹马！①”而我愿意用瓦拉几亚王子的头衔换取一个暖和的栖身之所和一盘热腾腾的白菜汤。

想到这我打起精神，朝盖德拉小餐馆走去。这个小餐馆位于菜市场的长廊之中，看上去是一个很不入流的就餐场所。在昏暗的灯光下，餐馆里的一切看上去都油腻腻脏兮兮的。后来，当夜生活成为时尚，一些有头有脸的大人物也会跑到类似的地方去消磨时光。他们倚着餐桌，抽着香烟，在吞云吐雾之际大谈文学。可是当时情形并非如此，这类小餐馆也尚无扭捏做作的大人物为它们添彩增光。我走进盖德拉餐馆，四周是发黑的墙壁，熏得人睁不开眼的烟雾扑面而来。顾客们或对着盘子狼吞虎咽，或靠着肮脏的墙壁酣然入睡。他们有的戴着鸭舌帽，有的戴着淡褐色的毡帽——那是市场搬运工的标志；一个穿着粗布罩衫的菜农正坐在一个衣衫褴褛的流浪汉身旁……虽然当时我枵腹难耐，眼前的一幕却让我立即萌生了退意。不过我最终硬着头皮走了进去。我看到顾客里有人的穿着打扮与我相仿，不由得安下心来。原来，在这繁华的巴黎，在这寒冷的冬夜，穿着晚礼服充门面而没有大衣御寒的大有人在。他们也和我一样，想喝上一盘三个苏的白菜汤暖暖身子。

---

① 出自莎士比亚的戏剧《理查三世》，此语为理查三世即将战死前所说。

白菜汤还不错，只不过在白菜的甘美之中还夹杂着一缕浓浓的烟味。这家小餐馆或许是怕人偷餐具，叉子和勺子都用小铁链拴在桌子上，这让我很不自在。尽管如此，我还是一口气吞下两盘白菜汤。我觉得肚子里暖烘烘的，心里也踏实多了。我付了账，走出门，继续朝拉丁区走去。

亲爱的读者，你们可以想象一下，一个诗人在风雪之中竖起衣领，拼命睁着惺忪的睡眼，跌跌撞撞地走回托依街的议会旅店。奢华晚宴上优雅的男宾女客和菜市场中饥肠辘辘的穷苦人们，在他眼前挥之不去。他终于来到了旅店门前，在马路牙子上磕磕鞋跟，抖抖身上的雪。马路对面是御医里柯尔的宅邸，门前烛火煌煌。一辆气派的马车驶到门前，马车夫大声喊道："快开门！御医大人回来了！"在巴黎，这种鲜明的对比和反差随处可见。

第二天，哥哥懊恼地对我说："白白浪费了一个好机会！你被当成什么王子，还没来得及为你的新书做做宣传。不过这没什么，你还要再去一次的。这是所谓的'答谢拜访'，到时你可以好好弥补一下。"

答谢拜访？答谢什么？难道要为了那杯白开水再去谢谢女主人？这实在是太好笑了。我拖了两个月，最终鼓起勇气，到奥古斯汀娜家进行"答谢拜访"。奥古斯汀娜除了在周三举行正式晚宴，还在周日接待客人。周日下午的待客较为随意，因此我决定在某个星期天前去拜访她。

在巴黎的日间社交活动中，有身份的客人通常在下午三四点之后才会上主人家拜访。我当时只是一个未经世事的少年，如何知晓这种繁文缛节？我想当然地在下午一点就去到奥古斯汀娜家，还生怕自己来迟了。我走进大门，只见一个五六岁的金发男孩，穿着绣花丝绒外套，骑着一匹木马在早春嫩绿的花园中玩耍。他看到我，忍不住说道："先生，您来得可真早啊！"这真是个有意思的小家伙！我向这个小男孩鞠了一躬，向这金发、木马和绣花外套致意。

我进退两难，只好硬着头皮走上阶梯，穿过门厅，走进客厅。当时奥古斯汀娜正在梳妆打扮，不能见客，我只好在客厅里干等了半个小时。最后奥古斯汀娜终于现身了。她乜斜着眼睛打量了我半天，终于认出了我这个“王子”。为了打破沉默，她说道：“王子殿下，您怎么没去看赛马呀？”什么赛马？我到巴黎之后连一个骑师都没见过！我又羞又愧，心里发堵，脸上发热，恨不能找个地洞钻进去。其时，午后明媚的阳光洒落在地，窗外的小花园散发着早春的气息，和蔼可亲的女主人正对我微笑……这轻松缓和的气氛最终使我安静下来，使我萌生出一股勇气。我痛痛快快地将心里话都说了出来。我用带着南部乡音的话语，把一切都原原本本地告诉她。我告诉她我不是什么王子，跟瓦拉几亚毫不相干；我告诉她我只是一个普普通通的诗人；我告诉她我把白开水当成樱桃酒；我告诉她我在菜市场的奇遇；我告诉她我如何在风雪夜步行回家；我告诉她我腼腆的性情、糟糕的眼神、非凡的梦想和对未来的憧憬……奥古斯汀娜耐心地听着我的故事，忍不住笑得前仰后合。

我正讲得高兴，门铃突然响了起来。奥古斯汀娜说道：“哈！准是那两个骑兵！”

“骑兵？”

“没错，这两个骑兵从夏隆的军营跑到巴黎，有人打发他们来找我。据说这两人的艺术品味很不错呢。”

我站起来，打算告辞离开。

“哦，先别走，”奥古斯汀娜说道。“我们要排演《驴奶》这出戏，我想听听你这个专业人士的意见。来，坐到沙发上，坐到我身边来！”

两个五大三粗、紫色脸庞的汉子走了进来。他们肚皮上的腰带系得紧紧的，脚上都穿着一双笨重的靴子。他们缩手缩脚，不知所措，看上去很不自在。多年以后，其中一个骑兵当真步入了演艺界，成为一名演员。当然，这都是后话了。

我们打开折叠屏风充当布景，表演开始了。我舒舒服服地坐在沙发上，不时点点头，脸上挂着神秘莫测的微笑。奥古斯汀娜低声对我说：“这演技还过得去，只是他们的靴子实在是……我亲爱的诗人，你闻到那靴子的臭味了吗？”

看！最聪慧的女演员正亲亲热热地和我说话呢！想到这我不禁感觉飘飘然，整个人沉浸在欢乐和愉悦之中。

当时的每一个细节都深深印在我的记忆之中。我认为这是永生难忘的场合，可是其他人并不那么认为。不久前我把自己初涉名利场的故事告诉了沙塞，沙塞又跑去和奥古斯汀娜说了一遍。说实在的，我已经有三十年没见过奥古斯汀娜了。可是奥古斯汀娜煞有介事地说她只读过我的书，从没见过我这个人。无情无义的奥古斯汀娜！对我来说，这是如此难忘的人生经历——碎成一地的杯盏、瓦拉几亚王子、《驴奶》的排演、骑兵笨重的靴子……可是奥古斯汀娜早把这一切忘得一干二净。

第一个剧本

现在回想起来，那已经是很久以前的事了。

1862年2月，我并没有待在巴黎，而是跑到千里之外的阿尔及利亚。当时正值春季，我身处阿尔及利亚的谢利夫谷地，沐浴着灿烂的阳光，享受着初春的美好时光。方圆几十英里的大平原在我眼前徐徐铺开，左右两边环绕着两道山脊。在金色的迷雾之中，山体晶莹通透，仿佛一块巨大的紫水晶。在平原上和山谷中长着乳香黄连木。近旁有一条小河，当时正值旱季，干涸的河床露出一颗颗白色的鹅卵石，几株夹竹桃疏疏落落地生长在河床之中。远处，阿拉伯人的村庄和客栈隐约可见。某个圣人的坟墓座落在地势较高之处，在阳光下闪闪发光。墓顶上刚刚刷过石灰，远远望去仿佛一个矮矮的圆筒上放着半个橘子。在耀眼的阳光下，不时有一片片黑影慢慢蠕动。乍看上去我还以为那是云彩投下的阴影，可是头顶的晴空万里无云，怎么会有云彩的影子？原来那不过是羊群而已。

整个上午我们一行人都在打猎。午后酷暑难耐，我的朋友巴莱姆支起了帐篷。他用几根竹竿把帐篷的一边撑得高高的，我们不仅有了一个可以躲避烈日的荫凉处，还可以坐在这儿欣赏美景。几匹马拴在近旁，它们耷拉着脑袋，一动不动。猎犬们缩成一团，在太阳底下睡觉。在一堆瓶瓶罐罐之中，一个男仆趴在地上，用枯枝碎叶生火，为我们准备摩卡咖啡，一缕细细的青烟随之袅袅升起。当时我的同伴包括巴莱姆·本·谢里夫、西里曼、奥马尔和阿达夫地区的军事长官。我们一群人待在荫凉处，在垫子上或坐或卧，默默地抽着粗粗的卷烟。帐篷上画有一轮新月和一只血手——这原是阿拉伯人居住地的标志。在灿烂阳光的照耀下， 整个帐篷染上了一层琥珀般的光泽，而帐篷上的标志也变得透明清晰。

这是一个慵懒悠闲的午后，如果时光能就此停滞不前，那该多好啊！这个二十四年前的午后在日渐晦暗的记忆长河中散发出迷人的光彩，让人永生难忘。可是人的心思真是奇怪。时至今日，那平原、那帐篷、那悠闲的午后仍然让我念念不忘，魂牵梦萦，可当时我满脑子想的却是巴黎。

是的，当我身处阿尔及利亚，当我享受着灿烂温暖的阳光，我心里想着的却是巴黎。当时我涉足文坛仅五年之久，我因自身的健康问题不得不离开巴黎，来到阿尔及利亚休养。我想念巴黎的浓烟和雾霾，想念巴黎的煤气街灯，想念巴黎的报纸和书籍，想念咖啡馆和剧院大厅里热烈的争论和交谈。我想念巴黎人对艺术的狂热追求，想念巴黎人永不熄灭的热情……要知道，当初我正是为了逃避这一切才离开巴黎前往阿尔及利亚的呀！现在我身处千里之外，可巴黎美好的一面却不断在我脑海中浮现。

最让我念念不忘的是我的剧本，我的第一个剧本！在我离开巴黎当天，我已经听说奥德翁大剧院即将把我的剧本搬上舞台。此时，在我周围是富有诗意的美妙景致：一望无际的阿尔及利亚平原，延绵起伏的阿特拉斯山脉，碧蓝澄澈的天空，闪闪发亮的圣祠，开着粉色小花的夹竹桃，还有两三好友陪伴在我身边……可是我愿意用这一切去换取奥德翁大剧院黯淡的长廊、专供演员出入的侧门、看门人龚斯当的小房间——龚斯当这个人很有意思，他的小房间里贴满了演员们的签名和剧照……现在我身处阿尔及利亚，过着中世纪王公贵族的生活，可是巴黎的一切却让我魂牵梦萦。

之前奥德翁大剧院对我来说就像一座艺术神殿。每当我步入剧院门外的长廊，我都会不由自主地瑟瑟发抖，自惭形秽。而现在我的剧作即将登上奥德翁剧院的舞台！我作为一名剧作家，可以大摇大摆地走过剧院门外的长廊。当然，我还得装出几分谦逊的神色。可我现在却待在阿尔及利亚，和一群语言不通的阿拉伯酋长们为伍。尽管眼前风景如画，可我只想找人倾诉我心中的所思所想。我的心已经插上了想象的翅膀，向巴黎飞去。此时此刻，在奥德翁大剧院里，台词提示员、布景工人、剧院经理、导演、浓妆艳抹的女演员、刚刮过脸的男演员……所有人都在为我的剧本忙碌。我呼吸着清新的空气，嗅着从橘树林飘来的一缕芬芳，可我的心早已飞回了巴黎。我耸起鼻尖，尽情回味剧院墙壁那发霉腐臭的味道。我多希望自己身处奥德翁大剧院之中啊！

我闭上双眼，幻想自己正身处剧院之中，正在向演员们解读剧本；我想起那晶莹剔透的杯盏，想起那灯光下雪白耀眼的手稿……我想起剧院中的演练和彩排。演练先在某个人家中的客厅里进行，随后再搬到舞台上进行彩排。舞台是一个高深莫测的神秘所在，上面摆满了脚手架和各种布景，底下的演出大厅空荡荡。演员们一张口说话，就会传来隆隆的回声，让人生出身处洞穴之中的错觉。枝形吊灯并没有点燃，包厢、楼座和底层的观众席都盖上了一层防尘罩布。周围的一切显得灰蒙蒙的，整个剧院大厅仿佛化为冰冷幽暗的岩洞。

戏剧首演的时刻终于到了。在剧院门前的广场上，车水马龙，人来人往，煤气街灯散发出明亮的光芒。大家一窝蜂地挤到票房窗前，争着购买今晚的戏票。这时剧作家和三五好友躲在剧院对面的小咖啡馆里，提心吊胆地等上几个小时。当这场戏剧终于落下帷幕，剧院大厅中传出观众们的鼓掌声和欢呼声，阵阵喝彩声中还夹杂着剧作家的名字。当三三两两的观众们最终走出剧院前厅，剧作家心里的一块大石头才算是安然落地。这时，剧作家的朋友会说：“来，让我们到剧院里去一探究竟。你要向演员们致谢，还要去见见那些热心的朋友，和他们握握手。要知道，他们早在塔布里咖啡馆里等得不耐烦了。”

这就是我所做的白日梦，当时我正躲在阿尔及利亚的一个帐篷之中。这是一个和煦的午后，融融暖意让我昏昏欲睡。帐篷外边，原本雪白耀眼的太阳已经染上了一丝玫瑰色的红晕，正在向西边慢慢挪移。牧羊人略带忧伤的吆喝声不时传入我的耳中，其中还夹杂着一缕铃音。我身旁的四个本地人只认识二十来个法语单词，而我自己认识的阿拉伯语单词不足十个。我们之间无法交谈，也没有人来惊扰我的美梦。我在密里亚纳结识了一个西班牙谷物商人，正是他把我带到此处游玩，同时也充当我的翻译。不过，这个唯一能和我交谈的人现在并不在帐篷里，而是兴致勃勃地跑到外面打猎去了。我和几个本地人抽着粗粗的卷烟，手里拿着嵌银丝细瓷咖啡杯，不时啜饮一口乌黑的摩尔式咖

啡。整个帐篷沉浸在一片静谧之中。

门外的一阵喧闹打破了沉寂，仆人们赶紧跑出去看个究竟，而猎犬也开始狂吠。只见一个披着红斗篷的人策马跑到帐篷门前。他勒住马，大声问道："都德先生在吗？"

他给我带来了一封发自巴黎的电报。这封电报原本寄到我在密里亚纳的住所，之后又追随着我的踪迹，辗转送到我的手中。电报上只有寥寥数行："戏剧于昨晚上演，取得重大成功。卢塞耶和提思兰德的演技无可挑剔。"

我当时激动莫名，双目迸发出幸福的光芒。想想吧，这可是我第一个剧本呢！我用颤抖的双手捧着这封电报，反复读了无数遍。在旁人看来，我手中这张薄薄的纸片一定是一封极其宝贵的情书。几个本地人脸上露出会意的微笑，不停用阿拉伯语相互交谈。其中一个见多识广的本地人绞尽脑汁，挤出几个法语单词："法国？消息？家里？"让我心中充满狂喜的并不是来自家里的好消息，而是我的剧本取得了成功！我恨不能说个痛快，将心中的喜悦与幸福和盘托出，与众人分享。我搜肠刮肚，结结巴巴地用法语和阿拉伯语向他们解释是怎么一回事。可是我总共只认得几个阿拉伯语单词，而他们也只知道二十来个法语单词。我如何能用这二十来个词语来分享我心中的喜悦？我磕磕巴巴地向他们解释奥德翁大剧院为何物、戏剧首演何等重要……可想而知，这是多么艰巨的任务啊。我不停晃动着手中的电报，像个哑剧演员似的手舞足蹈，试图通过他们熟悉的事物来让他们心领神会。我感觉自己仿佛一个演技拙劣的小丑，想尽一切办法，妄图打动这些言语不通的阿拉伯人。我绞尽脑汁：怎么向他们解释奥德翁剧院呢？在阿拉伯人聚居地，看戏取乐是被严令禁止的，可是在每个阿拉伯小镇都存在地下戏院。到了夜里，大胆的阿拉伯人会跑到那些简陋的戏院里去观看他们喜爱的剧目。为了能让几个本地人听明白，我竟然将庄严的奥德翁大剧院比作那些不入流的地下戏院！现在回想起来真是令人汗颜。

非洲的故事就到此为止吧，让我们马上返回巴黎。在那里，失望和幻灭正等着给我迎头一击。在接到电报之后，我把谨慎和理智抛到脑后，也没来得及和我的医生商量一下，就匆匆忙忙地赶回巴黎。我把非洲的碧蓝晴空和灿烂阳光抛在身后，义无反顾地扑到巴黎的风雪雾霾之中。我一心想去看看自己的戏剧，其余的一切已无关紧要。我心急火燎地跳上船，海上的航程结束后又急急忙忙地跳下船。我激动得浑身打抖，朝马赛飞奔过去。我跳上一列火车，在渐浓的暮色之中回到巴黎。这时已经是傍晚六点了，我来不及吃晚饭，马上叫了一辆马车："到奥德翁大剧院去！"现在回想起来，当时还真是年轻气盛啊！

我跑进奥德翁大剧院，在位置上就坐。舞台上的帷幕即将拉开，我的戏剧准备开演了。我望望四周，观众席上的人看起来怪里怪气的。这时我才猛然醒悟，原来今天是忏悔星期二，对于巴黎的年轻人而言就是一个狂欢节。许多年轻学生成双成对地前去参加布里耶的化妆舞会，准备玩个通宵。他们已经换上了稀奇古怪的舞会服装，可是现在离舞会开场还有两个多小时，他们便不约而同地跑到奥德翁大剧院来消磨这段时光。他们都喜欢装扮成小丑、弄臣、丑角、愚人这种惹人发笑的角色。我看着这群奇形怪状的观众，暗自思忖："我的戏剧能让这群乌合之众流下眼泪吗？啊，这实在是太难了。"

不过，他们中的一些人的确被我的戏剧感动得流下泪水。他们衣服上的亮片和饰物在剧院昏暗的灯光下闪闪发亮，乍看上去还让人以为那是他们流下的泪珠呢。坐在我右边的女子扮成弄臣，她的帽子上还系着几只小铃铛。她专心致志地看着舞台上的表演，动人的剧情让她不停地啜泣，直弄得头上的铃铛叮铃作响。坐在我左边的女子则打扮成小丑的模样。她脸上抹着厚厚的脂粉，一身厚厚的脂肪下面却隐藏着一颗细腻敏感的心。当舞台上的戏剧进行到动人之处，她的两个大眼睛仿佛化为两眼清泉，泪水喷薄而出。在泪水的浸润下，她的脸仿佛春风吹拂过的冰原，转瞬之间姹紫嫣红，五彩斑斓。

那封电报说得没错，我的戏剧取得了成功。可这时我这个剧作家坐在观众席上，恨不得找个地洞钻进去。观众们正在为我的戏剧鼓掌，而我却觉得自己的剧本糟透了。我仿佛身处梦魇之中：看，舞台上那个大胖子是谁？他演的是什么，一个品行端正的父亲？哈，他竟然想模仿大艺术家布朗热！当时我的脑子里尽是这样乱七八糟的念头。现在回想起来，我实在是过于苛刻了。当时站在舞台上的是两位才华横溢的演员——提思兰德和卢塞耶，当晚他们将自己的演技发挥得淋漓尽致。平心而论，我这部戏剧之所以取得成功很大程度上还要归功于他们。可是舞台上的演出和我当初构想的戏剧实在是相去甚远。在无情的聚光灯下，剧本的瑕疵和缺陷一览无余。原先那些美妙的灵感和设想，现在仿佛被人剥了皮剔了骨，做成一个僵硬的标本杵在舞台上。于我而言，这不啻迎头一击。观众们反响热烈，掌声雷动，喝彩连连，可我却觉得一股莫名的羞愧和厌恶涌上心头。我满脸通红，热血冲上脑门，心里别提多难受了。我甚至觉得周围穿着奇装异服的观众们已经认出了我，正对我冷嘲热讽。我神经紧绷，头昏脑涨，失魂落魄。我在糊里糊涂之中居然跟着台上的演员做手势念台词，我实在恨不得让这出戏剧快点演完。我希望演员们加快步子，加快语速，跳过某一段不演……总而言之，我只希望这种折磨尽快结束。

当舞台上的帷幕终于落下，我不禁长长地舒了一口气。我赶紧站起身，竖起衣领，希望借此遮挡自己脸上的愧色。我偷偷挨着墙边，像个小贼似的一溜烟跑出了剧院。

河上偶遇

当可恶的风湿病还没有找上门来的时候，我一年中有半年时间是在船上写作的。在距离巴黎约三十英里处，我发现了一个美丽宁静的“书斋”。塞纳河在这里绕了个弯，河的两岸颇具外省风情和田园诗意。清新的气息扑面而来，芦苇在微风中不住点头，莲花和鸢尾花随处可见。萋萋青草和各种水生植物形成一个个浮岛，漂浮在河面上。疲倦的水鸟在浮岛上驻足休憩，并跟随着浮岛随波逐流。在河两边的坡地上，玉米地和葡萄园徐徐铺开，不时还能见到一两个真正的小岛点缀在河面上。在这些小岛之中，我只叫得出其中两个的名字：铺路工岛和麻雀岛。其中麻雀岛是我的最爱。

麻雀岛很小，上面长满了一丛丛黑刺莓和一蓬蓬荆棘。我时常将小船划入小岛边的芦花深处，任由芦苇在我耳边轻声吟唱。我继续向前划，把依依不舍的芦苇留在身后，一直划到一棵老柳树旁边。密密层层的芦苇在我身后形成一堵墙，我的小船静静地漂浮在一汪明亮如镜的河水之上，而那颗柳树也为我洒下一片浓荫。我把船桨交叉放在身前的船面上，权当书桌，开始写作。

我喜欢嗅闻这河流的气息，喜欢聆听草丛中各种昆虫的鸣唱和芦苇轻声的低吟。所有一切看似宁静，实际上却蕴含着各种莫名的骚动。只有远离尘嚣，置身于大自然之中，才能领略这大自然的天籁。这与世隔绝的宁静使我感到无比畅快，周围的一切让我气定神闲，自得其乐。

麻雀岛上有无数生灵，岛上的居民或许比巴黎的人口还多。我能听到各种生灵在草丛中潜行。一群群水鸟或在枝叶的缝隙间相互追逐，或是展开翅膀，晾晒湿漉漉的羽毛。这些生灵对我视而不见，或许在它们眼里我跟那棵老柳树相差无几。黑蜻蜓在我鼻子底下飞来飞去，大胆的麻雀跑到我的船桨下喝水，鱼儿在小船周围嬉戏，不时溅起的水花打湿了我的衣裳。

一天，当我划近这个幽静的小岛，我发现一个不速之客闯进了我的天堂。远远望去，只见一叶小舟和一顶大草帽。当我靠近一看，那顶大草帽底下露出一张长满金色胡子的脸。看来这个不速之客不是来垂钓的，他像我一样将船桨交叉搁在船面上，整个人平躺在小船里。他也是来这里构思自己的作品吗？这无关紧要。居然有人闯进了我的书斋、我的天堂！

当这个陌生人看到我时，他的脸上不由得露出一丝不快。或许当时我的脸色也好不到哪儿去。无论如何，我们俩还是勉勉强强地向对方打个招呼。我们俩人都看中了那棵柳树的浓荫，只可惜这片树荫实在太小了，根本容不下两叶小舟。我们的小船不时地相互碰撞，我心里也巴不得他知难而退，赶紧离开。可是这个陌生人根本没有要离开的意思。我一言不发，把小船停靠好，开始构思我的作品。可是陌生人的小船就近在咫尺，那张长满胡子的大脸和那顶大得出奇的草帽不停打断我的思绪。或许我的出现也吓跑了他的灵感吧。我们俩人无所事事地呆坐了一会儿，最后便东拉西扯地聊开了。

当时我给自己的小船取名为“阿莱女郎号”，于是乎我没话找话，和这个陌生人聊起了乔治·比才。我惊奇地发现这个陌生人居然认识比才，于是便问道：“您也认识比才？这么说您也是一位音乐家啰？”大胡子陌生人微微一笑，谦逊地答道：“先生，我就是搞音乐的。”

当时，但凡与文字文学打交道的人似乎都不喜欢音乐。众所周知，泰奥菲尔·戈蒂耶认为音乐是“难以忍受的噪声”，而勒贡特·德·李勒和班维尔对此观点举双手赞成。如果有人在龚古尔面前打开钢琴准备献上一曲，他肯定要皱皱眉头。左拉模模糊糊记得自己在小时候曾学过什么乐器，可现在他早已忘得一干二净了。大文豪福楼拜倒是声称自己喜欢音乐，可是他之所以这么说不过是为了拉近他和屠格涅夫之间的距离，找找两人感兴趣的共同话题。而屠格涅夫呢，他只喜欢维亚尔多一家的音乐，其他音乐他一概看不上眼。可我和他们不同，我对所有音乐都爱得如痴如狂。古典音乐、朴实无华的民谣、贝多芬、葛路克、肖邦、马斯涅、圣·桑、柏辽兹……还有那邦布拉舞曲、古诺的《浮士德》、流行音乐、在街边演奏的管风琴、铃鼓乃至教堂的钟声……所有音乐都让我心醉神迷，不能自已。那些流动跳跃的音符，那些如梦如幻的乐曲，都在向我倾诉，让我怦然心动。瓦格纳的乐曲宛如汪洋大海，让我沉醉其中。有一次我正要前往一个展览会参观，在路上听到一群吉普赛人在哼唱他们的民谣。我不由得停下脚步，站在路边痴痴地听着，把什么展览会都抛到脑后。如果我在路上听到小提琴那华彩绚丽的琴声，我定会挪不动步，整个人呆呆地站在原地，直到一曲终了才回过神来。有一回我在友人家的聚会上听到有人演奏杜西莫琴[①]。我手里拿着一杯匈牙利葡萄酒，在那儿呆坐了一晚，任由这乐曲声将我感动得喉头哽咽，热泪盈眶。

这个不速之客亮明了自己音乐家的身份，马上就赢得了我的好感。他名叫里奥·皮罗特，是个有头脑有思想的人，拥有丰富的想象力。我们俩一见如故。我们的喜好品味颇为相近，都看中了麻雀岛这个远离尘嚣的天堂。原本争抢一席清静之地的两个人很快就成了拥有许多共同语言的好朋友。从那时起，我不再把他看成不速之客，而是把他当成这片天堂共同的主人。皮罗特所划的是一条没有龙骨的挪威式小船，在水里实在是晃得厉害。后来我们俩在河上聊天的时候，他都喜欢跑到我的小船里大谈音乐。当时他正在构思一本题为《乐器和音乐家》的书，后来他凭借这本书获得了巴黎音乐学院的教授职位。不过当时这本令他名声鹊起的大作尚未成形，他时常和我探讨书中的内容，我们把这本书从头到尾讨论了好几遍。

现在每当我翻开这本《乐器和音乐家》，当时的一幕幕又会在我眼前重现。我仿佛再次置身于塞纳河上，看到芦苇在微风中频频点头。当时皮罗特表达了他对音乐的全新观点，使我对音乐的看法焕然一新。他是一个很有天赋的音乐家。他是在乡间长大的，他那灵敏的耳朵能捕捉到大自然的所有声音。风景画家能用眼睛去撷取大自然的美，而皮罗特则用自己的耳朵去捕捉大自然的天籁。对他而言，即使是昆虫和飞鸟振翅的声音也有其独到之处。当你翻开他的书，你就会感觉到田园生活的各种声响在你耳边萦绕：风声、雨声、秋虫的

① 杜西莫琴：美国传统拨弦乐器。

吟唱、树叶在秋风中的细语、溪流冲刷鹅卵石的声音、远处的人声、乡间小路上的辚辚车声、远处火车的轰鸣声……此外，他的书还包含了充满智慧的评论和丰富有趣的知识，还有各种关于乐器和乐队的故事。从含情脉脉的中提琴到当时鲜为人知的萨克斯风，他的书几乎囊括了所有乐器，以一种前所未有的诗意笔触描写它们的起源和历史。

我们谈天说地的地点大多是在柳荫下的小舟中，但偶尔我们也会跑到岸上的小酒店里继续我们的谈话。我们端坐在水手和码头工人之中，手边放着一杯浊酒，面前放一个崩口的粗瓷盘子，盘子里放一条煎好的新鲜鲱鱼。我们就着浊酒和鲱鱼，大谈特谈音乐。

有时我们会拿起桨划着船，到通往塞纳河的无数溪流沟渠去探险，在探险的过程中还不忘谈论音乐。有一回我们划进一条名为奥治河的塞纳河支流。这条河波光粼粼，两岸的景致颇具热带风情。参天大树在河面上投下一片片浓荫，缠绕着大树的老藤垂入水中。岸边长满了一丛丛清香四溢的野蔷薇，长长的枝条拂过水面。我们顺流而下，不问所去何处。富人家的草坪不时在我们身边掠过。偶尔能见到一两只白孔雀，拖着长长的尾巴，优雅地在草地上漫步，它那雪白明亮的羽毛犹如晚礼服般雍容华贵。所有的一切看起来宛如一幅优美的风景画。远处，一栋小巧别致的房子躲在绿树浓荫之中，鸟儿的啁啾声频频从房子附近传来。看来这草地上的鸟儿都是有钱人家眷养的宠物。我们顺着河流继续向前，不久之后就看到一丛丛野花和垂入水中的柳枝，与麻雀岛的景致颇为相似。有时我们走得更远，还能见到远处矗立着一座古老的磨坊。那磨坊看上去宛如一座高高的古塔，外墙坑坑洼洼，门前的阶梯长满青苔。几只鸽子和珍珠鸡安然坐在磨坊的屋顶上，不时抖动自己肥胖的身躯，扑扇一下翅膀。远远望去，我还以为这座磨坊又开始工作了，即将把这群鸟儿惊得四散奔逃呢。

经过一番探险之后，我们沿着原路返回。我们随波逐流，一边划船还一

边哼唱着民间小调。当我们经过那片草坪，那白孔雀还站在草地中央，不时叫唤两声，那不甘寂寞的叫唤声在空旷的草地上回响。远处站着一个牧羊人，他正要赶着羊群回牧棚过夜。我们还惊起了一两只翠鸟，那翠蓝色的身影掠过水面，倏尔消失在茫茫水雾之中。在靠近奥治河口的时候，我们弯下腰，从一座小桥的桥拱中穿过。在乳白色的雾霭中，宽广的塞纳河突然出现在我们面前，刹那间我竟以为我们漂到了海上。

我和皮罗特经常在塞纳河上泛舟。在这些奇妙的经历中，我印象最深的是一次秋天的出游。我闭上双眼，那间河边小饭馆仿佛又出现在我面前。我们曾在那儿享用了一顿早餐。那是一个寒风料峭的秋天清晨。塞纳河的河水染上了一丝铅灰色，河面上冷清萧瑟，周围的景致凝滞不动，透出一股凄美的哀愁。河面上飘起一层薄薄的晨雾，让人更觉寒冷。我们赶紧竖起大衣的领子，借此抵挡这清晨的寒气。在库雷塔水闸附近，我们看到了一家小饭馆。那栋建筑原是驳船停靠的地方，科贝尔的居民在周日时也经常来此处游玩。不过现在正值冷清的秋季，游人甚少，只有驳船和拖船上的水手偶尔光顾此地。

我们下了船，上了岸，走进小饭馆。刚一进门，一股令人垂涎欲滴的浓香扑面而来，一锅汤正在炉子上冒着热气，食客们正在翘首以盼。我们坐了下来，点了份牛肉。饭馆的侍应问道："除了牛肉之外，两位先生还打算要点什么？来一份炖鲩鱼怎么样？"不一会儿，一个粗陶汤盘端了上来，一条鲩鱼躺在其中。我们就在那简陋的小饭厅里大快朵颐。那鲩鱼真是美味！在这个热气腾腾的小饭厅中，气氛如此安逸，甚至连墙上的壁纸都染上了一丝富足欢乐的色彩。

我们俩吃饱后又叼起了烟斗，开始谈论莫扎特。我不时抬起头，朝窗外望去。小饭馆门前搭了个凉棚，时值深秋，攀爬在架子上的藤蔓早已落光了叶子，整个棚子显得光秃秃的。凉棚下面悬着一架漆成绿色的秋千，在寒风中飘摇，一个投饼游戏箱和几个射箭用的靶子零零落落地丢在一旁。这个寒酸的“游乐场”早已无人光顾，而料峭的寒风从塞纳河上席卷而来，更添几分萧瑟。

“看，这里有一架小钢琴！”皮罗特说着走到饭厅一角，搬走堆在钢琴上的盘子，掀起一块灰尘仆仆的罩布。他调试了一下琴键，那钢琴立马发出几声沙哑的惨叫。尽管这架钢琴不尽如人意，皮特罗还是用它奏起了莫扎特的乐曲。我们一直沉醉在那悠扬的乐曲声中，直到日光慢慢暗淡，直到夜幕悄悄降临。

维尔梅森先生

如果我觉得自己的胡子长得太长，而且恰巧顺路，我就会到莱斯佩先生的理发店去修剪一番。这间理发店位于维维恩街和蒙马特大道的交叉拐角处，占据了弗朗斯科蒂大厦的一角。这间颇具巴黎风情的理发店是个很有意思的地方。

理发店的老板莱斯佩先生说他能见到“全巴黎的人”。你看，这个理发店的所在地是巴黎交通最繁忙的地带，巴黎人总喜欢去运动场、剧院、洛雷特圣母院、股票交易所……而这里正是前往这些热闹场所的必经之地。如果你在莱斯佩先生的理发店坐上一会儿，看看窗外的人流，你会不由自主地惊叹：巴黎的人真多啊！你会看到股票经纪人、演员和记者，此外还有许多无所事事的闲人，有事没事都要跑到巴黎的各条大街上去走两圈。

当你看厌了窗外的街景，你可以把目光移向室内。这间理发店有好几个客厅，二三十个理发师正忙着帮客人们剪发、卷发、刮脸……而老板莱斯佩先生气定神闲，整家店的所有事务均在他的掌控之中。莱斯佩是个精力充沛的小个子男人，他从一间房窜到另一间，两只犀利的眼睛睁得大大的，一刻不停地盯着理发师手中的理发剪和刮胡刀，不时还要拿起桌上的瓶瓶罐罐瞄上一眼。他家财颇丰，本可以安安乐乐地过上富家翁的生活，可是他那不切实际的雄心壮志让他整日狂躁不安，难以享受片刻的安宁。

不过我要讲的并不是莱斯佩先生的故事。莱斯佩先生的理发店在二十年前原是《费加罗报》的报社。现在，我坐在明亮的理发店内，在心里默默勾勒出昔日报社的门厅、订阅处和财务办公室。财务办公室的墙上开了一扇小窗，上面装着铁栅栏，人们通常要跑到小窗前办理银钱事宜。坐在小窗后头的通常是老雷根德。他长着一个长长的鹰钩鼻，双目圆瞪，待人总是没有好脸色，看上去就像一只气咻咻的鹦鹉。总编办公室的门上镶着一块玻璃，上面写着“闲人免进”。办公室里摆着一张大大的办公桌，桌上铺着绿色的桌布，桌子周围胡乱摆着几张椅子。我闭上双眼，仿佛又看到二十年前的自己怯生生地坐在办公室的一角，怀里抱着自己的处女作。在上这儿来之前，我把那沓稿纸小心翼翼地卷成一个圆筒，还系上一根丝带。那沓稿纸早已在我的怀里捂热了，可是总编维尔梅森先生迟迟没有现身。报社的职员让我等着，我就老老实实地等着。当时有六七个人坐在大办公桌周围，他们或是翻看着报纸，或是在纸上写写画画。他们抽着香烟，高声谈笑，一派其乐融融的景象。一个小个子男人混迹于他们之间。他脸庞通红，一头白发梳得高高的，看上去就像一只凤头鹦鹉。

这个小个子男人名叫保罗·艾伏伊，他是当时有名的编年史学家。《费加罗报》报社花了好大一笔钱才把他从《巴黎邮报》挖过来。当时《费加罗报》报社给艾伏伊先生开出优厚的条件，他所拿到的巨额薪水让所有作家和撰稿人羡慕不已。当然，现在看来那笔钱或许算不上什么，可是在当时那可是一笔了不得的巨款。艾伏伊先生坐在大办公桌前落笔如飞，脸上还挂着一丝微笑，整个人仿佛沉浸在愉悦之中。他的字迹填满了一张张稿纸，而我坐在一旁，满怀艳羡地看着这位老先生微笑着写作。

这时门外传来沉重的脚步声，一个欢快洪亮的声音叫道："维尔梅森先生来了！"说笑声戛然而止，烟斗和香烟转眼消失得无影无踪。所有人都端端正正地坐在桌前奋笔疾书，大气都不敢出。只有艾伏伊先生漫不经心地抬起头，看向站在门边的维尔梅森先生，仿佛这个被全报社奉为神明的总编不过是他的老朋友而已。

维尔梅森先生走进来，环顾四周："很好，小子们，看来你们都在好好干活，没有偷懒。"接着他一脸和气地问艾伏伊先生："怎么样？您觉得自己最近写的那篇文章还好吗？"

艾伏伊先生答道："我个人认为还可以。"

维尔梅森先生说："不错，不错，反正那也是你在本报发表的最后一篇文章了。"

艾伏伊先生脸色煞白："什么？最后一篇文章？你什么意思？"

维尔梅森先生大大咧咧地说："最后一篇！我就是这个意思！我可不是在开玩笑，说实话，你写的东西又长又臭。不信你自己满大街打听打听，大家都抱怨你写的东西干巴巴的，乏味得很！"

艾伏伊先生先生跳了起来："可你别忘了，我和你们报社可是签了合同的！"

维尔梅森先生毫不在意："合同！哈哈，真好笑！你还想对簿公堂不成！到时候我们把你的文章拿到法庭上好好念一念，让大家评判一番。我就不信法官大人会逼我刊登你的垃圾文章。"

……

我也不清楚这事后来究竟如何，我只知道艾伏伊先生并没有闹到法庭。听说维尔梅森吓唬人很有一手，看来此言非虚。

对维尔梅森先生来说，跟作者和撰稿人吵嘴早已是家常便饭。可是当时坐在办公室一角的我可是被吓得瑟瑟发抖，六神无主。我突然觉得自己怀中的手稿一无是处，恨不能带着这份手稿钻到地洞里去。后来我和维尔梅森先生处熟了，我们俩经常碰面，而他总是对我和颜悦色的。可是那最初的印象实在是太深刻了，之后我每回见到他都觉得背脊发凉，就像小矮人面对巨人一样惶恐不安。

为了公平起见，关于艾伏伊先生的故事我还要添上一笔。艾伏伊先生颜面尽失，被《费加罗报》报社扫地出门。可是在他过世之后，正是维尔梅森先生主动供他的孩子们上学读书。维尔梅森既是一个粗暴无情的恶人，也是一个心怀怜悯的圣人。

维尔梅森究竟是好是坏？是善是恶？没人能说得清。狄德罗喜剧中那些善恶难辨的人物正是维尔梅森的真实写照。他既可以和颜悦色，又可以狂风暴雨，这都要视他的心情而定。他有两副完全不同的面目：时而和蔼可亲，时而冷酷无情；时而如春天般温暖，时而如冬天般寒冷；时而头顶圣人的光环，时而长出恶魔的尖角。两种截然不同的品性却偏偏集中在一个人身上。

关于这个善恶杂糅的维尔梅森先生，我还可以告诉你许许多多的故事，讲上三天三夜也讲不完。只可惜篇幅有限，我只能挑其中几个有趣的故事来说说。

在普法战争之前，我认识了一个老好人。他有家有口，在位于让-雅克-卢梭街上的中央邮局里做个小职员。当巴黎公社运动兴起的时候，他并没有跟随邮局的大队人马离开巴黎。或许，在他内心深处，他对那些共产主义分子也抱有一丝同情；或许，他实在是割舍不下家中的妻子和已经长大成人的女儿，不愿抛下她们独自一人离开；或许，他觉得即使是动荡年代，也总有人寄信到巴黎，总得留个人分拣处理往来信件。没有人知道他为什么不离开巴黎，我也不好妄加揣测。当时巴黎有不少这样的可怜人，莫名其妙地就变成了“暴动者”和“叛乱分子”。

无论如何，尽管这个邮局员工的上司三令五申地命他离开巴黎，可这个老好人还是不愿离开。他每天早上还是老老实实地跑到邮局去上班，在街头巷战的喧嚣声中一丝不苟地分拣信件，对周遭发生的一切无动于衷。他拒不接受巴黎公社人员给予他的提拔和加薪，可是当巴黎公社最终被镇压之时，这个老好人还是被邮局扫地出门了。邮局还算仁慈，并没有把他当成“暴乱分子”送交警局和法院。这个可怜人在即将退休之前丢了饭碗，退休金也因此成了泡影。接下来的故事让人觉得既好笑又心酸。他不敢把真实情况告诉家里人，每天还打扮得整整齐齐地去“上班”。每天早上，他的女儿总要为他准备一件熨得平平整整的干净衬衫。要知道，政府职员可要注重仪表整洁！他的妻女跟往常一样，对他体贴入微，在上班前为他打好领带，高高兴兴地把他送出门，还祝愿他这一天工作顺利。她们还真以为他要去到那个冬暖夏凉的办公室，开始一天的工作。这个老好人每天都冒着风雪在巴黎的大街小巷奔波，只希望能找到一份工作，可惜最后总是无功而返。向晚时分，他迈着沉重的步伐回家，心中充满了沮丧和失落。可是当他打开家门，他又要装出一副开心的样子，和妻女们讲讲当天在办公室发生的趣事。他捏造出一个邮局副局长和一个鬼鬼祟祟的听差，编造一些子虚乌有的故事，还要挤出一脸轻松的笑容。后来我在写作《富豪》一书的时候曾借鉴这个可怜人的故事，塑造了儒瓦耶兹先生这个角色。

在他深陷困境的那段时间里，我经常能见到他。他的处境实在让人心酸。我突然异想天开，想要向维尔梅森先生求助，帮助这个可怜人渡过难关。我天真地想：维尔梅森定能为他在《费加罗报》报社安排一个闲职。

可惜事与愿违，《费加罗报》报社已经满员了，怎么也找不出一个多余的职位。况且，这个人可是个“共产主义分子”！想想看，如果维尔梅森在自己的报社里安插一个共产主义分子，那会造成什么样的轰动啊！

不过，这个可怜人的故事似乎软化了维尔梅森的铁石心肠。他对我说：“等等，都德，你刚才说这个可怜人以前一个月挣多少钱？”

“两百法郎，”我回答。

维尔梅森沉吟片刻：“好吧，那我每个月多给你两百法郎，你再转交给他，一直持续到他找到工作为止。这样他就不会露馅了。他的家人还会以为他上邮局去，他的女儿每天还会为他熨衬衫打领带……”末了他还不忘加上一句自己的口头禅：“哈哈，真好笑！”

现在回想起来，这件事的确好笑。维尔梅森每个月都多给我两百法郎，让我转交给那个被邮局辞退的可怜人。三个月后，这个可怜人总算时来运转，找到了一份工作。他省吃俭用，从牙缝里抠出一个个铜子，终于凑齐了六百法郎。一天他拿出六百法郎和一封感人至深的感谢信，让我转交给维尔梅森先生（我不敢贪他人之功为己有，一早就告诉他究竟是谁出了这笔钱）。或许这个老好人和维尔梅森在政治立场上有分歧，可是他还是把维尔梅森称为“我的恩人”。我拿着钱和感谢信去找维尔梅森先生。

“哈哈，真好笑！”维尔梅森说道。“我把钱给他，他现在又把钱还给我，这可是头一遭！要知道，我的钱总是有去无回的……哈哈，真好笑！”

看得出来，维尔梅森对这个圆满的结局十分满意。他乐不可支，手舞足蹈，哈哈大笑。他一屁股坐进藤椅中，脸上还荡漾着开心的笑容。或许，他为自己的善行感到自豪；或许，这个生性多疑的人终于证实了自己帮助的既不是一个骗子，也不是一个不知感恩的家伙。

维尔梅森一边说笑，一边清点桌子上的钱。他把这堆钱分成六份，每份一百法郎。说着说着，他突然抬起头对我说：“我说都德，好像少了五法郎！”

他说得没错。一个五法郎的硬币犹如漏网之鱼，静静地躺在我的口袋里。尽管维尔梅森心里着实高兴，可是他那精明的本性并没有变。你看，维尔梅森就是这样一个人。他可以平白无故地为了一个素不相识的陌生人掏钱，可最后又要为了五法郎斤斤计较。

有时，维尔梅森先生又会装出一副和和气气的样子，把自己的机巧和精明深深地隐藏起来。只要他愿意，他可以滔滔不绝，舌绽莲花，把死人说活，把鸟儿骗下地，把鱼儿说上天。无论是在工作中还是在日常生活中，维尔梅森处理人际关系的一条秘诀就是见人打哈哈，尽量装出很亲热的样子。当他自己或报社面临危机的时候，他待人的亲热劲儿就甭提了。我还记得这么一件事。有一次，《费加罗报》刊登了一篇文章，如果我没有记错的话，这篇文章名为《公爵大人断案》。当年活跃在社交界的老巴黎人或许还记得这篇轰动一时的文章。这篇文风辛辣的文章提到了莫尔尼公爵的几则趣闻轶事，言辞颇为不敬。这文章是在付梓印刷前的最后一刻由维尔梅森做主加进去的。他在最后一刻临时安插文章也不是一次两次了，不过这回事情闹大了。直接听命于帝国政府的立法团[1]把维尔梅森叫了去。

莫尔尼公爵自然是怒气冲天——当然，谁也说不清他到底是真的生气了还是装装样子而已，可维尔梅森却泰然自若。他一见到公爵便亲亲热热地说："哎呀！公爵大人，您刚派去的那个传令兵可威风了！他头上戴着一顶气派的帽子，手里拿着一个信封，信封上还盖着一个老大的官印。我看到他时别提多激动了，我还以为您叫我来是给我授勋的！我手下的人连授勋理由都替我拟好了，还准备为我好好庆祝一番呢！哈哈，真好笑！"接着维尔梅森就如数家珍地讲起了巴黎的各种趣闻轶事，不时加上几句妙趣横生的评论，中间还夹杂着阵阵发自肺腑的笑声。他不停地点头哈腰，装出一副毕恭毕敬的样子，满嘴里叫着"公爵大人""尊敬的公爵大人"……最后，莫尔尼公爵的怒气也烟消云散了，这件事就这样不了了之。

不过，维尔梅森这一招在对付德·佩西尼公爵的时候就不灵了。面对冷若冰霜的德·佩西尼公爵，维尔梅森插科打诨、装疯卖傻的伎俩通通无效。幸好莫尔尼公爵对维尔梅森青眼有加，原谅了《费加罗报》的种种过失。在那些年里，《费加罗报》闯下了无数滔天大祸，惹恼了许许多多的实权人物。多亏了莫尔尼公爵的保护，这家报纸才得以幸存，未被查封。整个报社对莫尔尼公爵感恩戴德，把他视作报社的守护神。如果有可能的话，他们甚至会在总编办公室的墙壁上辟一个神龛，把莫尔尼公爵当成活神仙供起来。

可惜好景不长。一天早上，《费加罗报》在最显眼的位置刊发了一篇由亨利·罗切福德撰写的文章。这篇文章不过是一篇剧评，罗切福德在文章中用尖酸刻薄的语调评论了"德·圣雷米所作的一部剧作"。莫尔尼公爵闲时喜欢舞文弄墨，而"德·圣雷米"正是他的笔名。这篇文章让公爵大人如坐针毡，怒火中烧。他又把维尔梅森叫了去。

---

① 立法团：法兰西第二帝国的立法机构，由选举出的两百多名议员组成。莫尔尼公爵于1854年出任立法团主席。

“这个罗切福德到底是怎么回事？我怎么得罪他了？为什么把我的剧作批得体无完肤、一文不值？”公爵暴跳如雷。要知道，政客们对自己的文字十分自负。一旦有人白纸黑字地批评他们的大作，伤了他们的自尊，他们就会撕破脸皮，平日里装出来的谦逊和蔼立马一扫而空。

而维尔梅森则装出一副痛心疾首的样子：“哎呀呀！这简直就是晴空霹雳！公爵大人，我敢发誓，如果我事先知道这事，我是决不会让这篇文章见报的。可是事不凑巧，当天我没去报社，也不知道是哪个促狭鬼钻了这个空子，把这篇文章弄上去了。唉，您看，我对这件事深表遗憾……之前我的确没有收到一点风声，我对此事毫不知情……”

莫尔尼公爵勉强接受了维尔梅森的“道歉”，又一次放过了《费加罗报》。不过这件事在当时引起了轰动，人们争相购买《费加罗报》，只为了读一读那篇让莫尔尼公爵大为光火的文章。当天《费加罗报》的销量猛增，而维尔梅森别提多高兴了。

亲爱的读者，通过以上几个小故事，或许你已经意识到，尽管维尔梅森善恶难辨，他对报社的感情却是始终不变的。他全身心地投入到报社的工作中，任何时候都以《费加罗报》为重。他先是小心翼翼地摸索，期间也难免走过一些弯路，碰过几回壁。不过一旦他找准了方向，他就义无反顾，勇往直前。《费加罗报》已经和他的生命融为一体。

维尔梅森本人甚至也影响了《费加罗报》的风格，《费加罗报》已经成为他生命中重要的组成部分。办好《费加罗报》成了他的使命，而他也的确是《费加罗报》总编的不二人选。他精力充沛，整天上蹿下跳，只要一现身就能把旁人镇住。他忽冷忽热，喜怒无常。或许现代人觉得不可思议，可是这种性格在当时的巴黎却被视为一种时尚。他不吸烟不喝酒，毒舌和铁拳都吓不倒他。他勇于进取，对所谓的道德观念不屑一顾。他没有任何坚定的政治信念，随时乐于摒除偏见。不过他总要装出一副道貌岸然的保王派嘴脸，还要添上几分哲学家的风度。或许，鉴于他自己的身份，他觉得这副面貌是最相宜的。实际上，维尔梅森更适合去做一个胆大妄为的海盗头子。二十年来，他披着保王党的外衣，驾驶着《费加罗报》这条大船，随心所欲，横冲直撞。

在报社里，维尔梅森就像一个反复无常的暴君。在这个暴君的外表下面，藏着对《费加罗报》的一腔热忱。1858年的时候，《费加罗报》刚刚诞生。每个周四上午大约十一点钟，维尔梅森就会出现在弗莱尔迪咖啡馆或弗农咖啡馆。他名为吃早餐，实际上是去和咖啡馆里的闲人分享各种趣闻轶事。如果他讲的故事能把大伙儿逗得哈哈大笑，他就暗暗记下，准备让人撰稿刊发在下一期报纸上。如果众人对他讲的故事反应冷淡，他便弃之不用。

他喜欢倾听众人的意见，还不时问旁人对某篇文章的感想如何。他经常在咖啡馆里问某个人："你觉得张三最近写的那篇文章怎么样？"如果这个人回答："写得真好！""妙趣横生！""那作者实在是太有才了！"……维尔梅森听到这样的话肯定会乐不可支。随后他一脸喜色地跑回报社，一进门就大声喊道："张三在哪儿？叫他来见我，这小子真是太有才了，谁也比不上他！全巴黎都在谈论他写的文章呢！"这时众人便忙不迭地将这个可怜的撰稿人推到维尔梅森面前。维尔梅森大大称赞了他一番，还给他涨了薪水。几天之后，维尔梅森又碰到那个闲人。可是这回这个人却向他抱怨："张三的文章真是又长又臭，乏味得很！"哈，几天前这个人还把张三的文章捧上天去呢！不过维尔梅森顾不了许多。他听了之后便怒气冲冲地跑回报社，恶声恶气地把张三叫来。这回这个可怜的撰稿人不仅没有得到加薪，反而被扫地出门了。

类似的闹剧在《费加罗报》报社一而再再而三地上演，所有人都有可能扮演"可怜的撰稿人"这个角色，只看运气的好坏而已。之前可怜的艾伏伊老先生被扫地出门便是此类闹剧的最后一幕。我不幸目睹了这可怕的一幕，给我幼小纯朴的心灵留下了不可磨灭的阴影。

对于维尔梅森来说，开除一个撰稿人压根算不上什么大事。一个撰稿人走了，自然会有另一个顶上。而且，维尔梅森一直以为“下一个总是最好的”。在他看来，每一个人的脑子里都藏有一篇篇精彩的文章。这些文章藏在大脑深处，平日里不显山不露水，而问题的关键在于如何把这些文章弄出来。莫西里曾告诉我一件趣事：一天维尔梅森在大街上逛荡时碰到了一个扫烟囱的。他把这个扫烟囱工人带回报社，让他洗了个澡，再拉他到桌子前坐下。维尔梅森给他一沓稿纸，让他写文章。这个扫烟囱的落笔如飞，当真写了起来。据说那篇文章还很不错呢！在维尔梅森看来，只要是识字的人都能写文章。无论他们是声名显赫之辈还是默默无闻之人，只要文章写得好，就能在《费加罗报》上刊发。许多籍籍无名的作家偶尔灵光一现，写下几行精彩的诗句，就能赢得维尔梅森的喜爱和追捧。如此一来，这个作家也仿佛流星一般，瞬间发出惊人的光芒，惹人注目，名声大噪。不过，如果他的灵感就此枯竭，维尔梅森就会说这个人“才华已经耗尽”。据我所知，在巴黎有许许多多“才华耗尽”的落魄文人。他们或许凭借着几行诗获得了名望，却又在转瞬之间无声无息，湮没在芸芸众生之中。这真是一个奇异的时代，几行诗就可以耗尽一个人的才华！

话说回来，维尔梅森并不讨厌文学。相反，他自己读书不多，可一直对文学推崇备至。他把那些文笔好的作者称为“能驾驭文字的人”。维尔梅森对这类作家恭敬有加，那神态仿佛是一个老实巴交的农人听到牧师用高深的拉丁语讲道。不过他的直觉告诉他，这类文章皆是阳春白雪，曲高和寡。精烹细作的龙肝凤髓虽好，却填不饱肚子，不如一份厚实可口的馅饼来得实在。当然，他的这种看法也不无道理。对维尔梅森来说，《费加罗报》多刊登一些普罗大众喜闻乐见的文章方为上策。

有一天，他和作家乔温聊天，当时我正好也在场。他一脸不快，不加掩饰地对乔温抱怨：“你写文章时反复推敲，精雕细琢，弄得整篇文章文绉绉酸溜溜的。我手下这群家伙都夸你写得好，写得妙。因此我就把你的文章刊登在我的报纸上。你猜怎的？根本就没人看你的文章！”

“什么？没人看！这怎么可能！”乔温很是吃惊。

“那你愿不愿意打赌？”维尔梅森说道。“看，都德可以做我们的见证人。你随意挑一篇自己的文章，我让人在其中添进‘康布罗纳的名言。然后我们看看有没有读者能发现这硬生生加进去的粗话。只要有人发现了，就算我输了。你敢不敢赌上一把？”

最终这个赌并没有打成。看来乔温对自己的文章还是信心不足，根本就不敢跟维尔梅森赌上一把。

来自普罗旺斯的鼓手

十一月里的一天早晨，我还没起床，这时突然响起了一阵敲门声。我忙问道：“是谁？”

门外的人回答：“先生，一个人拎着一大堆东西，说是来找您的。”

我想当然地认为那是给我送包裹的脚夫。我开门一看，才发现自己错了。来者并不是什么脚夫。在初冬清晨的黯淡日光中，一个淳朴的小伙子出现在我面前。只见他头戴一顶圆帽，身上穿着短袄——那短袄可是普罗旺斯牧童的特色服装。他的身材并不高大，脸上蓄着厚厚的胡子，温柔的目光中透出一丝焦虑和执拗，说起话来还带着浓浓的乡音。那浓重的乡音让我想起了阳光灿烂的南方，想起了大蒜飘香的普罗旺斯乡间。

这个不速之客掏出一个信封：“您好，先生，我叫布伊森。”

我接过信封，信封上两行工整而熟悉的字迹映入我的眼帘。这封信出自弗里德里克·米斯特拉尔之手，只有寥寥数行：“我让我的朋友布伊森去找你。他是一名鼓手，想在巴黎闯荡一番。请你帮助他，指引他。”

什么？让我指引一名鼓手在巴黎闯荡一番？唉，这些南方人的想法还真是奇怪！

我看完了信，对布伊森说：“据说你是一名鼓手？”“没错，都德先生，”这个陌生人说道，“我是最棒的鼓手。您如果不信，我可以当场演奏一曲给您听听。”

说完他赶忙跑到楼梯拐角处去取他的行李。他手中拿着一个细长的方形盒子，肩上扛着一个笨重的圆筒，圆筒外面盖着一层厚厚的羊毛毡。布伊森打开盒子，取出一根三孔短笛，接着又揭开那层羊毛毡，露出一面塔波鼓[1]。

不识货的人看到这面又笨又重的塔波鼓或许会觉得可笑至极，可是它却勾起了我的思乡之情。我看着这件路易十四时期流传下来的古董，忍不住热泪盈眶。鼓身是用上等的胡桃木做的，上面还雕刻着浅浅淡淡的花纹。经过无数

① 塔波鼓：一种双面小鼓，通常用一棍击鼓，同时吹奏三孔短笛进行伴奏。

岁月的打磨，这面鼓的鼓身显得油光滑亮，还蒙上了一层凝重的光泽。只要用手指轻轻一敲，这面鼓便会发出浑厚柔和的响声，仿佛一头沉睡的怪兽刚刚被唤醒。

布伊森一脸严肃。他把塔波鼓挎在左肩，右手拿着鼓棒，左手用三个手指夹着三孔短笛。亲爱的读者，如果你曾有幸欣赏过一些十八世纪的古画，你或许曾在画中见过演奏这种古老乐器的乐师。而布伊森恰似古画中的乐师踏入现实世界。他用镶有象牙的鼓棒轻敲鼓面，同时吹响了左手中的短笛。塔波鼓发出浑厚的“砰—砰—”声，而三孔笛也不甘寂寞地“嘟—嘟—”直叫，听起来仿佛一只不知疲倦的秋虫在雨中放声歌唱。

在一阵“嘟—嘟—砰—砰—”的乐声之中，我早已把巴黎抛在脑后，而初冬的严寒也如潮水般退去。鼓声和笛声把我带回了普罗旺斯。我忽而觉得自己正走在海滩上，面前是万顷碧波，阵阵涛声不绝于耳；不一会儿我又恍惚觉得自己正坐在罗讷河边的白杨树下乘凉，聆听微风在树叶间歌唱；转眼间我又仿佛身处乡间茅舍之中，窗外传来深情的小夜曲和嘈杂的人声；我仿佛又听到了普罗旺斯乡民们在齐声高唱赞美诗，看到能歌善舞的青年男女在纵情歌唱，翩翩起舞，他们的身影在大树下、草地上、尘土飞扬的路边、一行行紫色的薰衣草之间忽隐忽现……在这种时候怎么少得了音乐呢？只见人群的后面现出一个鼓手的身影，他踩着音乐的拍子，边走边敲，他的膝盖不时触碰到身前的塔波鼓，使其不住地晃动，整面鼓仿佛突然活了过来……

在隆隆鼓声和清脆笛音中，这一幕幕景象越来越生动，越来越形象。啊！这鼓声和笛音唤醒了多少美好的回忆！亲爱的读者，换你来听布伊森敲鼓，或许你会无动于衷，你也无法看到在我脑海中浮现的一幕幕美景。只有真正的普罗旺斯人才能从这鼓声和笛音中感受到这一切。这些景象一直尘封在我的记忆之中，可是在这个初冬的清晨，布伊森把它们唤醒了。他的鼓声和笛音仿佛一粒火种，把这些美好的记忆全部点燃了。米斯特拉尔猜得没错，他知道布伊森的演奏一定会打动我的。

一曲终了，布伊森看上去也兴奋莫名。他告诉我他如何努力，如何奋斗，还告诉我有人认为塔波鼓和三孔笛是过时的老古董，而他为了保护这两样东西出了多少力。

他对我说，有些“傻瓜”居然想到要在三孔笛上多钻两个孔，还说这是为了改进三孔笛的音色。哈哈，这些傻瓜竟然想要五个孔的笛子！布伊森固执地认为祖宗留下的三孔笛是世上最好的乐器。听啊，有什么乐器能奏出如此清脆的乐声？有什么乐器能拥有如此优美的音色？有什么乐器能奏出如此欢快的歌曲？有什么乐器能让一个个颤抖的音符跳起舞来？

说到这儿布伊森羞怯地看着我，仿佛突然想起什么似的。接着他就谈起了自己的“感悟”。他对我说：“有一天晚上，我坐在橄榄树下，一只夜莺正在枝头歌唱。我心想：‘上帝只给了夜莺一张嘴，可是它却能唱出这么动听的歌曲！我的短笛还有三个孔呢，难道还不如只有一张嘴的夜莺？布伊森啊布伊森，难道你还不知足？还要多加两个孔做什么？’”

现在回想起来，他这番话实在是过于自以为是了。他说话时带着浓浓的南部乡音，这种口音即使是在最庄严最感人的场合也会让人忍俊不禁。不过说实在的，当时我不仅觉得他说得很在理，心里还有几分感动呢。

一个真正的南方人总喜欢与他人分享自己的喜怒哀乐，总以为别人能和自己一样感同身受。我也不例外。说心里话，我很喜欢布伊森和他的音乐，我据此推断别人也一定会为他的演奏而倾倒。我拉着布伊森跑遍巴黎各处，只要有机会就把他当成稀世珍宝推到众人面前。我把所有朋友请来，在自己家中搞了个小型音乐会。这是布伊森的专场演出，他用塔波鼓和三孔笛演奏了一番，最后还不忘谈谈“自己的感悟”——看来他认为这番“感悟”具有醍醐灌顶的魔力，永远也说不厌。我的朋友们有礼貌地倾听他的演奏和“感悟”，看上去他们也被布伊森的演奏所打动。

这不过是第一步。当时我的一部普罗旺斯风情剧即将在安比居大剧院进行彩排，我便趁此机会向剧院经理霍斯顿推荐了布伊森。整整八天，我一直跟在霍斯顿屁股后头，竭尽全力地说布伊森的好话，把他捧上天去。我觉得自己的口水都快说干了。最后霍斯顿总算松口了："好吧，好吧，就让他在你的戏剧中演奏一段吧，说不定还能引起观众的关注咧。"

我把这个好消息告诉布伊森，布伊森兴奋得一宿没合眼。第二天，他带上他的乐器，和我一同坐上一辆出租马车前往安比居剧院。中午十二点一刻的时候，我们在剧院的侧门下了车，焦急地等待着彩排开始的那一刻。那侧门是专供演员、剧作家和舞台工作人员出入剧院的专门通道。这个供专人出入的剧院侧门看上去总是一副寒酸晦暗的景象，即使是最豪华的剧院也概莫能外。一群奇形怪状的人和我们一起挤在那低矮的侧门前，准备登台彩排。

门开了，演员和舞台工作人员鱼贯而入。我和布伊森夹杂在人流之中，走进那低矮的侧门。门后是一条长长的通道，通往后台。这条通道里黑灯瞎火的，又冷又湿。当然，这也并非安比居剧院的"特色"，其他剧院也是如此。布伊森在通道中摸索着向前走，忍不住说了句："老天！这里真黑啊！真冷啊！"

他的鼓仿佛也想抱怨几声。这条通道弯弯曲曲的，布伊森路又不熟，他背着的鼓不住碰到墙壁，隆隆作响。最后，布伊森爬上一段窄窄的楼梯，梯板不住吱吱作响，而布伊森的鼓不小心撞到了阶梯上，弄出更大的响动。我们俩跌跌撞撞，狼狈不堪，最后终于爬上了舞台。

人们所熟悉的是夜间的剧院。在华灯初上之时，剧院装点一新，打开大门迎接一群群满怀期盼的观众。那时节烛火煌煌，人声鼎沸。可是很少有观众见识过彩排时的剧院。此时舞台上并没有安放布景，看上去光秃秃的。整个剧院空空荡荡，死气沉沉，犹如幽深的洞穴。演员和舞台工作人员不停走动，低声交谈，他们的声音在空荡的剧院中回响。你如果身处其中，会不由得产生一种错觉。你或许会以为自己正身处矿井之中，和一群成日窃窃私语的矿工为伍；你或许以为自己正站在鬼影憧憧的冥河河畔，聆听亡魂们的哀叹。一股潮湿的霉味在空中弥漫，其中还夹杂着一丝煤气的臭味。这股怪味简直无孔不入。因为是彩排期间，照亮舞台的煤气灯并没有点亮，只有一盏小小的吊灯洒下微弱的光芒。这盏吊灯在煤气嘴周围还围着一圈铁丝网，看上去很像一盏矿灯。在这昏惨惨的灯光下，剧院中的人和物都蒙上了一层暗淡的灰色，所有一切仿佛都慢慢融入那浓黑的背景之中。在第二和第三层楼座的包厢区，不时有一扇门被打开了。一束光线透了进来。站在舞台上的人本来就很容易产生如陷枯井之中的错觉，而这不合时宜的光线则让这种感觉更为强烈。这束误闯进来的光线使周遭的黑暗变得更为浓重，让人更感压抑。

显而易见，布伊森从未见识过这样的场面，他不禁乱了方寸。不过他很快就镇静下来，在舞台上找到自己的位置。一只倒扣的木桶正摆在舞台上阴暗的角落里。布伊森勇敢地走过去，把塔波鼓摞在这个木桶上。远远望去，舞台上仿佛突然长出了两个摞在一起木桶。我试图向霍斯特解释：“在普罗旺斯，鼓手们都是一边走动一边演奏的。现在你让他站到一个木桶上……这显然是行不通的。”可是霍斯顿固执己见，他说鼓手跟吟游诗人没什么两样，而在舞台上吟游诗人一般都得有个固定的位置，到处乱跑可不行。

布伊森倒是能随遇而安。他对我说：“都德先生，没关系的。我站在桶上也能演奏。”说完，他跳上木桶，用脚小心地试探了一下，找到一个稳固的落脚点。他拿起鼓棒和三孔笛，藏身于一块森林布景之后，绳索、绞轮和各种奇形怪状的舞台器械几乎要把他淹没了。正在舞台上忙活的导演、演员、编剧和工作人员停了下来。他们退到舞台边沿，想要看看远距离的演奏效果如何。

布伊森的声音从一片黑暗中传来：“我想谈谈自己的感悟。一天晚上我坐在橄榄树下，一只夜莺在枝头歌唱……”“行了，行了！马上给我们演奏一曲吧！”我打断他的话。说实话，他的“感悟”已经让我耳朵起茧了。

“嘟—嘟—砰—砰！”鼓声和笛声响起，随之响起的还有人们的窃窃私语。我忍不住说道：“别出声！他已经开始演奏了！”可是他们却说：“我们总要评判他的表演效果吧，总得让我们说说好坏吧！”

天啊，这实在是糟透了！现在听布伊森演奏的可不是一群彬彬有礼的朋友，而是一群吹毛求疵的专业人士。在他们看来，这种演奏方式土里土气的，可笑至极。那乐曲声听起来就像刺耳的羊叫声和虫鸣声从舞台某个阴暗的角落不停传出。尖酸刻薄的演员们平日里看到别人当众出丑总是幸灾乐祸，现在他们正鄙夷地撇着嘴，嘴角还挂着一丝不加掩饰的嘲笑；负责防火的工人站在煤气灯下，几乎笑岔了气；昏昏欲睡的台词提示员被阵阵鼓声惊醒，他用双手撑着身子，把头探出小窗外想看个究竟，远远看过去就像一只乐不可支的大海龟[①]。尽管如此，布伊森还是自顾自地演奏。演奏结束后他又开始大谈他的“感悟”：“上帝只给了夜莺一张嘴，可是它却能唱出这么动听的歌曲！我的短笛还有三个孔呢，难道还不如只有一张嘴的夜莺？”

“这家伙在说些什么？什么夜莺只有一张嘴……到底是怎么回事？”霍斯顿问道。

我试图向他解释布伊森的“感悟”为何物，为什么三孔笛比五孔笛好，一个人同时演奏两样乐器是多么不容易……这时一个名叫玛丽·劳瑞的女演员插了一句：“那为什么不再找一个人来演奏呢？那样岂不更好？”

我磨破嘴皮，想让他们明白为什么一个人要同时演奏两种乐器；我费心竭力地向他们解释，既吹笛又敲鼓的鼓手是普罗旺斯乡间舞会上不可或缺的一部分；我告诉他们普罗旺斯的乡间舞步是怎么样的，还傻乎乎地在舞台上演示一番……可是这一切都是徒劳。我已经看清了问题的症结所在。布伊森那古老

① 当时的舞台最前方有一个稍稍高出台面的方形体或半球体，直通到舞台下方，面向舞台内部的一侧开有一扇小窗。台词提示员就坐在舞台下方，通过方形体或半球体上方的小窗对舞台上的演员进行提示。

的乐器和他身上的普罗旺斯民间风情唤醒了我对南部田园的美好回忆，可是这群对普罗旺斯知之甚少的巴黎人如何能理解这乡土音乐在我心中引发的诗意情怀？要想让他们和我一样感同身受，就必须让他们看看普罗旺斯湛蓝的天空和淡淡的远山，让他们沐浴南方灿烂的阳光，感受淳朴的风土人情。可此时此地如何能让他们见识普罗旺斯的蓝天、阳光和薰衣草？他们对布伊森的音乐无动于衷也就不足为奇了。

其他人不再理睬布伊森，若无其事地继续彩排。可怜的鼓手还傻呆呆地站在木桶上一动不动。他满怀信心，觉得自己已经获得了大家的认可，一定能参演这幕戏剧。第一幕戏剧已经彩排完毕，而布伊森还站在那个木桶上。我模模糊糊地看到他那伶仃的身影藏在舞台一角的阴影里，实在是于心不忍。我叫道："布伊森，下来吧，快下来！"

"我们不是要开始彩排了吗？"那可怜的鼓手问道。

这个可怜人看上去扬扬自得，或许他还以为自己的演奏征服了在场的一众巴黎人。他变戏法似的掏出一张纸，我接过来一看，原来那是一份演出合同。布伊森具有农人的狡黠和先见之明，早早就准备好了一份合同，合同上还盖着他的私章。

看到这份合同，我忙说道："别忙，今天还不是时候。你要耐心等等，过后他们会写信给你的……哎，看着点！你那面鼓把布景和道具撞得东倒西歪的……小心点！"说实在的，当时我觉得布伊森和他那土里土气的乐器使我颜面无存，恨不能带着他速速离开。

我带着布伊森灰溜溜地朝剧院门口走去，一路上还生怕别人瞧见。我们走到街上，叫来一辆出租马车。当我钻进马车时，不由得长长地舒了一口气。唉！过后我整整一周不敢在安比居剧院里露面。

可是事情还没有完。几天之后布伊森又跑来找我："都德先生，什么时候签合同？"

“啊？合同？哦，是这么回事，霍斯顿还在犹豫，他似乎对你和你的鼓不感兴趣，或许他不懂得欣赏你的音乐……”

“那他就是一个不折不扣的蠢货！”布伊森骂道。

听到那好脾气的鼓手咬牙切齿地咒骂剧院经理，我愈发觉得自己罪孽深重。当初他的鼓声和笛声让我如痴如醉，我不吝赞美之词吹捧他的音乐，把他夸得举世无双。这个鼓手内心的平静已经被打破了。在这些溢美之词面前，他的自知之明早已雪释冰消。他真的以为自己才华出众，似锦前程正向他频频招手。他还以为自己即将以鼓声和笛声征服整个巴黎。这都是我的错，是我在他心中播下了不切实际的种子。

他对成功的幻想犹如雪崩时的雪球，越滚越大，而我根本无力阻挡。我也不打算把他从美梦中喝醒，我心里明白那只是徒劳。

与此同时，布伊森当真用自己的鼓声和笛声征服了两个巴黎人——费·大卫和泰奥菲尔·戈蒂耶。他们也收到了米斯特拉尔写的信，内容与写给我的信大同小异。这两个人喜好诗意和梦幻，感情敏感细腻，联想丰富，容易感动。他们听着布伊森那淳朴的鼓声和笛音，一幕幕美景自然而然地在他们脑海中浮现。其中一个说这音乐让他回忆起自己的家乡杜伦斯，卡代纳山坡上那破败倾颓的露台仿佛又浮现在他的眼前。另一个的思绪则被带到更加遥远的地方，他觉得这单调的鼓声和笛声与阿拉伯乐器达布卡的琴声颇为相似，让他回想起在伊斯坦布尔金角湾度过的美好夜晚。不瞒您说，他的话的确让我一头雾水，我也弄不明白塔波鼓和三孔笛与阿拉伯乐器有什么牵连。

尽管布伊森的音乐与当时巴黎的氛围格格不入，费·大卫和泰奥菲尔·戈蒂耶一时兴起，还是对布伊森的才华赞不绝口。整整半个月以来，各大报纸不断地刊登有关这名普罗旺斯鼓手的文章，布伊森的照片也出现在各种报纸和杂志上。照片上的布伊森肩上挎着塔波鼓，手里捍着笛子，脸上流露出扬扬自得、睥睨众生的神色。可想而知，这样的“成功”让他欣喜若狂，他大把大把地购买这些报纸和杂志，把他们寄回家乡，好让乡亲们瞧瞧。

布伊森还不时来看看我。从他口中，我得知他在某个艺术家的画室参加了一个“乌烟瘴气”的聚会，还曾经出入圣日耳曼区[①]的上流社交圈——看得出他对此深以为荣，成天把“圣日耳曼区”挂在嘴边。在此类聚会上，布伊森在演奏之余，还不忘讲讲自己的“感悟”。他的演奏和“感悟”也的确打动了在场的老太太们，唤醒了她们珍藏已久的尘封梦境。

当时布伊森住在布雷德区的一间小公寓里。他生怕自己成名之后应酬过多而导致技艺生疏，竟然在这闹市区的公寓里每天练习敲鼓吹笛。他住在五楼一间附带家具出租的房间里，每天都勤练不辍，还总喜欢踩着乡间舞步练习各种舞曲。不仅整栋公寓的住户不堪其扰，甚至连整个布雷德区的居民们都大声抗议抱怨，说那“嘟—嘟—砰—砰”的噪音把他们吵得头都要炸了。邻居们集合起来，写了一封正式的投诉信以示抗议。可是布伊森对此置之不理，依然我行我素，变本加厉。被鼓声和笛声吵得无法入眠的人越来越多，抱怨抗议的声浪也越来越高。最后在某天晚上，当布伊森回到自己的住处，公寓的看门人却拒绝给他开门。

布伊森摆出一副大艺术家的架势，傲气十足地把这件事上报给当地的治安法官，希望法律能给他一个说法。对于音乐家来说，法国的法律是非常不近人情的。就拿小号来说吧，号手们一年三百六十四天都只能躲在地下室里练习，只有在忏悔星期二这天可以上到地面来透透气。不过当时的法律并没有专门针对塔波鼓和三孔笛的法律条文。令人惊奇的是，布伊森最后竟然打赢了这场“扰民官司”。此次胜利让布伊森愈发得意。他以为自己无所不能，连法律都会站在他一边。

一个周日的清晨，我收到一张请柬，得知布伊森即将在夏特莱大剧院登台演出。看在和布伊森交情的份上，我觉得自己有义务去捧捧场。我朝夏特莱

① 圣日耳曼区：当时巴黎的上流社会聚居区。

大剧院走去，心里隐隐觉得不安，仿佛不祥的阴云正在渐渐聚集。

我走进一间气派宽阔的演出大厅。大厅里已经坐满了观众，看来之前我们几个文人对布伊森的吹捧的确取得了奇效。不一会儿，人声嘈杂的大厅突然变得鸦雀无声，所有人都屏住呼吸，看着舞台上的帷幕慢慢卷起。当我看清舞台上的景象，我不由得发出一声惊呼。这个舞台非常之大，即使同时站上五六百人也不嫌挤。在这个空荡荡的舞台上，只站着一个人。布伊森孤零零的身影出现在舞台中央。他穿着窄窄的外套，戴着一对大大的手套，看上去就像漫画家格兰维尔所画的一只大蟋蟀。我赶忙举起看戏用的小型望远镜。我看到他正在不停地挥舞着手臂，仿佛一只蟋蟀在不停地扇动着翅膀。这个可怜的鼓手用尽全力，不停地敲着鼓吹着笛。可是这个观演厅实在是太大了，他离我们太远了，那鼓声早已消散在宽阔的大厅之中，观众们连些许微弱的声音都听不到。那情形仿佛一只蟋蟀在在空旷的战神公园[①]扯破喉咙拼命歌唱，可是路过的行人怎么可能听到那细碎的虫鸣？他距离观众实在是太远了，观众们无法看清他的短笛究竟有多少个孔，他即使想谈谈自己的“感悟”也无从谈起。

我不由得红了脸，暗地里为布伊森感到尴尬和难过。坐在我周围的观众看得一头雾水，不停地窃窃私语：“这是怎么回事？这是什么表演啊？”不久之后就响起了包厢的开门声和关门声，许多人离开了观众席，整个观演厅渐渐变空了。不过留下来的观众很有教养，他们并没有发嘘声喝倒彩，只是很有礼貌地等待演出结束。

演出结束之后，我走到大门口等布伊森，希望能尽我所能，好好安慰他一番，为他打打气。可是你猜怎的？他根本就不需要我的安慰和鼓励，他一脸喜色，还以为自己取得了巨大的成功呢！他又变戏法似的掏出一张合同，上面盖着他的私章：“我要等这里的剧院经理科伦涅来找我，我要和他谈谈合同的事。”

---

① 战神公园：巴黎市区的公园，位于埃菲尔铁塔附近。

这回我再也受不了了。我鼓起勇气，一口气说出自己心中所想："我说布伊森，我们犯了一个大错。我们不应该妄想用你的鼓声和笛声征服巴黎人的心。他们根本就听不懂，也不会欣赏这种音乐……你看，我、戈蒂耶和大卫都对形势作出了错误的判断，让你产生了错觉和不切实际的妄想。唉，布伊森，我实在不想打破你的美梦，可我不得不这么做……听我说，你不是枝头的夜莺，用一张嘴就能唱出动听的歌曲。况且，这些巴黎人也没有被你的音乐打动……"

"可是，"布伊森想打断我的一番说教，"我觉得……"

"好了，好了，我的朋友，我知道你心里在想什么。可是你得承认，你毕竟不是夜莺。夜莺飞到各处，不停歌唱，所有人都听过夜莺的歌曲，都熟悉夜莺的歌声。我的朋友，你充其量就是一只知了，发出单调的声响。当然，如果是在普罗旺斯乡间，头顶着碧蓝的天空，秀美的山峦环绕四周，橄榄树在风中摇曳，松林散发着阵阵清香，一粒粒金黄色的松脂在厚厚的松树皮上凝结……在这种环境下，知了的歌声是十分动听的，那是因为这歌声和周围的景致相得益彰。可现在呢？看看你周围吧。巴黎铅灰色的天空压在你的头顶，整日都是凄风苦雨，不见一丝阳光。你就像一只被雨水打湿翅膀的知了，成为众人的笑柄。带上你的塔波鼓和三孔笛，回普罗旺斯去吧。你可以像知了一样从早唱到晚，你可以为乡村舞会伴奏……在乡村节庆中，你还可以走在游行队伍最前面，领着一群斗牛士走过大街小巷……想想吧，在普罗旺斯乡间，你被视为诗人和艺术家，可是在这里呢？人们只会把你当成一个可笑的街头艺人。"

布伊森没有说话，只是意味深长地眨眨眼。他那温柔的目光中透出一股执拗，仿佛在说："我的朋友，我知道你是在嫉妒我所取得的成功！"

我简直无话可说。几天之后，布伊森跑来找我。他傲气十足地对我说，夏特莱剧院的经理科伦涅也不愿和他签订合同。看来这个科伦涅和霍斯顿一样，是个不懂音乐的蠢货。这样的结局原本就在我的意料之中。可这时布伊森话锋一转，说他又获得了一个千载难逢的好机会。有人请他在一个音乐咖啡座表演，每天晚上付给他一百二十法郎。他已经提前签好了演出合同。说着他当真拿出一份合同给我看，以证明他所言非虚。我后来才知道，这一纸合同究竟意味着什么。

这家音乐咖啡座的经理到底是怎么想的呢？或许，他的小店已经濒临破产的边缘，他已经被黯淡的前景吓得不知所措。试想一个人要陷入何等绝望的境地，才会把布伊森当成最后一根救命稻草？或许，他根本掏不出钱来，签合同的时候再爽快又有什么用呢？不过来自普罗旺斯的布伊森并不会想得如此深远，只要有人愿意在他的合同上签字，他就心满意足了。

此外，布伊森告诉我，虽说是在音乐咖啡座演出，他还要穿上一身戏装。“他们要我扮成古时候的吟游诗人，”他宽容地笑着说。“不过我无所谓。再说了，那身戏装倒还挺适合我的，不信您到时候去瞧瞧。”

我当真去捧场了。那个音乐咖啡座位于圣丹尼门[①]附近。在法兰西第二帝国最后几年里，那一带突然变得繁华起来。富有异国情调的装饰随处可见，中国风和波斯风混杂在一起。街上增加了许多煤气街灯，四处亮堂堂的，墙上的绘画和镀金装饰在强烈的亮光中闪闪发光。道路两旁遍布无数小剧院和音乐咖啡座。在这些鱼龙混杂的地方，各种不入流的艺术家们或是款摆腰肢跳着不堪入目的舞蹈，或是哼唱着各种露骨的俚俗小调。据说就连尊贵的公爵夫人和大使夫人也曾偷偷光顾这些地方，为那些可怜的艺人们鼓掌叫好。

这类演出场所总是乌烟瘴气的。我走进布伊森所说的那个音乐咖啡座，放眼望去，只看到许多人的后脑勺和无数白花花的啤酒杯。烟斗和香烟冒出的浓烟，混合着人们呼出的热气，在狭小的空间中氤氲弥漫。观众们大吵大嚷，要东要西，服务生们脚不着地，疲于奔命。台上站着一个掌控全局的乐队指挥。只见他打着白色的领结，一本正经，不苟言笑。他仿

① 圣丹尼门：巴黎的一座凯旋门，位于巴黎第十区圣丹尼郊区街附近。

佛是呼风唤雨的天神，可以让五十把管弦乐器卷起一场狂风暴雨，也可以让它们归于平静。

我找了个位置坐下来，台上的演出开始了。先是一个长相还过得去的姑娘出现在台上。她扭捏作态地唱了一首无病呻吟的情歌，接着又换人上来唱了一段火辣辣的情歌对唱，我只记得那歌者的手臂在灯光下显得红通通的，仿佛一小段红辣椒。接下来轮到布伊森上场了。啊，那场面我一辈子也忘不了！大约五六个姑娘跑到台上，她们穿着低胸的白色舞裙，张着嘴似笑非笑，围成一个半圆。布伊森坐在她们中间，一手拿着三孔笛，塔波鼓搁在膝上。他当真扮成了一个吟游诗人。唉，与其说是吟游诗人，不如说是一个小丑！他穿着一件可笑的马甲背心，一半是嫩绿色，一半是天蓝色。他穿的长裤也是如此，远远望去，只见他一条腿是鲜红色的，另一条腿则是明黄色的。他身上的衣服紧绷绷的，看上去都叫人难受。他头上戴着一顶尖尖的帽子，脚上穿着一双笨重的小丑鞋。啊，还有他那一脸胡子！他一直舍不得剃掉自己的胡子，现在他脸上的胡须又粗又长，仿佛黑色的瀑布飞流直下，看上去与他那一身小丑装束极不相称。

看来在场的观众们似乎也被布伊森这身装束震住了。所有人都热烈地鼓起掌来，众人的期盼也跟着水涨船高。看到如此热烈的场面，吟游诗人布伊森不由得咧开嘴笑了起来。观众们的热情和身旁五六个伴舞女郎崇敬的目光，让布伊森心里暖洋洋的，飘飘然不知所以。

可是当他开始演奏之后，情势急转直下。长期酗酒的人会丧失味觉，而听多了肉麻小曲儿的听众们也不会欣赏真正的音乐。来这里的听众们听惯了露骨直白的俚俗小调，布伊森的演奏根本不合他们的脾胃。这里的人可不像夏特莱大剧院的观众那样有涵养讲礼貌，他们开始大吵大嚷："够了，够了！快把他赶下台！"布伊森还打算讲讲他的"感悟"。他刚起了个头："一天晚上……"这时一些暴脾气的观众已经开始卷起袖子，大有跳上台去把布伊森揪下来的架势。在此紧要关头，舞台上的帷幕落下来了，台下响起一片嘘声。一身大红大绿的吟游诗人灰溜溜地跳下舞台，仿佛一只羽毛鲜亮的鹦鹉被一场飓风卷走了。

说起来您或许不信，经过这番羞辱之后，布伊森还是不肯放弃。功成名就的妄想在这个普罗旺斯人心中扎了根，那美妙的幻境让他无法自拔。整整半个月，布伊森每天晚上都登台演出，可最后都被人赶下了台。这样的闹剧一而再再而三地上演，而布伊森一分钱也没有拿到。最后，直到执达吏在这家音乐咖啡座的门口贴上封条，宣告这家小店的倒闭，这幕无休无止的的闹剧才告一段落。

布伊森开始走下坡路了。他现身于各种不入流的咖啡厅和小酒馆中，其表演场所的水准也一降再降。可是布伊森还是坚持自己的梦想，他相信自己总会成功的。他一直把那张盖上私章的合同带在身上，幻想着哪家剧院的经理独具慧眼，和他签订长期的演出合同。

最后，布伊森流落到巴黎市郊的一个公园露天茶座。在那里，没有乐队伴奏，只有一台老掉牙的钢琴。艺人的表演是按小时结算费用的。那里的观众大多是微醺的游人和疲惫的船夫，还有周日出来透透气的店员。

一眨眼两三个月过去了。冬天的寒冷没有完全消退，春天的暖意仍然畏畏缩缩。一天晚上，我经过香榭丽舍大道，看到路边正在举行一场露天音乐会。主办者或许想先发制人，早早就叫人把各色灯笼挂在路旁光秃秃的大树上。当时天色阴沉，淅淅沥沥地下起了小雨。我突然听到一阵“嘟—嘟—砰—砰”的声音。我回头一看，看到布伊森正站在台上。他的头顶毫无遮盖，只影伶仃地站在寒风细雨中。他像真正的普罗旺斯人一样，拼命地敲着鼓吹着笛。坐在他面前的是零零星星的几个观众。他们打着伞，心不在焉地听着。

我实在没有勇气走过去。我在心里翻来覆去地想：“这都是我的错！如果我当初谨慎一点，不要流露出过分的热情，不要让不切实际的种子在他心中生根发芽，或许现在……”唉，可怜的布伊森！这只快乐的知了原本可以在乡间自由歌唱，可是他偏要飞到城里来，在严酷的凄风苦雨中挣扎求生。

屠格涅夫

我第一次见到屠格涅夫是在十几年前，地点是居斯塔夫·福楼拜位于慕里罗街上的公寓里。那是一间小巧的寓所，房间里挂着东方式壁毯，正对着幽静雅致的蒙素公园，从任何一扇窗口望出去皆是满眼绿意。我和四五个密友在周日时经常在此处碰面，共同度过一段愉快的时光。福楼拜家的周日聚会极少邀请陌生人，也不会有惹人生厌的家伙列席期间。

某个周日我和往常一样，到福楼拜家去会会老朋友。刚一进门福楼拜就把我拉到一旁："你认识屠格涅夫吗？来，我给你引见一下。"

我还没来得及回答，福楼拜就把我推进客厅。客厅里，只见一位头发胡须花白的高个子老人斜靠在摆满坐垫的矮榻上。一见到我他马上坐直身子，用炯炯有神的目光好奇地打量着我。

不得不说，当时法国人对外国文学知之甚少。法国人对旅行有一种莫名的恐惧，许多胆大妄为之徒即使胆敢跨越国界，最终也止步于各个法属殖民地。因此，法国人的思想也仅局限于国内。不过，所幸我还读过屠格涅夫的作品，他写的《猎人笔记》深深吸引了我。我以此为起点，还翻阅了他的其他作品。在和他碰面之前，我一直觉得自己和他心意相通。我们都热爱田园生活，我们对大自然的解读也不乏共通之处。

一般来说，擅长描绘景物的作家只要有一双敏锐的眼睛就行了。可是屠格涅夫不仅拥有一双犀利的眼睛，还拥有过人的听觉和嗅觉。此外，他还具有非同一般的通感能力。他可以向读者描绘在空中氤氲弥漫的乡村气息、奔腾歌唱的溪流和澄澈碧蓝的天空。他随心所欲，不受任何写作流派的束缚，把自己种种感受诉诸笔端，把大自然的美景展现给读者，而他自己也沉浸在其笔下的美景之中。

不过，当时并不是所有人都能欣赏屠格涅夫的作品。例如，从小到大一直居住在都市中的人们便无法体会他作品中所描绘的自然美。都市的喧嚣一直在这些城市人的耳边挥之不去，他们从没有听过密林中的寂静之声。在深山中，在密林里，在小河畔，大自然以为自己终于摆脱了吵闹不休的人群，长长地舒了一口气。在这种环境中，如果一个人能保持内心的平静，达到忘我的境界，他就能听到大自然美妙的交响乐。想象一下吧，试想你正坐在湖边，远处传来阵阵桨声。你并没有看到那条船，只有船桨击水的声音在静静的湖面上回响。你屏住呼吸，聆听那阵阵桨声，湖面似乎变得更宽阔了，周围的树丛也变得更加幽深。如果这时你能暂时忘却自我，如果你感到心头涌起一股莫名的悸动，那么你便领会了大自然美妙的天籁。

俄罗斯的大草原触动了屠格涅夫的心弦，他对自然美的敏锐感知促使他写下了《猎人笔记》一书。如果一个人能经常静下心来聆听大自然无声的乐章，他就会深深爱上自然，但这并不意味着他要完全无视人类的存在。《猎人笔记》一书也是如此。在此书中，对人类苦难的怜悯与同情形成了另一乐章，与自然的天籁相互呼应。这种怜悯宛如俄国农奴们哀伤的民谣，其中还夹杂着啜泣呜咽之声；这种同情犹如催人泪下的克里奥尔民谣，其中夹杂着声声叹息。这些充满怜悯和哀伤的歌谣代代流传，让人们在最苦最难的时候能借此喘口气。当你翻开《猎人笔记》一书，那哀伤的民谣和声声叹息仿佛就在你耳边萦绕。从某种意义上说，《猎人笔记》足以与《汤姆叔叔的小屋》相媲美，只不过其中少了些慷慨激昂，多了些哀伤叹息。

我在见到屠格涅夫之前就已经读过他的著作，对此深有感触。在我心中，他无疑是一流的作家，占据着文学金字塔的顶端。不过在此之前我连他是否还在世都不清楚，而他本人就在巴黎更是出乎我的意料。当我走到巴黎一栋公寓的五楼，当我走进福楼拜的家门，当我在那正对着蒙素公园的客厅中见到这位大文豪，我只觉得恍若梦中，心中的讶异难以言表。

我毫不掩饰自己的惊讶之情，还向他表达了我对他的仰慕和钦佩。我告诉他我曾在色纳特郊区的树林里阅读他的作品。在那幽静的小树林中，我能更好地感受他书中的世界。现在，关于色纳特郊区树林的记忆已经和他书中的故事融为一体。当我回忆起他的著作，郊区的美景仿佛又浮现在我眼前。我仿佛又看到了那片粉色的石楠，在瑟瑟秋风中渐渐凋零。

听了我的话，屠格涅夫也很惊讶："这么说你当真读过我写的书？"

接着，他告诉我他的作品销量惨淡，他本人在法国也没什么名气。出版商海泽尔出版他的书根本就没打算赚钱，纯粹是善心大发做做好事罢了。他的书目前只为小众读者所欣赏。屠格涅夫一直对法国很有好感，可是看到法国读者对他的作品如此冷淡，而他本人也在法国籍籍无名，他心中不禁充满了失落和悲伤。

他说这些话时流露出哀伤的神色，可是并无一丝愤懑之情。他对我们在1870年遭受的灾难①表示深切的同情，他对法国的喜爱之情也因此变得更为强烈。他不愿离开此地，而是打算在法国定居。普法战争前他一直去巴登②消夏，现在当夏季来临之时，他不再前往瑞士了，转而跑到布瑞瓦尔去欣赏塞纳河两岸的迷人风光。

在我与屠格涅夫初次见面的那个周日，其他几个朋友恰巧有事没能到福楼拜家来做客。我和屠格涅夫两人得以畅所欲言，推心置腹，一起聊了很久。我问他如何安排自己的写作，还问他为何不亲自将作品翻译成法文——要知道，他法语说得很好，只不过语速有点慢，想来是需要更多的时间进行思考吧。

他坦率地对我说，他之所以不亲自翻译自己的作品，是因为高高在上的法兰西学院和厚厚的法语辞典把他吓坏了。当他翻阅那本厚得吓人的法语辞典，他的手总会不住地颤抖，心里充满了恐惧。他感觉面前摆着的不是辞典，而是一本法典，上面罗列着犯下各种语法错误所应受到的惩罚。过后他总会犹豫不决，一种无力感油然而生，翻译自己作品的决心也就此烟消云散了。我还

① 指普法战争。

② 巴登：瑞士北部一城市，矿泉疗养地。

记得，他提到在那段时间写小说时写到“他那苍白的眼眸”一词还要斟酌再三，最后还是弃之不用，生怕法国的大学者们会挑他的刺儿，找他的碴儿。

在我所认识的作家中，这种焦虑并不少见。我的朋友米斯特拉尔也是如此。他向来擅长用普罗旺斯方言写作，而法兰西学院的大学者们指定的各种条条框框束缚着他的手脚，厚厚的法语辞典和法语语法书压得他喘不过气来。我向屠格涅夫表达了我对此事的看法。我说法语并不是一种僵硬且一成不变的语言，也绝不是辞典和语法书中罗列的条条框框。我认为法语是一种生机勃勃的语言，它犹如一条汹涌澎湃的河流，其中自然也有糟粕和垃圾。随着河流不停冲刷流动，去粗取精，去伪存真，好的文字——且不论它是否完全符合当时的语法规范——最终一定能保存下来，成为这条长河的一部分。

最后，屠格涅夫起身告辞，他说他要陪同“女士们”去参加由帕斯德洛普指挥的音乐会。我和他一同离开福楼拜家。说实在的，得知他也喜欢音乐让我很高兴。在当时的法国文学界，舞文弄墨的作家们对音乐很是反感，反而对绘画情有独钟。泰奥菲尔·戈蒂耶、雨果、班维尔、龚古尔、左拉、勒贡尔·德·李勒……他们都讨厌音乐。我自认为是第一个鼓起勇气承认自己喜好音乐的文人。我还承认自己对绘画一窍不通，什么色彩啦线条啦阴影啦……我完全是一头雾水。现在回想起来，我之所以偏好音乐而不喜欢绘画，或许是由于我体内南方人的本性在作祟。再者，我的眼神本来就不好，或许敏锐的听觉是弥补糟糕视觉的一种方法。至于屠格涅夫呢，他对音乐的喜好是来巴黎以后形成的。他客居在维亚尔多家中，这家人正好是搞音乐的。经过一段时间的耳濡目染，屠格涅夫对音乐的热爱也与日俱增。

他与维亚尔多一家维持了三十多年的深厚友情。屠格涅夫孤身一人，而好心的维亚尔多女士让他住进了自家位于杜埃街的宅邸。此前他提到的“女士们”便是葆琳·维亚尔多女士和她的几个女儿。他把这家的女儿当成了自己的孩子来看待。

过后不久，我亲自去到位于杜埃街的维亚尔多宅邸，前去拜访屠格涅夫。房子里的装饰精致奢华，安适怡人的环境透出浓浓的艺术气息，而维亚尔多一家人也很友好。我穿过前厅，无意中瞥见一扇半开的房门，门后的房间里摆满了绘画作品。姑娘们清脆的嗓音穿透重重帷幕，传到我的耳中。此外还有一个女低音正在练习歌剧《奥露菲》中的片段。那浑厚深沉的歌声宛如流水一般，沿着楼梯倾泻而下。我一步一步地走上楼梯，那女低音也随之渐渐升高。我走上三楼，走进一个小巧整洁的小房间。房间里挤挤挨挨地摆满了家具，看上去很舒适。看来维亚尔多一家的艺术品味也感染了屠格涅夫。葆琳・维亚尔多女士培养了他对音乐的爱好，而她的丈夫则提升了屠格涅夫对绘画的品位。

我走进房间，看到屠格涅夫正斜靠在沙发上。我在他身旁坐下，重新拾起上回的话题，和他聊了起来。他说我所说的话让他深有感触，他还答应在下个周日上福楼拜家拜访时带上一本新作。他当时正叫人把这本书翻译成法语，而他自己则全程指导把关。他还谈到他正计划写一本名为《处女地》的书，在此书中他打算描画在俄国腹地诞生的新阶层，书写那些穷苦老实人的故事。他还打算讲述这些天真的人们如何被卷入政治漩涡，讲述他们不切实际的理想，讲述他们的幻灭与悲剧。这些“革命者”投身于人民大众之中，可是民众非但不同情他们，反而嘲笑他们，排斥他们。听着他的话，我猛然意识到俄罗斯本身就是一大片“处女地”。在这个幅员辽阔的国家中，所有的一切都未经人工雕琢。在这片人迹罕至的荒原上，第一批开拓者的足迹依然清晰可见。他们走出一条条新的道路，不断进行探索，去开拓一个全新的世界。而反观法国，此处的情形正好相反。在法国逼仄的国土上，人们的足迹遍布所有大街小巷。就拿文学艺术来说吧，当今的文学家还在拾巴尔扎克的牙慧，根本想不出新的东西。

在此之后我经常和屠格涅夫见面。我们俩一起度过了无数美好的时光。其中最让我印象深刻的一次谈话发生在一个春天的午后，地点还是在福楼拜的家里。之前我们一群人正在谈论歌德，而屠格涅夫语出惊人："你们法国人误解了歌德。"一周之后，屠格涅夫带上两本书：《普罗米修斯》和《萨提尔》。这两个颇具伏尔泰风格的故事充满了渎神和反抗的情节，而歌德便是以此为基础写就了名为《普罗米修斯》的诗歌。屠格涅夫想借此让我们了解真正的歌德。当时我和龚古尔、左拉、福楼拜四个人坐在客厅里。窗外是蒙素公园，绿树成林，碧草如茵，柔和的阳光倾泻在大地上，孩子们嬉戏玩耍之声不绝于耳。而屠格涅夫则将歌德的诗歌译成法文读给我们听。我们听着一个文豪即兴翻译一位文学名匠的诗歌，直听得如痴如醉。屠格涅夫平时拿起笔来手都会打抖，可是那次他却镇定自若，仿佛已经化身为那位伟大的诗人。我觉得当时自己并不是在听屠格涅夫翻译歌德的诗歌，而是歌德本人站在我们面前吟诗作赋。

屠格涅夫也经常跑到马莱区来找我。当时我住在亨利二世旅店中。这是一间历史悠久的旅店，那宽阔的庭院和建有山墙的皇室寓所让屠格涅夫惊叹连连。当时马莱区是小作坊和小商铺的聚集地，其中大多是生产各种小商品的作坊，其余的便是销售矿泉水和糖渍李子的小商贩。屠格涅夫对这里嘈杂喧闹的街景也看得津津有味。

一天，屠格涅夫和福楼拜手挽着手一同前来拜访。屠格涅夫身材高大，而福楼拜也绝不逊色。我的小儿子悄悄对我说："他们俩简直就是巨人！"他说得没错，这两人是当之无愧的巨人。他们不仅身材高大，还拥有与之相匹配的伟大心灵和超常智慧。这两人在秉性上也有共同之处。据说是乔治·桑女士介绍他俩认识的。福楼拜是这两人中较为阳刚的一个，他喜欢吹牛，总是吹毛求疵，就像个大嗓门的堂吉诃德。他具有犀利的观察力，生性喜好嘲讽，与中古时期的诺尔曼人颇为相似。而屠格涅夫的性情较为柔和。他长着浓密的眉毛，两颊扁平，表现出女性的细腻和敏锐，与其作品中描绘的女性角色不无相似之处。这个东方人生性悲观，总是无精打采，恹恹欲睡，遇事易紧张，好冲动。谁能想得到这样一个人竟来自一个充满叛逆精神的民族？长久以来我就已经意识到，决不可以貌取人。或许造物主一时大意，把某个灵魂错放入一具与之极不相称的皮囊之中。例如，说不定一些男性的灵魂被禁锢在女性的躯体之中，而另一些五大三粗的汉子却拥有一颗女性的心灵。

在这次拜访中，每月一次聚会这个念头突然冒了出来。最后我们决定，每个月挑一个日子，叫上三五好友一起聚餐。后来我们把这种聚会称为“福楼拜家的聚会”，或是“失败作家的晚餐会”。读者对福楼拜的作品《竞选人》反应冷淡，而左拉以其失败之作《一束玫瑰》得以列席；龚古尔的戏剧《亨丽埃塔·马萨尔》受到冷遇，而我自己则以失败的戏剧《阿莱女郎》得以跻身其间。吉拉丹也想来插上一脚，可是严格地说他还算不上文人，于是我们把他拒之门外。至于屠格涅夫呢，他信誓旦旦地向我们保证，他在俄罗斯籍籍无名，绝不是一个“成功的作家”——反正法国与俄国相隔千里，也没有人特地跑到俄国去查证一番。

参加“失败作家的晚餐会”的确是一件开心的事。我们倚着餐桌，畅所欲言。灵感被唤醒了，相互碰撞的思想擦出新的火花。我们这群久经世事之人都是饕餮之徒，各人的品味各有不同，因此餐桌上总要摆满来自各地的美食。对福楼拜而言，诺曼底乳酪和鲁昂炖鸭是必不可少的；艾德蒙·龚古尔的品味更为高雅，他喜欢异国风味，总是要一道腌制子姜；左拉一定会点海胆和蛤蜊，而屠格涅夫则就着鱼子酱大快朵颐。

我们这群人喜欢吹毛求疵，对吃的东西很是挑剔，让饭店的厨子和经理头痛不已。当时巴黎各大饭店的经理大概都记得我们这群难伺候的主顾。我们经常更换就餐地点。有时我们跑到剧院后面的阿道夫饭店和贝利餐厅，有时我们光顾法兰西剧院门前广场上的小馆子。后来我们又发现了沃辛恩先生的小店。如果实在无处可去，我们还可以到沃辛恩小店的小房间去聚一聚。那里的东西倒也合大家的胃口。

这种聚会通常在周日下午七点钟开始，一直持续到凌晨两点。福楼拜和左拉穿着衬衫狼吞虎咽，而屠格涅夫总喜欢斜靠在矮榻上。大家生怕多嘴的服务生偷听窥探，一早就把他们打发走了。不过这实在是多此一举。福楼拜嗓门很大，说起话来整栋房子的人都听得一清二楚。我们主要谈论的还是文学。餐桌上总摆着某个人刚刚出版的新作：福楼拜的《圣安东尼的诱惑》和《三故事》、龚古尔的《艾丽莎女郎》、左拉的《穆雷教士的过错》、屠格涅夫的《处女地》、我的《小弗莱蒙和大莱斯利》和《私生子雅克》……我们不会相互吹捧，而是敞开心扉，各抒己见。

屠格涅夫曾给我写过一封信。这封信看上去已经很陈旧了。屠格涅夫写的字很大，他虽是一个外国人，其书法却颇具古风。我在此处抄录一下这封信的内容，而读者们也可以通过这封信对我们当时的探讨形成一个粗略的印象。

全信摘录如下：

亲爱的朋友：

如果你正在困惑为何我对你的新作未作评论，我可以告诉你，我之所以迟迟未发一言是因为我不满足于单纯的泛泛而谈，而是想等到自己对此书的看法更为成熟时再做评论。我听说福楼拜就要回来了，我们的聚会也将得以恢复。我希望我们能在下一次聚会时再好好谈谈你的新作。

不过我还是想借此先说几句。我认为在你所有的作品中，《富豪》一书无疑是最优秀最完美的。《小弗莱蒙和大莱斯利》是平铺直叙，而《富豪》却是跌宕起伏。此书的高潮和低谷扣人心弦，没有一流的功力和天赋是绝写不出如此精彩的故事的。

如果我的评论过于直白笼统，还希望你能多多原谅。最近我的风湿病又发作了，整日困在家中，只在昨天才能出去透透气。我觉得自己长着九十岁老人的四肢，我很担心自己最终会失去行动能力，只能困在床上。

请代我向都德夫人致意。

你的朋友，
伊万·屠格涅夫
1877.5.24

现在让我们再回到“失败作家的晚餐会”上。如果我们谈够了文学，我们也会谈一些其他的话题，但最终我们总会转到爱和死亡这两个主题上。

有一回我们在谈论文学之余又提起了“死亡”这个话题。屠格涅夫斜倚在沙发上，一言不发。我们中有人忍不住问他：“屠格涅夫，你对‘死亡’有何看法？”“我吗，我从没好好考虑过这个问题，”他说，“在俄国，大多数人对死亡并没有清晰的概念。对我们来说，死亡只是一个模糊的阴影，躲在未来的迷雾之中。”

或许，他对死亡的看法不仅反映了他的本性，也体现了斯拉夫民族的秉性。在他的作品中，斯拉夫的民族性犹如一股挥之不去的浓雾，自始自终贯穿其中。即使是在他说话的时候这种民族性也有所流露。刚开始时我们听得迷迷糊糊，一头雾水，可后来他的话仿佛亮光驱散了迷雾，从微观的角度向我们展示了一个全新的俄罗斯，让我们恍然大悟。俄罗斯是一片青涩的处女地，充满了生机与活力。这个俄罗斯不同于史书中那个死板僵硬的俄罗斯，而是一个蒸蒸日上的国家。在那片土地上，春雨唤醒了大地，柔嫩的青草探出了头，各种鲜花竞相开放；金黄的麦浪在风中翻滚起伏，忙碌的蜜蜂四处飞舞。当屠格涅夫通过自己的作品向我们讲述发生在那个遥远国度的故事，我们总会不由自主地加入自己的想象，俄罗斯的人民和景色也会生动地浮现在我们的脑海之中。当然，每个人想象中的俄罗斯各有不同。就那我来说吧，我想象中的俄罗斯是一片颇具阿尔及利亚色彩的土地，农庄遍布各处，阿拉伯人的营地随处可见。

屠格涅夫时常与我们谈起俄国的农民。他们积习难改，一有机会就要喝得酩酊大醉；他们的良知已经麻木，也不懂自由为何物。有时他也会讲一些轻松的故事，描绘一些遥不可及的田园美梦。例如，屠格涅夫曾满怀柔情地回忆起一个姑娘。那姑娘是一个磨坊主的女儿，他在打猎途中遇见了她。刹那之间，他以为自己已经坠入爱河。

他时常问那个姑娘："我能为你做点什么呢？"

姑娘羞涩地回答："给我捎一点城里的香皂吧。我要把双手洗得香喷喷的，那样你就可以像吻一个贵妇一样亲吻我的双手了。"

在谈够了死亡和爱情之后，我们有时又会把话题转向病痛。我们所有人都已过不惑之年，都受到某种病痛的困扰。我们是生命的囚徒，拖着疲惫的身躯，脚上拴着病痛的大铁球。尤其是屠格涅夫，他饱受风湿病的困扰，总是拄着根拐棍，一瘸一拐地来参加聚会，看上去仿佛是一个患风湿的殉道者。说实话，当时可恶的风湿病还没有找上门来，我还有心情拿朋友们的病痛开开玩笑。不过不久以后我就笑不出来了。

我们经常谈论的死亡终于来敲门了，福楼拜率先离我们而去。他是这个五人小集团的灵魂和粘合剂，他这一走我们的生活也变了样。好友的逝去令我们心中充满哀伤。我们偶尔还会碰碰面，可是却再也没有心思继续之前的聚会了。

几个月之后，屠格涅夫竭尽全力，把我们几个人召集起来，组织了一次聚会。现在只剩下我们四个人了。餐桌旁照旧摆着五把椅子，那空出来的位置是留给福楼拜的。可是我们现在再也听不到他的大嗓门和爽朗的笑声了。所有一切今非昔比，恍若隔世。

过后不久，我在亚当斯夫人的晚宴上碰到了屠格涅夫。他还带来一位来自俄国的康斯坦丁大公，这位大公正急着融入巴黎的生活，打算趁此机会结识法国的各界名人。或许对这位大公来说，参加此类聚会和参观蜡像馆没什么两样。当时屠格涅夫一脸病容，情绪低落。他的死敌——风湿病折磨得他好苦，让他无法如常行动，终日困在床上。他希望他的朋友们能去看看他。

我最近一次见到他是在两个月前。维亚尔多家的宅邸温馨如故，大厅里摆满鲜花，姑娘们的欢声笑语不绝于耳。我走到楼上，看到屠格涅夫正躺在房间里的沙发上，面容憔悴，病骨支离。不久前他刚经历了一次心绞痛发作，最近又开刀切除了肿瘤，伤口尚未愈合。在施行肿瘤切除手术的时候，他并没有使用麻醉剂。屠格涅夫把当时那种痛入骨髓的感觉告诉我。他说一开始时仿佛皮肤被层层剥开，之后他能感觉到利刃深入骨肉之中，随之而来的是深入五脏六腑的剧烈疼痛。最后他还加上一句："我细细品味各种疼痛，打算等到聚会时再详细地告诉你们。你们肯定会感兴趣的。"

此时屠格涅夫还能勉强走动。当我离开的时候，屠格涅夫陪我下楼，一直送到门外。在离开前他还带我参观了他的藏画室。里面摆着几幅俄罗斯流派的绘画作品，画的是哥萨克兵营、在风中翻滚的麦浪和田园美景。这几幅画中的俄罗斯印证了屠格涅夫的描述，那的确是一个美丽的国度。

当时维亚尔多先生也在藏画室中，他看上去病恹恹的。维亚尔多夫人正在隔壁房间唱歌。在这座充满艺术气息的宅邸门口，屠格涅夫微笑着向我道别。

一个月后，我听说维亚尔多先生去世了，而屠格涅夫正在生死之间徘徊。屠格涅夫拥有过人的智慧和伟大的心灵，他还没做好准备告别人生，怎么能说走就走呢？到布吉瓦尔去一趟或许对他有好处，那里的空气清新，气候怡人，是个很不错的疗养圣地。可是即使他能逃过一劫，或许也无法再参加我们的聚会了。要知道，他是多么喜欢"福楼拜家的聚会"啊！

在那以后，"失败作家的晚餐会"居然得以恢复。可是在聚会上，只剩下三个人的身影了。①

---

① 以上文字写于1880年，之后作者又加上了意味深长的一段。

近来我重新翻阅这篇几年前所写的文章，确认和修改其中的一些细节。我无意中得到了一本屠格涅夫的笔记。在这本笔记中，屠格涅夫展示了他鲜为人知的一面。他对我进行尖刻的批评，说我是最平庸的作家，最低能的人。他还说我的朋友都清楚这一点，还经常在背后笑话我。天啊！他所说的这些朋友是谁？他们既然这样看我，还能算是我的朋友吗？而屠格涅夫呢？既然他把我说得如此不堪，为何当着我的面还要装出一副和蔼可亲的样子？我还记得他时常到我家中做客，坐在我的书桌前。这个和善的友人总是不忘亲吻我的孩子，他还给我写了许多热情洋溢的信。天啊！在那谦和的微笑下面到底隐藏着什么？人生的确难以捉摸，而我现在也能更好地理解“人心莫测”一词的含义了。

普罗旺斯的故事

如果你沿着大路从阿莱出发，朝方特维尔方向走去，在经过科德山和蒙特马茹尔修道院废墟之后，你会看到右手边有一个小小的村落。村里的房子看上去白花花的，仿佛石匠工场里洒落一地的大理石碎屑。在这个小村庄后面是一个小小的山丘，山顶上长着一片郁郁苍苍的松林，给路旁荒凉的景致添上一抹绿意。一座磨坊静静地矗立在小山丘上，磨坊巨大的风轮在风中不停转动。

山脚下有一栋白色的大房子，大家都管它叫作“蒙托邦农庄”。这座古老的房子可是大有来头的。当初屋主打算将它建成一栋气派的乡村建筑。屋前有几级阶梯，还有意大利式的露台、气派的廊柱和山墙。前院里养有孔雀，大门上缠绕着藤蔓。后院里有一口水井，一棵无花果树倚在井栏上。在无花果树的浓荫下，散乱地放着犁耙等农具。这里还有一个畜棚，一群温顺的绵羊以此为家。畜棚后头是一个果园，果园里种满了杏树。当杏树开花的时候，纤巧的粉色小花开满枝头，任由早春的微风卷起片片花瓣。杏花是你在蒙托邦农庄里唯一能见到的花朵。这里没有绿草如茵的草坪，没有精心布置的花圃，没有姹紫嫣红的花园，没有围栏和围墙，只有一片莽莽苍苍的松林，平铺在灰色的山坡上。整片松林看上去仿佛无人打理的野地，林子里没有人工铺就的道路，只有嶙峋的怪石和曲折的羊肠小道。林间小径上堆满了厚厚的松针，踩在脚下沙沙作响。

这栋屋子的内部也体现出一种品味的混杂，这里既像是别墅，又像是农庄。房子里有长长的走廊，走廊的地上铺着石板，还放着几件藤编家具。这些藤编沙发和扶手椅还是路易十六时期的古董。在夏天的时候，这些沙发和扶手椅给人一种清凉无汗的感觉，让人不由得想打个盹儿。这栋房子的楼梯很宽阔，阳台也很气派大方。微风经常不请自来，从门缝和窗缝钻进房里，使房中的老式挂毯不停晃动。

如果你沿着楼梯往上走几步，你会看到另一幅景象。一个乡气十足的大厨房会出现在你的眼前，地面上没有铺石板，凹凸不平的泥地裸露在外，一群母鸡四处东抓西挠，妄图找到一点残羹剩饭。不过厨房的墙壁倒是刷得白花花的，墙边放着胡桃木橱柜、雕刻着精细花纹的面包箱和揉面槽。

二十年前，一户普罗旺斯居民就住在此处。这一家子和这栋房子一样颇有渊源，而四邻八乡的乡民也很喜欢他们。这家人中年纪最大的是一位老母亲，她可算得上是农场主中的富裕阶层了。这位年纪渐老的女强人身板挺直，头上永远戴着一顶寡妇帽。她一个人打理屋里屋外的所有事务。她记挂着橄榄和桑树的长势，还有麦子和葡萄的收成。她有四个一直没成家的儿子。人们不叫他们的名字，而是用他们所从事的职业来称呼他们。因此这四个儿子分别是县长、领事、公证人和律师。在他们的父亲去世、姐妹出嫁之后，这四个儿子留下来陪伴在老母亲周围。为了这个老妇人，他们甘愿放弃自己的理想和喜好。对母亲真挚的爱意使四兄弟紧密地团结起来，他们对自己的母亲满怀敬意，亲切地管她叫作“亲爱的老妈妈”。这相亲相爱的一家人是多么幸福啊！

在冬天来临之际，我经常会跑到那里住上一段。我渴望亲近自然，想闻一闻普罗旺斯小山丘上沁人心脾的芬芳，暂时摆脱巴黎的喧嚣。我总是不期而至，心里明白他们肯定会欢迎我这个不速之客。当我走进前院的大门，屋前的孔雀开始聒噪，而看门狗也不停狺吠，又跑又跳。头戴阿莱式帽子的女仆仿佛吃了一惊，急急忙忙地跑进屋内。不一会儿，披着灰色披肩的老妈妈走到门口，给我一个深情的拥抱，仿佛把我也当成了她的孩子。我和这家人相互拥抱，相互问候。在经过了忙乱的五分钟后，我的行李被搬进客房，整座宅邸也恢复了原有的安宁和平静。过后不久我便跑到院子里，吹着口哨呼唤一条名叫“奇迹”的西班牙猎犬——这条狗在一次沉船事故中被法拉蒙附近的渔民救上岸，因此获得了这么一个名字。我带上“奇迹”朝我的磨坊走去。

当时这座磨坊已经荒废多年。风轮早已破败不堪，磨坊里的石磨年久失修，整座磨坊已经与废墟无异，碎石、铁丝和腐烂的木头随处可见。可在周围的乡间，其他磨坊主们的生意红红火火，多个磨坊的风轮正在呼呼直转。而我的磨坊仿佛百无一用的诗人，落寞地矗立在这片繁华之中。我第一次见到这破败的磨坊便被它深深地打动了。它和我是多么相似啊！磨坊四周荒凉颓废的气息深深吸引着我。在通往磨坊的小路旁，长满了灰色的药草。那药草散发出一股扑鼻的清香，传说中的高赛修士大概就是用这种药草来酿制那神奇的药酒吧。我还可以懒散地躺在磨坊破败的露台上，丝毫不用担心狂风的侵扰。这里已经成为田鼠的天堂，偶尔能见到一条又粗又长的蛇无声地钻进钻出。它或许把这座磨坊当成了自己的餐厅，经常来这里享用一顿田鼠美餐。不时有一只野兔匆匆忙忙地跑过，转眼间又消失在草丛之中。

当狂风袭来之时，整座磨坊瑟瑟发抖，发出吱吱呀呀的呻吟。破败的风轮犹如船上巨大的风帆，迎风发出阵阵哀号。惶恐和不安涌上心头，一种身处海上的错觉油然而生。我回想起海上的航行，回想起孤寂的灯塔，回想起遥远的小岛。四周的松林此起彼伏，松涛阵阵，让这种身处海上的幻觉更加强烈。我向来对大自然和孤独情有独钟。这种喜好与我血气方刚的秉性格格不入，我也说不清这种癖好究竟来自何处。不过在我的记忆之中，这种偏好在我童年时期便已初现端倪。或许，这正是一种有益的补偿。我一向快人快语，而对孤独的偏好可以让我的头脑冷静下来，让我停止夸夸其谈，避免犯下言多必失的错误。对于我这个过分热情的南方人来说，这种喜好的确大有裨益。

无论如何，对孤独的偏好让我不时停下急匆匆的脚步，使自己的心灵得到休憩。而普罗旺斯乡间这座破败的磨坊则成为我享受孤独的好去处。我甚至动了买下它的念头。如果你有兴致翻翻方特维尔地区的法律文书资料，说不定还能找到我购买磨坊的协议和合同呢。当然，最后这笔交易并没有达成，那份合同只是一纸空文而已。

虽说我并没有真正取得磨坊的所有权，可我还是能随心所欲地待在磨坊里。我经常坐在磨坊中做白日梦，搜寻和咀嚼记忆长河中的点点滴滴。我看着太阳慢慢挪移，渐渐西沉，最终消失在小山后头，只留下一抹余晖，给山谷染上一层金红色。在黄昏时分，偶尔会传来一声号角，那是牧羊人在召唤羊群。等到夜幕降临，我便跑到蒙托邦农庄去吃晚饭。为了满足四个儿子不同的喜好，这一家人的晚餐包含多种多样的食品和酒水。做领事的儿子喜欢喝产自南非的康斯坦提亚葡萄酒，而老妈妈则偏好朴素节俭的晚餐，只要一碗稀粥或一盘水煮栗子即可。

吃完晚饭后，大家喝着咖啡抽抽烟，过后这四个儿子便回到村子里，而我则留下来陪老妈妈说说话。这位老妇人精力充沛，心思巧妙，脑子里装满讲不完的故事。她用平白朴素的语言向我讲述了她的童年和早已消逝的人物，述说那早已消失得无影无踪的乡间习俗。她谈起这片教区的橡树林，每年橡子成熟的时候，所有人集合起来跑去捡拾橡子；她回忆起1815年反法同盟军队攻入法国，当法兰西第一帝国覆灭之时，村子里所有做母亲的妇人都松了一口气——她们的儿子不用再上战场了；她还回忆起集市上的舞会和篝火晚会，俊俏的哥萨克军官让所有姑娘欢呼雀跃，舞步如飞，一群人在波凯尔的桥边开阔地跳了整个通宵……之后她又谈起自己的婚姻和早已入土的丈夫，接着又把话题转到她的大女儿身上。她的大女儿远在千里之外，可某一天一种不祥的预感笼罩在老妈妈的心头。最后当不幸的消息终于传来，她还是吓呆了。老妈妈讲起了家族的往事：出生、死亡、下葬、移坟……听她说话就像翻阅一本古老陈旧的家族纪事，里面记录着一个家族的尘封往事，其内容不外乎是日常生活中的种种琐事，其中夹杂着对好年景的回忆，字里行间流露出对虔诚和牺牲的赞叹。透过这个乡村有产者家庭的陈年往事，我觉得自己接触到了人类纯净无邪、纤巧敏感的灵魂。

老妈妈说得乏了。她缩进那张巨大的扶手椅中，远离昏暗的灯光。这时夜幕已经降临，阴影慢慢地爬到她那张饱经风霜的脸上，淹没那深陷的眼窝和深深的皱纹。她坐在那儿一动不动，也不出声。如果不是注意到她把手伸进口袋里，轻悄悄地转动口袋里的念珠，我还真以为她已经睡着了。这时我站起来，悄悄转身离去，走进大厨房去消磨剩下的时光。

在大厨房的一角有一个大壁炉，壁炉上方是一个巨大的烟囱。炉边悬挂着一盏铜油灯，壁炉里堆着烧得正旺的橄榄树根。男男女女围坐在壁炉旁，熊熊火焰照亮了妇女头上的小尖帽和男人身上的暗黄羊毛外套。炉边的“上座”是一块砌壁炉时剩下的大石板，一个牧羊人蹲坐在石板上。他的下巴刮得干干净净的，被太阳晒黑的皮肤油光滑亮，一张线条生硬的嘴仿佛是用刀子刻出来的，还斜斜地插着一根烟斗。他很少开口说话。每年他都要赶着羊群到阿尔卑斯的多飞尼山区放牧，在山里待上好几个月。长时间远离人群的生活造就了他沉默寡言的性情，不过他倒是对天上的星星了如指掌。为了打发深山里的漫漫长夜，他的消遣就是仰望头顶的星空。他不时吐出一两口浓烟，偶尔开口说一些有头没尾的谚语和半通不通的“警句”。他的声音深沉浑厚，还带着一股浓浓的乡音。我记下了一些他的只言片语：“巴黎人现在过得开心，过后有得他们哭的。”“人靠一张嘴，羊靠一对角。”“猴子种地——半途而废。”“月缺水枯。”“月亮变红，狂风呼呼；月亮变白，风和日丽。”……每天晚上他都要说同一句话来结束炉边的夜谈：“一个人活得越久，经历得越多，就越舍不得离开这个世界。”

坐在牧羊人旁边的是外号“小手枪”的守林人莫提菲欧。他那两只小眼睛骨碌碌地转，闪烁着快乐的光芒，下巴上还留着一撮花白的山羊胡。他有说不尽的故事，还经常凭借着普罗旺斯人的狡黠和智慧，不断地给自己的故事添油加醋，惹得众人哈哈大笑。在一片笑声之中，牧羊人偶尔会冒出一句：“如果灰白的山羊胡子是智慧的象征，那山羊就是全天下最有智慧的生物了。”

除了牧羊人和莫提菲欧，围坐在火炉边的还有老西伯利特、多米尼克、马车夫和一个小个子驼背男人。众人都管这个驼背男人叫作“神出鬼没小驼子”。他行踪不定，仿佛密林中淘气小精灵的化身。他那犀利的目光不仅可以刺穿夜幕，还可以穿透厚厚的墙壁，村子里的大事小情没有一件能逃过他的双眼。他可是个脾气很坏的家伙，他的一颗心早被宗教偏见和政治仇恨所侵蚀。

他总喜欢绘声绘色地讲述老吉恩的故事。老吉恩拥护共和政体和1793年的法兰西第一共和国，是个激进的“红党”。他直到死都坚持自己的政治理念。据说他曾跑上几十法里的远路，回来看看早已面目全非的村庄，再亲眼目睹自己手下的两个助理牧师被送上断头台。小驼子半真半假地转述老吉恩的话：“我看到那两个孩子被押上断头台，他们的脑袋从断头孔中伸出来……好吧，说实话，那景象并不美妙……不过我心里还是很高兴……共和国万岁！”接着驼子又开始声情并茂地描绘老吉恩临死前的一幕。老吉恩不停打抖，紧紧靠着墙壁。当时灿烂的阳光正照在房子的外墙上，或许他妄想隔着墙壁吸收一点太阳的暖意，好让自己半僵的身子暖和过来。他对围在床边的人们说道：“嘿，小子们，你们读过伏尔尼的书吗？伏尔尼的游记，读过吗？他证明了这世上唯一的真神就是太阳！我的太阳！多么温暖！”尔后老吉恩又开始直白地评判大革命中的各路人物：“马拉，很好；圣鞠思特，很好；丹东，还不错，不过后来他被宠坏了，变得过于软弱……”最后，这驼子终于讲到老吉恩即将咽气这一段。处在弥留之际的老吉恩突然在床上坐直身子，平生第一次说出了流利标准的法语。他对正在进行临终忏悔仪式的神父大喊：“快滚开！你这只黑乌鸦！还没到你饱餐一顿的时候！”

驼子生动地模仿老吉恩临终的一幕，让炉边众人毛骨悚然。一名女子忍不住叫道：“啊！老天！这实在是太可怕了！”昏昏欲睡的狗也被这一阵喧闹惊醒了。它们一边狂吠一边向门口跑去，可是门外凛冽的夜风让它们瑟瑟发抖，进退两难。这时另一名女子为了缓和这紧张凝重的气氛，哼起了一段圣诞颂歌。炉里的火光渐渐暗淡，我在这银铃般的歌声中记下了普罗旺斯乡间的趣闻、故事、传说、民谣和习俗。

有时我会一时兴起，跑到磨坊周围进行一番探险。有时我会走得更远一些，跑到卡玛格和伐卡雷湖去垂钓打猎。我跑到卡玛格宽阔的草原上，看一群群牛羊自由自在地吃草。有时我还会跑去会会“文学追随者”的诗人同行。当时“文学追随者”还不是一个正式的文学团体，也没有染上学院派的习气，我们一群人聚在一起，兴之所至，畅所欲言。在狂热的创作欲望和灵感的驱使下，我们信口开河，滔滔不绝，但决不会无端引发争端和攻讦。我们五六个志同道合的朋友时常碰面。大家齐聚一堂，轻抚着脸上的髭须，发出一阵阵爽朗的笑声。有时我们跑到马雅纳小镇去碰头。这个小镇和我的磨坊之间只隔了一道崎岖的山脊，米斯特拉尔就住在那儿。有时我们会跑到阿莱集市去搞个论坛，为农场主打工的牧羊人和各色牲畜贩子好奇地围在我们周围，半懂不懂地听我们演说辩论。有时我们会跑到亚力斯坎古城废墟去。在灰色的石棺和残垣断壁之间，我们一群人在草地上或坐或卧，倾听某个人介绍他最近的新作。不时能听到蚱蜢振翅时发出的细微响声。远处苍翠的树丛后面传来不合时宜的铁锤敲打之声，原来那是一片工地，工人们正在拼命工作，让经过此处的巴黎—里昂—地中海沿岸铁路不断向前延伸。当大家念完自己的新作，我们偶尔会跑到通往阿莱城的岔道去逛一逛。在那里经常能见到高傲的阿莱女郎。她们头上戴着一顶盔形小帽，脖子上系着白色的丝巾，仪态万千，睥睨众生。可怜的儒安就是为了一个阿莱女郎而心碎，最终自杀了。

我们一群人还会跑到雷博古堡去碰头。雷博古堡只剩下一堆残垣断壁，风化的石壁东歪西倒，大块大块的碎石随处可见。昔日宏伟的殿堂如今只剩下几堵残缺的断壁，墙壁上的贵族纹章隐约可见。远远望去，整座古堡废墟犹如鸟儿在高处筑的巢，在狂风中摇摇欲坠。在平原和天空的交界处，隐约现出一抹纯净明亮的蓝色——原来那是远在天边的大海。

傍晚时分，我们跑到考尼尔的小客栈去吃顿晚餐，然后又跑回雷博堡废墟去消磨整个晚上。我们沿着废墟中的窄街小巷漫步，在碎石瓦砾中流连忘返，在倾颓的石柱和破败的楼梯上吟诗作赋。月亮升起来了。月光犹如一层薄薄的积雪，给残垣断壁和荒草苍苔蒙上一层洁白的面纱。考尼尔先生看到我们这群人总会感慨一番：“你们这些诗人啊！就喜欢去看月亮光下的一堆破石头！”

还有一个聚会的“宝地”值得一提，那就是阿维尼翁的巴萨拉斯岛。这个小岛正对着阿维尼翁的城墙，隐没在一片芦花深处，从这里还能看到昔日教皇的宫殿。说不定这个无言的小岛还见证了野心家提斯塔·梵迪纳的发迹。我们在挤满船夫的小酒馆里匆匆忙忙吃过一顿早餐，之后又跑去拜访住在教皇新堡附近的诗人安斯米·马修。在整个普罗旺斯地区，教皇新堡的葡萄是最优质的。那里出产的葡萄酒色泽金黄，是无比美味的佳酿，真不愧是专供贵族、国王和教皇享用的美酒。马修的家座落在小山坡上，整座小屋沐浴在明媚的阳光之中。我们坐在马修家的客厅里，品尝着美味的佳酿，吟诵米斯特拉尔最近写就的新作。有时我们会哼唱起水手的歌谣：“一艘来自马约卡岛的船，船上装满了橘子……”从客厅的窗望出去，只见山坡上种满了葡萄，几段矮矮的石墙围在葡萄园周围，几棵橄榄、石榴和香桃木点缀其间。眼前的风光还真让人以为自己身处马约卡岛上呢。客厅的窗开得大大的，诗句和歌声犹如初出牢笼的小鸟，倏而飞至窗外，我们也沉醉在美酒、诗句和歌谣之中。

有时我们坐上驿站的马车，沿着大路小径在阳光普照的孔塔地区游荡。当马车行驶到某个小镇的广场或镇中心的大树底下，我们偶尔也会跳下马车，到小镇里去游历一番。我们高声说笑，手舞足蹈，和周围的人们搭话。我们这群文人墨客借助普罗旺斯的民谣，不费吹灰之力便可和当地居民打成一片。这些民谣所用的语言都是普罗旺斯方言，原本就是当地乐天的农民们创造出来的。当小镇的居民听到那些熟悉的民谣，他们就会大声鼓掌，哈哈大笑，热情地欢迎我们。有时他们还会和我们一起放声高歌呢。

有时我们一时兴起，拉着一群当地人跳起舞来。一瓶瓶美酒打开了，瓶塞在桌子上方四处乱飞，姑娘们和小伙子们穿着工装翩翩起舞。不过我们偶尔也会碰到扫兴的事。有一次一个虔诚而暴躁的老妇人跑来指责我们，说我们在此处寻欢作乐实在是有失体面，此种堕落的行径为天主所不容。这时英俊高傲的米斯特拉尔发话了。他摆出一副王公贵族的架势，直视着老妇人的双眼对她说：“省省吧，老妈妈。诗人可以随心所欲，为所欲为。”那老妇人当真被他镇住了。她头昏脑涨，完全摸不透对方为何方神圣。她甚至还毕恭毕敬地行了一个屈膝礼。这时米斯特拉尔又调皮地朝她眨眨眼，用一种倾诉秘密的语气半真半假地对她说：“您知道吗？教堂里唱的赞美诗都是我们这种人写的。”

寻幽探胜结束之后，我尽兴而归，回到自己的磨坊，坐在门外的露台上想入非非。乡民们的低声细语和爽朗笑声依然在我耳边萦绕，一首首民谣、一个个美妙的传说和故事在我脑海中重现。我回想起阳光照耀下的小山丘，似乎还能感受到明媚的阳光，那股沁人心脾的芬芳似乎又在我周围氤氲弥漫。我决定写一本书，把这些感受和故事原原本本地记录下来。对了，还有这座已成废墟的磨坊，我也要将它囊括在内。

本书开头几篇文章于1866年间在巴黎某家报纸上刊发，这一系列风格奇特的“普罗旺斯乡间故事”并没有立即赢得公众的认可和喜爱。当时我并没有署上自己的真名，而是署上了两个笔名——那两个名字仿佛是从巴尔扎克的小说中信手拈来的。可惜当时这些普罗旺斯的乡间纪事并未得到读者的青睐。这本书一开始时的确是由两个作者共同创作的，另一位作者便是保罗·阿雷尼，他就住在我的磨坊附近。保罗当时还只是一个初出茅庐的年轻人。在他所创作的作品中，一部充满活力和智慧的短剧已经被搬上了奥德翁大剧院的舞台。后来保罗写了不少文章，其风格或雄浑有力，或细腻纤巧。这些文章使他名满天下，成为法国文学界名流中的一员。但其时他还没有写就那些让他一鸣惊人的大作，他本人也还是个无名之辈。尽管如此，他已经萌芽的文学天赋和过于强烈的个性注定了他不会长期给我这个“磨坊诗人”打下手。不久之后就只剩我一人来书写普罗旺斯乡间的小故事了。我在写作此书的时候终日坐卧不宁，喜怒无常，任由一时的灵感和情绪牵引着我，写下了一个个或欢快或哀伤的小故事。我有一搭没一搭地写着，兴之所至就奋笔疾书，兴头一过又抛到一边。不久之后我结婚了，这本未完成的作品也被抛在脑后。

两年之后我把妻子和孩子带回普罗旺斯，想让他们看看我的磨坊。那里风景如旧，而蒙托邦农庄的一家子对我的热情也丝毫未减。老妈妈还披着那块短小的灰色披肩，给我们每人一个深情的拥抱。到了吃晚饭的时候，大家又其乐融融地坐在一块儿，而我的小儿子也被安顿在男孩子的餐桌旁。过后我拉着妻子跑到磨坊那儿，肩并肩地坐在磨坊外的露台上。狂风把我妻子吹得东倒西歪。或许，北风之神看到这陌生的巴黎妇人，误以为她是普罗旺斯阳光与和风的敌人，于是不遗余力地把她吹走赶跑。

这次故地重游唤醒了我对普罗旺斯的热爱与深情，不久之后我又开始动笔书写磨坊的故事了。有一段时间我身处帕塞，在欧仁·德拉克洛瓦的画室中奋笔疾书。后来我在《雅克》和《罗伯特·赫尔蒙特》中还提到这间画室呢。

不久之后，《教皇的骡子》和《高赛修士的药酒》等篇章陆续在《费加罗报》上刊发。1869年，这些作品由出版商海泽尔负责结集出版。第一次印刷时只印了两千册。和我其他的早期作品一样，这本书也很难卖得动，只得堆放在库房里蒙尘。直到我其他的作品取得成功之后，这本书的销量才略有上升。但不管怎么说，这始终是我最得意的作品。或许从文笔和文采角度来评判，这本书算不上十全十美。但最为重要的是，此书能唤醒我青年时代的美好记忆。当我翻开这本书，我会回想起那段沉醉于美酒、阳光和民谣之中的无悔青春，阵阵爽朗的笑声似乎又在我耳边响起，一张张友好的笑脸再次浮现在我的眼前。

可惜，现在这美好的景象只能存在于我的记忆之中了。蒙托邦大宅已经无人居住，老妈妈早已离世多年，几个儿子各奔东西，随风飘散。教皇新堡的葡萄园已经面目全非。老西伯利特、莫提菲欧和沉默寡言的牧羊人，还有那条名叫“奇迹”的狗，他们现在又身在何方？如果我现在再回到磨坊那一带，估计也碰不到任何一个昔日的故人了。据说那片松林长势良好，青翠的枝叶越伸越长，在阵阵微风中此起彼伏，细密的松针在灿烂的阳光下闪闪发光。而我的磨坊呢？它并没有就此化为一堆废墟。我的磨坊既像个迎风吟诵的诗人，又像个充满生机和活力的梦想家。经过一番整饬，磨坊换上了新的风轮，在阳光下欢快地呼呼直转，仿佛一艘大船扬起风帆，在浩渺的大海上乘风破浪。

关于小说《小东西》

我的小说《小东西》是在多个不同的环境下写成的，这在我的写作生涯中实属罕见。在写作此书时，我并没有制定详尽的写作计划，也没有为这本书做些提纲或笔记。我只是一时兴起，拿起笔和粗糙的稿纸便开始奋笔疾书。我不停驱策着手中的笔，让它在一张张白纸上奋力前行，留下一行行难以辨认的足迹，写完之后我又漫不经心地将稿纸扔在地板上。

我并不是在巴黎着手写作此书的。当时我身处波凯尔和尼姆之间的某处乡间，而巴黎则在两百里之外。我居住在一座遗世独立的乡村宅院之中，那原是好心的亲戚们特地为我安排的住所。在寒冷的冬季，我原打算在此处待上几个月，给一个不尽如人意的剧本添上完美的结尾。这座宅院周围是阴郁冷清的平原，大片桑林、橄榄和葡萄园一直延伸到罗讷河边。说实在的，此处的冷清幽静与剧院的热闹喧嚣截然相反，根本不适合进行戏剧创造。这里空气清新，狂风经常将阳光吹散。我的出生地距离此地不远，周围的几个村子——波祖西、罗德桑和容吉埃尔——都是我儿时嬉戏玩耍的好地方。这一切勾起了我对往昔的回忆。不久之后，我把剧本抛到一边，拿起笔写下了一部名为《小东西》的自传体小说。

我还记得我是在1866年二月上旬开始写作此书的，当时我一口气写到了三月中旬。在这段时间里我过着离群索居的生活。在我的印象之中，我从未享受过如此寂寞孤独的时光。我曾一度心血来潮，跑到一个孤岛上的灯塔去待了一段时间。不过，看守灯塔时所感受到的冷清孤寂和此处的萧瑟伶仃相比简直是小巫见大巫。这座宅院距离大路很远，四周都是望不到边的田野，与其所属的农庄也相隔一段距离。我待在这座与世隔绝的宅院里，不闻一丝尘世的喧嚣，只有农场主的妻子每天两次过来给我送吃的。这栋房子的餐厅空荡荡的，暗淡的光线从唯一一扇开着的窗口钻进来，而餐桌就摆在这扇窗前。农场主的妻子将食物摆在餐桌上，我便在此处用餐。这位女主人是个普罗旺斯人，我只记得她皮肤黝黑，鼻子扁平，说起话来有些口吃。她实在不明白我为何要在隆冬腊月蛰居在这偏僻的乡间，她或许也因此将我视作怪人。她总是流露出几分恐惧和疑虑的神色，匆匆忙忙地将食物摆在桌上，然后马上转身离开。她从不和我攀谈，甚至看都不看我一眼。在这段隐居生活中，我能见到的活人就只有她一个。

此间的生活犹如一潭死水，没有半点波澜。为了打破这一成不变的单调，我时常在向晚时分到乡间小路上散散步。小道两旁长着高高的法国梧桐，这些树木光秃秃的，在北风中瑟瑟发抖。暮色沉沉，一轮寒冬落日挂在树梢上，散发出惨淡的光芒，没有一丝暖意。太阳很快落下去了，而四周却响起了不合时宜的蛙声，让人更觉凄清。

《小东西》的初稿很快就完成了，随后我不得不着手进行繁冗无趣的工作——对初稿进行修改。这项工作很不合我的脾胃。要知道，我喜欢的创作方式是像吟游诗人一样随性而发。我硬着头皮，咬紧牙关，投入到这项苦役之中。一天，当我还在文字的海洋中苦苦挣扎，农场主的妻子跑过来，用当地土话对我喊道："先生！有人来找您！……"

来者是一个巴黎记者，他来此处是为了参观附近的农产品展览。他无意中听说我就在附近，于是顺道来探望我。我邀他一同共进早餐。在餐桌上，我们谈论报纸、新闻和各种趣闻轶事，一股对巴黎的渴望油然而生。当天晚上，我便和这位不速之客返回巴黎了。

我一时心血来潮开始写作这部小说，之后却又突然罢手不干。现在回想起来，要说这是虎头蛇尾、有始无终也不为过。这就是我当时生活的真实写照。那时我不过是个盲目热情的年轻人，凭着一时的灵感和激情开始奋笔疾书。可是由于缺乏恒心，我的许多尝试最终都半途而废，草草收场。我回到巴黎之后就将这部手稿束之高阁。五光十色的巴黎生活使我无暇顾及这部小说，我也实在抽不出时间来对其进行修改润色。

直到冬天再次来临之时我才想起这部书稿。我定下心来，从喧嚣的名利场和社交圈抽身而退，躲回我的书斋。我只想安安静静地完成这部小说，不愿受到任何人任何事的打扰。可惜事与愿违，我所住的旅店整日人来人往，热闹非凡。于是我跑到一个朋友的住所去寻得一席清静之地。好心收留我的是让·杜拜，他当时住在奥德翁广场边上的拉苏斯旅店里。

让·杜拜的戏剧和小说在当时甚为有名。他温柔腼腆，心地善良，脸上总是挂着孩童般纯真的微笑。他蓄着一脸乱蓬蓬的大胡子，远远看上去就像个鲁滨逊，与他的样貌和性格极不相称。虽然他的写作缺乏个性，可是他的好性情却时常让我感动。他可以全身心地投入写作之中，一口气完成一部长篇巨著。他总是做好严谨的写作计划，把一部巨著分割成块，然后定好每天写多少字，写多少行，写多少页。他这种精神和习惯实在令我望尘莫及，羡慕不已。

当时杜拜的一部戏剧——《意志》已经搬上了法兰西剧院的舞台。尽管这部戏剧的台词写得马马虎虎，我对杜拜忘我的创作精神还是深感钦佩。而我自己总是缺乏计划，缺乏恒心。我搬到他的住所，希望他那持之以恒的精神能感染我，让我也能全身心地投入写作之中。

我们将两张小书桌并排摆在一扇小窗前，孜孜不倦地埋头写作，一直持续了两三个月之久。从小窗往外望去，可以看到奥德翁大剧院的长廊和空荡荡的广场，地上和外墙上都挂着一层薄薄的霜花，在毫无暖意的阳光下闪闪发亮。当时杜拜正在写作一部激动人心的小说，他不时和我谈起小说的情节以及人类进化的理论。杜拜做起事来一丝不苟，甚至可以说有些刻板，可是他心底总是残存着一丝对神秘主义的向往。他的书房里有一个书架，其中一层摆满了卡巴拉、黑魔法和各种秘术方面的书籍。可怜的杜拜最后整个人陷入疯狂，在普法战争巴黎围城结束之前死去了。他去世的时候留下一部未完成的哲学诗作——《昂克莱托纳》。在这部作品中，杜拜阐述了自己的观点。他认为所有人的命运都由某个神秘的力量所决定，所有人都在围绕着这个神秘的中心忙忙碌碌而无知无觉。

当然，这些都是后话了。当时我们俩都对杜拜未来悲惨的命运一无所知，在我眼里他还是一个冷静沉着的小伙子，前途不可限量。此时他正在为某家名不副实的报刊撰写小说。他端坐桌前，不时看看时间，不一会儿他那清秀的笔迹就填满一页页稿纸。我坐在一旁看着，心里充满了羡慕和钦佩之情。

那是一个无比寒冷的冬天。壁炉里的火在熊熊燃烧，窗玻璃上结成片片霜花，看上去仿佛无解的抽象画作。在这滴水成冰的日子里，我们俩一直干到夜深人静之时。窗外的广场上，不时有几个伶仃的人影在浓雾中踽踽而行。当晚间戏剧结束之时，我时常看到观众们从奥德翁大剧院走出来，不时还能见到兴高采烈的学生跑到布里耶去参加通宵舞会。每逢举行化妆舞会的夜晚，旅店里人声鼎沸，窄窄的楼梯不住吱吱作响，摇摇晃晃。其中还夹杂着一缕铃音，原来那是装扮成弄臣的学生把自己帽子上的铃铛弄得叮铛作响。再欢乐的舞会也有散场的时候，到了夜阑人静之时，这群小丑、弄臣、愚人和丑角又跑回来了，而此时旅店的大门也已经锁上了。这群精疲力竭的乌合之众挤在旅店门前，拼命拍着门。可是那扇冷酷的大门却迟迟不开，或许是看门人睡得太熟了，拍门声根本无法将他惊醒。楼下的拍门声越来越无力，越来越微弱，到了最后只剩下弄臣头上的铃铛发出绝望的叮铃声。这样的情景总让我想起爱伦·坡的短篇小说《一桶白葡萄酒》。

这就是那个冬天的点点滴滴，其中不乏美好的回忆。我在这个冬季完成了《小东西》的第一部分，该书的第二部分要拖到很久以后才能完成。其间又发生了什么意外？这是一件意想不到却又至关重要的人生大事：我结婚了。

我生性像个吉普赛人，喜欢浪迹天涯，到处漂泊。我实在想不通自己究竟中了什么邪，居然想到要结婚。我那来得快去得也快的激情为何会转化为永恒的承诺？时至今日我还是无法回答这些问题，我只知道自己告别了单身汉的生涯，步入婚姻的殿堂。

《小东西》的手稿再次被抛到一边，这一放就是好几个月。不过它倒是一直跟在我身边。在蜜月旅行中，我和妻子在意大利的松林中休憩，在英国的海岸边垂钓。现在回想起来，这是多么美妙的时光啊！我怎么还能记起这部蒙尘的手稿呢？这部被遗忘的手稿时而被压在旅行箱底层，时而被漫不经心地摆在旅店的桌上。钢笔折断了，墨水瓶也早已干涸。蜜月旅行结束之后，我们又要花费心思构建自己的爱巢，新奇的新婚生活让我目不暇接。唉，要想找借口偷懒还真是容易得很！

这半年我过得无比惬意。其时巴黎迎来了一项国际盛事——1867年巴黎万国博览会。可当时我沉浸在幸福之中，根本不愿去见识那人山人海的盛况。这年夏天我们去到维尼厄埃城堡。这座城堡周围长满了参天古树，城堡的意大利式平顶和周围的桑林延绵数里，远处便是圣乔治新城的大平原。就在城堡外面的浓荫下，我又想起了这部未完成的小说。

我重新拾起了《小东西》。有时我会躲进公园一角，坐在长满青苔的池岸上，继续写作这部小说。此处不为俗世所扰，只有野兔在周围嬉戏玩耍，不时还能看到一条蛇扭动着身躯，钻进高高的草丛深处。有时我在湖上泛舟，湖面上水波潋滟，夏季湛蓝的晴空仿佛也沉入湖底。在这片云影湖光之中，我把小船当成了书桌，在被微风吹皱的湖面上奋笔疾书。在阴雨连绵的日子里，我只好待在家中写作，我的妻子在一旁弹奏着肖邦的钢琴曲。现在，每当我听到那几首熟悉的钢琴曲，当时的一幕幕便会在我眼前浮现：窗外，温柔的雨点打在树叶上；花园里，一树树繁花在雨中盛放，孔雀低鸣，山鸡聒噪；一缕潮湿的芬芳，夹杂着花木的清香，悄悄渗进屋内……

到了秋天的时候，这部书稿总算完成了，随后便在保尔·达洛兹的报刊——《小观察家》上进行连载刊登，之后又由出版商海泽尔承印出版。这部作品虽然存在着不少瑕疵，仍然取得了一定的成功。

我花了将近两年的时间，在复杂多变的情况下写就此书。我在写作这部作品时并没有反复推敲，斟词酌句，而是有感而发，随心所欲。现在看来，这部作品不仅存在着不少缺陷，我还犯下了一个致命的错误。我写作此书时年仅二十五岁，在如此青涩的年龄就书写自传体小说是很不相宜的。我本应等到自己更加成熟的时候再动笔。

《小东西》一书是以我真实的人生经历为基础的，尤其是第一部分更是我童年和少年时期的真实写照。如果我晚一点动笔，我就可以少些顾虑，可以对自己的童年进行更全面的描写，可以进一步发掘自己对那些童年琐事的最初印象和感受。儿时的记忆和感受如此生动，如此形象，在记忆的长河中熠熠生辉。最初的记忆和印象或许会被之后的人生经历雕琢打磨，可是其深刻程度是无可比拟、无可超越的。在人的一生之中，时间的潮水裹挟着我们不断前行。或许你会遗忘一些人一些事，可是你最初的记忆仍屹立在时间长河之中，巍然不动。你或许会忘记某个重要的日期，忘记昨天刚刚认识的某个人，可是你不会忘记儿时卧室墙纸的图案和颜色，不会忘记在牙牙学语时听到的某个名字、某首童谣。记忆的触角探向时间长河深处，伸向那遥不可及的过去。

就拿我来说吧，儿时的一场烟花庆典一直镌刻在我的记忆之中。那时我大概三岁，和家人一起居住在尼姆市。有一天城里的人们为了纪念某个圣人而举行庆典。我们爬上一座松林密布的小山顶上，我被人抱在怀中。时至今日，当时最微小的细节仍深深镌刻在我的脑海之中。或许，那是我第一次见识野外的夜色，第一次听到夜风在我耳边吟哦叹息。一枚枚烟花在空中绽放，周围的人群发出阵阵惊呼。五颜六色的烟花在夜空中翻腾旋转，散发出的光芒照亮了仰天而望的人群，给众人脸上染上一层鬼气森森的青灰色。

我闭上双眼，从记忆的长河中再捞起一颗珍珠。我看到年仅三岁的自己正身处一间主日学校的教室中。我站在黑板前的椅子上，手拿着粉笔写下歪歪扭扭的ABC，脸上还挂着得意的微笑。这些记忆有时只是混混沌沌的一片，可是它们散发着熟悉的气味，带来遥远的回响，给我一种恍如隔世之感。

我继续在记忆的长河中摸索。我又看到那座工厂，在这里我度过了童年的美好时光。我看到那破败的厂房，看到被风吹得砰砰作响的大门，看到那纤弱的粉色夹竹桃。我耸起鼻尖，仿佛嗅到了夹竹桃花那淡淡的苦味。四十年过去了，这苦涩的清香依然挥之不去。我在《小东西》一书的开头提到了这几棵夹竹桃。我真应该多写几笔，好让读者也闻到那夹竹桃的芬芳。

我觉得这部书中关于里昂的部分写得过于短促，还有许多鲜明的感受和生动的记忆未能纳入其中。里昂是一座蒙着神秘面纱的工业化城镇，而儿时的我也未能体会到其壮美与独到之处。有几条河流过里昂的城里城外，河上总是笼罩着浓浓的雾霭。这些挥之不去的雾气渗入到建筑之中，渗透到人们的皮肤肌理之中，就连本地艺术家的作品也笼罩着一层淡淡的忧伤。或许，儿时的我未能把握里昂的神韵，可清晰的儿时记忆却能让我在书中向读者展现当时里昂的生活。在熙熙攘攘、人声鼎沸的克洛瓦-卢塞工业区，成千台织布机发出震耳欲聋的噪音；罗讷河对岸矗立着富维耶山，山顶有一座圣母大教堂。每逢节庆，通往教堂的小道上挤满了朝圣的人群。街道两旁的小摊上摆满了各种圣像和圣物雕刻品，而洪亮的钟声在城市上空回响。

我在书中描写了来自南部乡间的一家人，因时运不济被迫迁居到雾气弥漫的里昂。他们从一个省流落到另一个省，忍受着不同于家乡的气候，努力弄懂当地刺耳的方言，遵循各种不同习俗。尽管当时的交通状况已有很大改善，可他们依然远离故土，那种独在异乡为异客的感觉始终挥之不去。在《小东西》这部作品中，我想展现的便是这种漂泊零落之感。

我当时年仅十岁，可是妄图摆脱自我、超越自我的欲望却时常令我寝食难安。此时观察世界和分析人性的习惯已经在我身上悄悄萌芽。我最喜欢做的事就是站在街边，随意挑选一个行人，跟着他穿过里昂的大街小巷。我跟着他那或悠闲或匆忙的步伐，想象自己化身为那不知名的路人，走进他们的生活，揣摩他们的所思所想。

有一回，我大着胆子跟踪一位女士。在我的印象中，那女士长得很好看，打扮也很时髦。我一路跟着她，最后看到她走进一座低矮的房子，房子的百叶窗关得严严实实的。不一会儿，房子里便传出了竖琴声和略略走调的歌声。回家之后，我实在忍不住，把这件事当成趣闻告诉了我的父母，谁知却招来他们一顿斥责。打那以后，父母禁止我无所事事地东游西荡，而我对大千世界的观察也暂时告一段落。

《小东西》是我童年、少年和青年各个时期的真实写照，不过我的一些人生经历在此书中并未提及。例如，我对自己所经历的“信仰危机”未着一词。那时我十二三岁，我突然发觉神秘的宗教根本没有任何理性可言，而我又清楚自己必须全盘接受宗教思想。当时我的思想正欲摆脱束缚，因此对宗教极为抵触。不过在抵抗和斗争之后，内疚和失落又占了上风。我经常偷偷溜进空无一人的教堂，跪在教堂的一角，提心吊胆地进行忏悔，生怕被别人发现。

在我的书中，我把“小东西”描绘成一个乖巧听话、循规蹈矩的少年，可我并未提及自己的“叛逆期”。那是在我十三岁上下发生的事，我的品性发生了突变。当时我那破败的家庭在风雨中飘摇，父亲事业不顺，趋于破产，母亲整日以泪洗面。这黯淡的现实使我渴望离开家庭，摆脱现有的生活，到大千世界去冒险，去及时行乐。在这个原本腼腆敏感的孩子心中，南方人那种鲁莽的性情突然爆发了，而我那原本受到约束压抑的想象力更是喷薄而出。我的性情变得粗暴狂野，任何疯狂的事情都想去尝试一番。我开始逃课，跑到河上划船，混迹于蒸汽客轮、平底驳船和拖船之中。我嘴上叼根烟，怀里揣壶酒，在河上四处飘荡，即使是刮风下雨也不能让我乖乖待在室内。我有过许多死里逃生的经历：我曾被卷进一条汽船的螺旋桨中，和一艘运煤船相撞；我差点被河里的激流冲向桥墩，又差点被一艘拖船的牵引绳绊倒在水里；我时常落入水中，脑袋开花，被淹个半死……我当时笨手笨脚，连桨都拿不好，也曾因此招致其他船只水手的笑骂，或许当时他们还恨不得揍我一顿呢。在这危险重重的河面上，我精疲力竭，还吃了不少苦头。尽管如此，我的心中却燃起一股野性的喜悦。河上的经历拓展了我的眼界，让我的身心得以成长。

后来我在短篇小说集《星期一故事集》中对这一叛逆期的生活经历有所提及，不过现在回想起来，或许这段往事放在《小东西》一书中更为合适。十三岁时的我喜欢淘气使坏，可我已经拥有了一种使我受益终生的能力。我学会了仔细观察，审视自我，冷静地记录自己的一言一行，仿佛有一个严厉的旁观者在时时监督我。这个严厉的旁观者并非人们常说的良知。良知通常会对你指手画脚，会干预牵制我们的行为。此外，人们又可以找出种种借口，实施各种诡计，摆脱良知的说教，或是让良知沉沉睡去。那个监督我的旁观者从不示弱，可它也很少会出手干预。它只是在一旁静静看着，客观地记录下我的喜怒哀乐。它仿佛一个冷冰冰的影子，在我遭遇人生巨变的时候依然睁大双眼进行观察，冷静地把所有一切记录下来。过后它又原原本本地奉上这份记录，让我将其收藏在自己的记忆宫殿之中。

在《小东西》一书中，有一章题为《他死了！为他祈祷吧！》。这一章所写的是我最真实的人生经历。当我大哥的死讯传来，父亲仿佛早已预见这悲惨的消息，他发出一声摧肝裂胆的哀号，那肝肠寸断的悲声至今仍在我的耳边萦绕。那是我第一次近距离观察到人类最强烈的悲恸之情。当天晚上，我的心沉浸在悲伤和绝望之中，我不停哭泣，不停地重复着父亲所说的话："他死了！为他祈祷吧！"可与此同时，那冷静客观的旁观者如影随形，忠实地记录下这悲惨的一幕。所有这一切都像一幕幕戏剧，不停地在我脑海中上演，而父亲那饱含悲伤的叫喊深深镌刻在我的记忆之中。我能深刻体会到父亲这声哀号的悲伤和痛楚，我甚至还不停地模仿他，仿佛一个拙劣的演员在模仿大师的表演。可是我在写《小东西》的时候，并没有将这些心理活动写进去，现在想起来真是遗憾。

《小东西》里的达尼埃尔·埃塞特与我何其相似！那可怜的小东西简直就是我的化身。我十六岁的时候找了一份令人厌恶的职业——学监，开始自己养活自己了。我被迫前往偏僻的外省乡村，贫瘠嶙峋的山脉环绕四周，矿洞和冶矿的小高炉随处可见。学校里的野孩子们用赛文山区的方言嘲笑我、辱骂我，我成为这群小恶魔欺侮的对象。学校里的同事要么是一根筋的学究，要么是没有教养的俗人，对我抱有极大的敌意。此外，我还要经受贫穷的折磨。在这监狱般的学校中，只有两个人对我抱有同情和体贴之心。在我的书中，我给这两个人取名为“日耳曼神父”和“巴姆邦”。巴姆邦是一个低年级学生，他脸上沾满点点墨水和污泥，一举一动惹人发笑。在我写作此书时，这两个人物仿佛就浮现在我面前，正向我走来。

我还记起另一个低年级学生。他眉清目秀，是一个颇有教养的男孩。我对他关心有加，不断给予他鼓励，只希望他能更上层楼。当我看到他发挥自己的聪明才智，取得进步，我感觉就像看到自己栽培的花木在春天慢慢绽放，心里别提多高兴了。对于我给予他的帮助，这个小男孩也很是感动。他的家位于乡下某地，他在放假前邀请我到他家中去住上一段。他还说，他的父母见到我时肯定很高兴，他们还要好好谢谢我呢。在放假前的散学典礼上，学校还举行了颁奖仪式，而这个学生也得了奖。他把这一切都归功于我。仪式结束后，小男孩走过来，拉着我的手，把我带到他的家人面前。他的父母姐妹穿着体面入时的衣裳，正忙着指挥下人把男孩所获得的奖品搬到一辆四轮车上。当时我穿着破旧的衣衫，看上去一副寒酸样，而这家人对我不理不睬，甚至都不屑于正眼看我一下。家人的态度令小男孩无比震惊，他几乎忍不住要掉下泪来。当时我和他心中的失落和愤懑简直难以言表。最后，他一脸愧色地跟着家人离开了。现在回想起来，这真是残酷而耻辱的时刻啊！我当时气得浑身发抖，只得悻悻然钻进我那低矮的阁楼。而那些蔑视我伤害我的势利小人，却带着我那才华横溢的学生，带着他所获得的奖品，绝尘而去。

我一直把阿拉斯乡间的这所学校视为监狱。当我离开这所学校很久之后，我还时常从梦中惊醒，泪流满面。在噩梦之中，我看见自己身处那沉闷压抑的监狱之中，还是一名微不足道的学监。所幸早年的苦难与折磨并未使我变成一个冷漠无情之人，而这段晦暗的日子也并非毫无益处。无论如何，这段岁月磨炼了我，使我能欣然接受初涉文坛时的各种考验。这段艰辛的岁月使我受益匪浅，不过如果读者想通过《小东西》一书来了解我的这段人生经历，他们只能看到一个模模糊糊的大概。或许，这就是所谓的“纸上得来终觉浅”吧。

相较于第一部分，本书第二部分中来源于真实生活的素材就少了很多。当然，其中一些细节还是取自我的真实经历。例如，我刚到巴黎时没有皮鞋穿，只穿了一双胶鞋，里面穿着蓝色粗布袜子。小东西初到巴黎时，来迎接他的兄长也是真实存在的。在《小东西》一书中，小东西把体贴入微的兄长称为“雅克母亲”，而这个人物的原型则是我的哥哥欧内斯特·都德，他是我青少年时期的大英雄。除了这个人物之外，其余人物纯属虚构。

实际上，在现实生活中，《小东西》中的人物比比皆是，即使是书中最奇特、最有趣的人物也绝非罕见。可是我写书的时候还是过于年轻，阅历不足，生活圈子过于狭窄。为了使我的作品包含更广阔的社会全景，有时我只能动用想象力瞎编乱造。例如，我从没当过演员，我甚至在面对公众时连话都讲不利索。我和瓷器店没什么瓜葛，我对“黑眼睛”、二楼的太太和黑女仆“白杜鹃”的描写过于死板，缺乏深度，有欠火候。另一方面，我也在无意之中塑造了一些“被侮辱和被损害的”人物形象，这是我在创作该书时所没有想到的。

在该书的真实素材中，值得一提的是小东西曾住过的阁楼。那间紧挨着日耳曼教堂钟楼的阁楼房间并非我的杜撰，而是真实存在的，只可惜现在那栋房子已经被拆除了。每当我经过那栋房子的旧址，看到那藏有那么多回忆的房子已经不复存在，我心里只觉得空落落的。可是我还是会不由自主地抬起头，想要看看那间早已消失的阁楼房间。那个房间充斥着各种回忆：我曾在那里想入非非，也曾在那里陷入忧愁苦闷之中；我曾在那里焚膏继晷，写下一部部作品，也曾在那里享受孤独和寂寞。只可惜，这栋房子，这个宝贵的见证，已经消失在时间长河之中。

江苏文艺
世界大师
果壳宇宙
热情
情怀 勤勉 革新
善良 豁达 澄明 睿智
沉稳 平衡 神秘
浪漫
人类的过去，书写在这里；你的未来，藏在你读过的书中。

人类是一根连接在兽类与超人中间的绳索——

一根悬于深渊上的绳索。

人类之伟大，在于它是桥梁而非终点；

人类之可爱，在于它是过渡也是没落。

每个不曾起舞的日子都是对生命的辜负/尼采

荣光时刻/丘吉尔

不要因为走得太远而忘记为什么出发/纪伯伦

这里有我对生命全部的爱/加缪

这个世界既不属于富可敌国者，
也不属于权势滔天者，
它属于那些有心人。

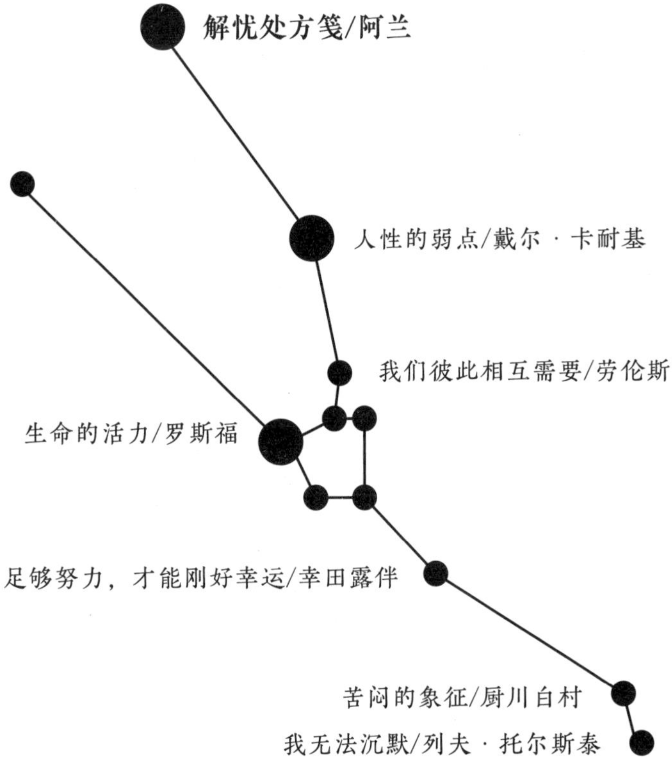

生活的不确定性，正是希望的源泉。

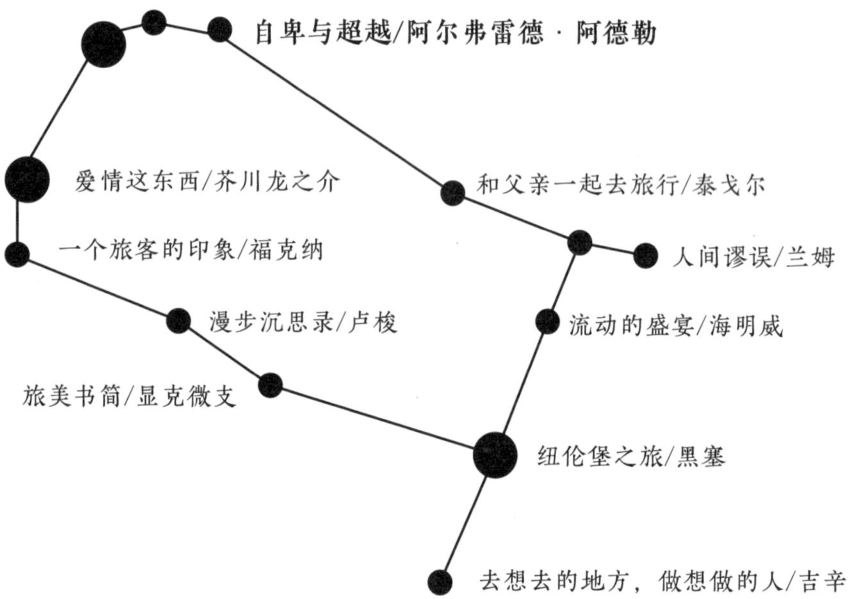

坚定你的信念吧，天会破晓；希望的种子深藏于泥土，它会发芽；
白天已近在眼前，那时——
你的负担将变成礼物，你受的苦将照亮你的路。

你受的苦将照亮你的路/泰戈尔

与世界握手言和/托尔斯泰

善良在左，邪恶在右/契诃夫

上天给我的启迪/德富芦花

诗意地理解生活，理解我们周围的一切——

这是童年最可宝贵的馈赠。

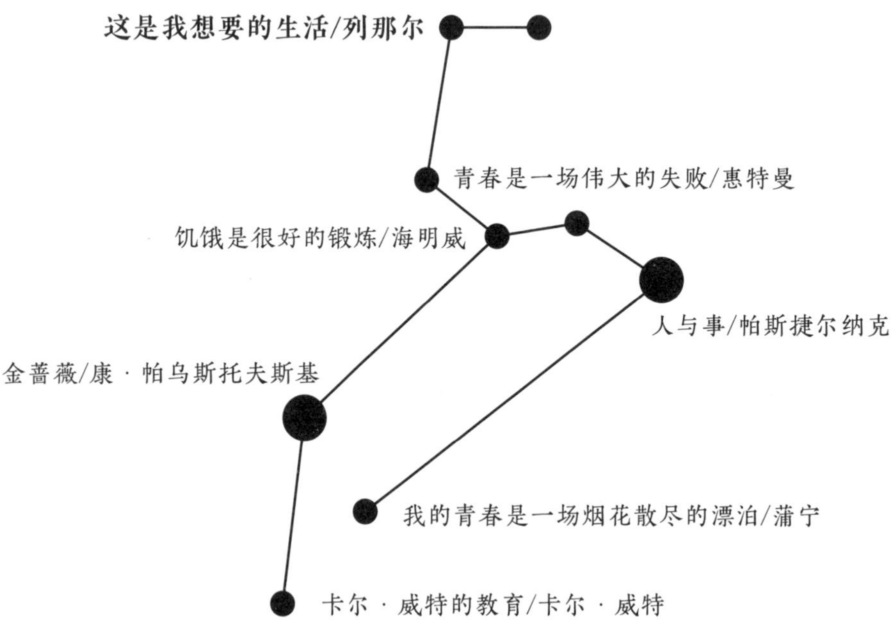

Leo

我们在这世上的时日不多，

不值得浪费时间去取悦那些卑劣庸俗的流氓。

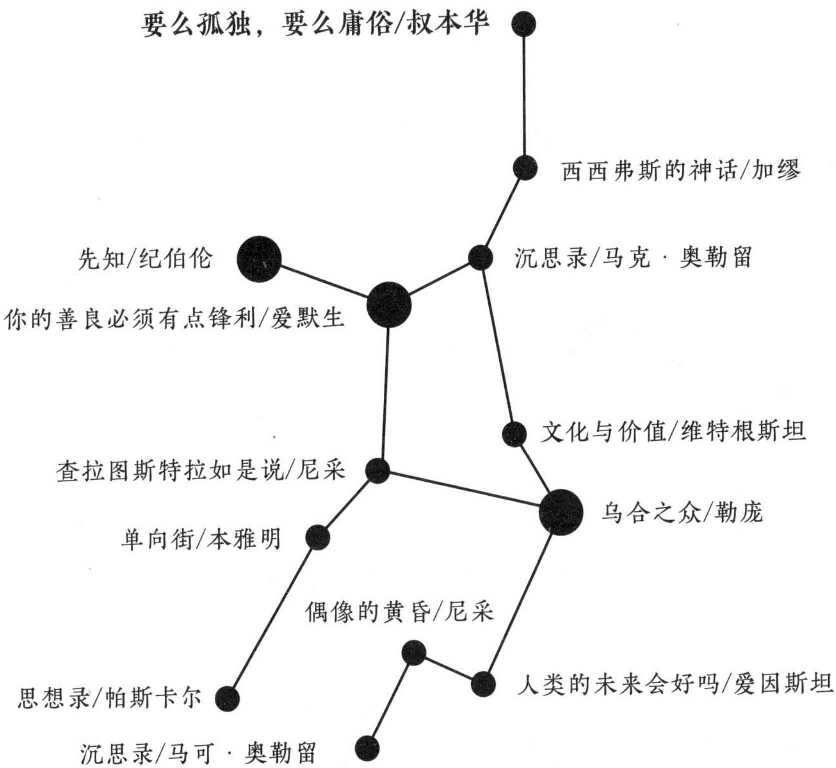

Virgo

平衡

"可能"问"不可能"道："你住在什么地方呢？"

答曰："我就在那无能为力者的梦境里。"

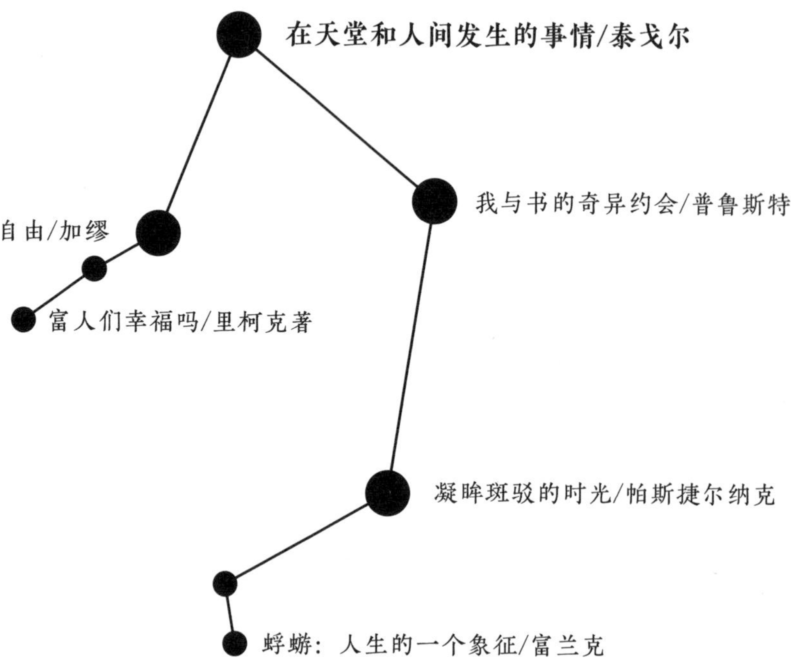

Libra

神秘

这莫名其妙的世界啊，无论如何令人愁肠百结——

她，总还是美的。

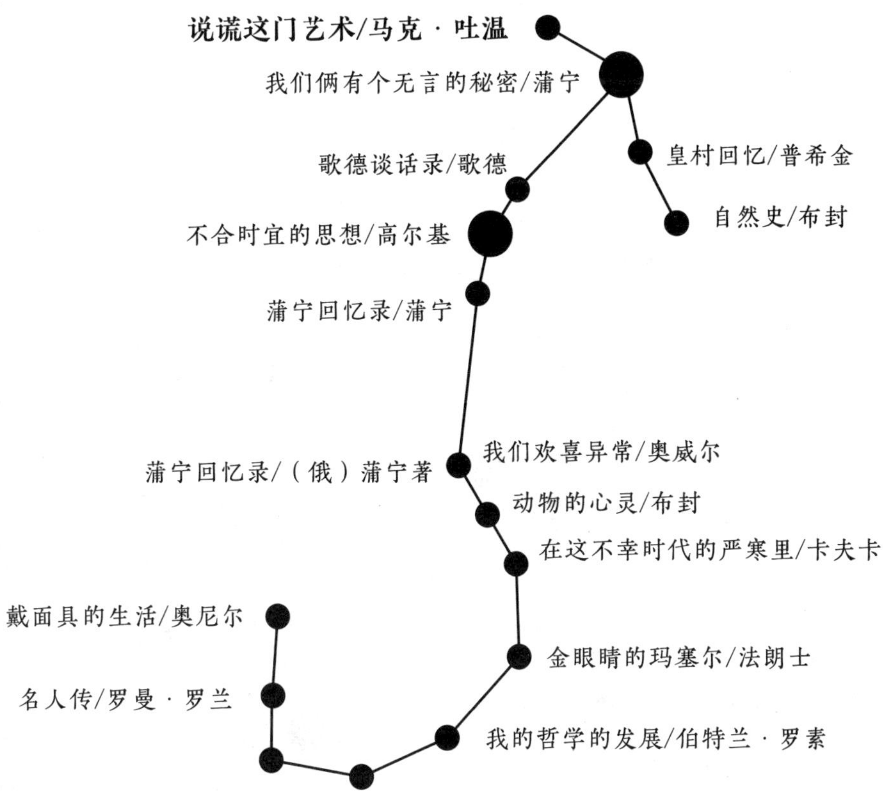

Scorpio

情怀

世界上最宽阔的是海洋，

比海洋更宽阔的是天空，

比天空更宽阔的是人的胸怀。

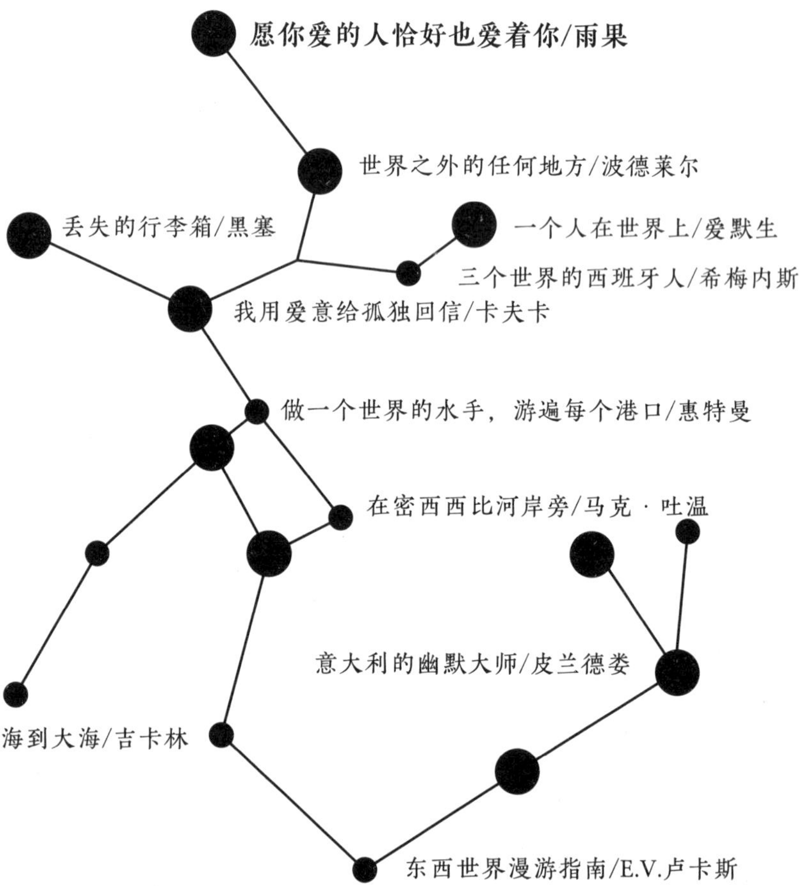

Sagittariu

谁将声震人间，必长久深自缄默；

谁将点燃闪电，必长久如云漂泊。

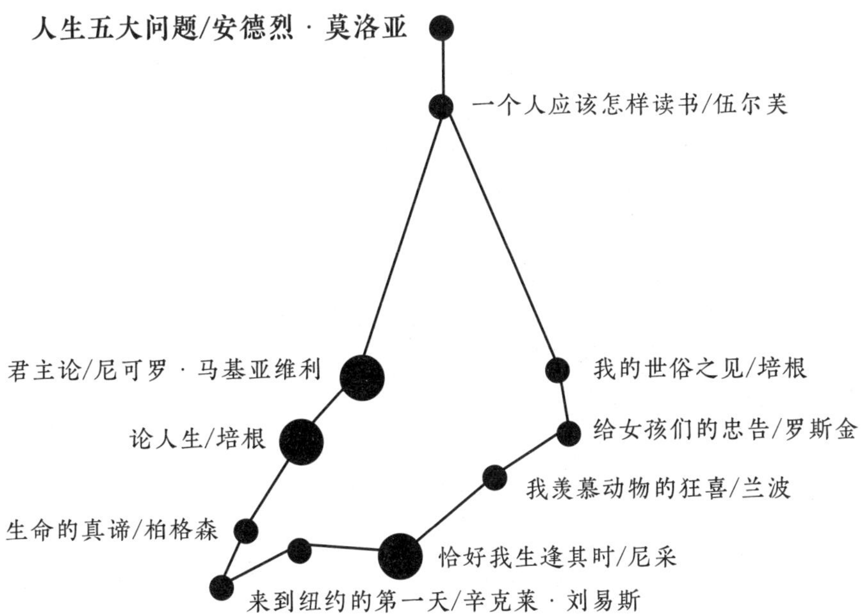

我们的整个生命是一场惊人的道德之争，
人，你本该活得荣耀。

你我相知未深，

因为我不曾与你同在一片寂静之中。

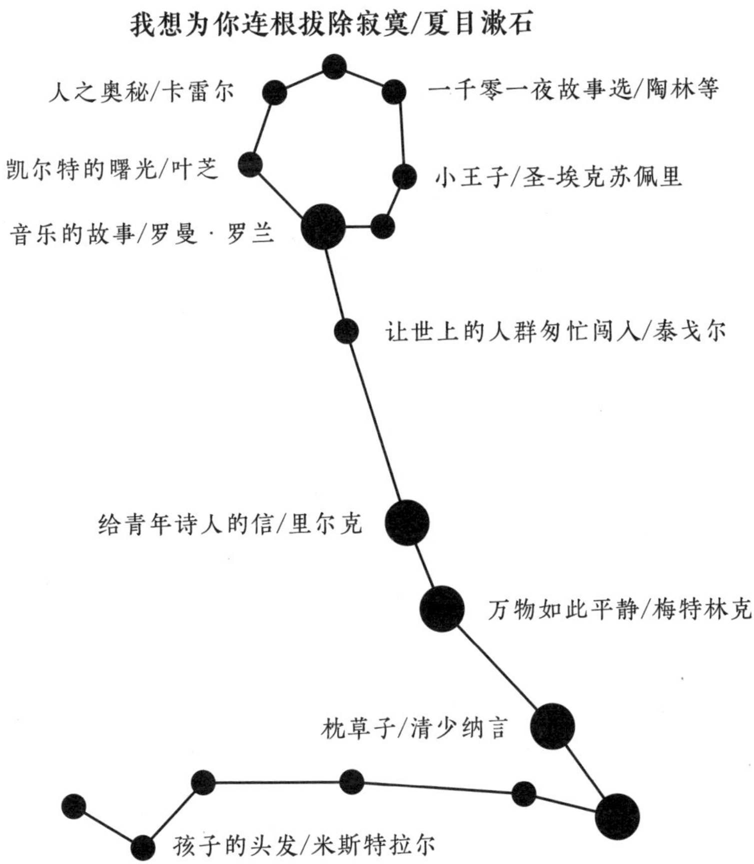